ullstein

Das Buch

Hannah Scheifart ist am Boden zerstört: Erst erfährt sie, dass sie ihren Blumenladen schließen muss, und dann erwischt sie ihren Freund auch noch mit einer anderen im Bett. Was nun? Zum Glück gibt es ihren Cousin Basti, mit dem sie sich schon früher gut verstanden hat und der in einem großen Haus am Chiemsee lebt. Er lädt sie ein, ihren Kummer dort zu verarbeiten, und so beginnt ein turbulenter Sommer im schönen Chiemgau.

Die Autorin

Johanna Nellon ist erfolgreiche Autorin und liebt die Alpen über alles. Sie lebt mit ihrem Mann in der Nähe von Köln.

Johanna Nellon

Ein Sommer am Chiemsee

Roman

Ullstein

Besuchen Sie uns im Internet:
www.ullstein-taschenbuch.de

MIX
Papier aus verantwortungsvollen Quellen
FSC® C006701

Originalausgabe im Ullstein Taschenbuch
1. Auflage Mai 2013
2. Auflage 2013

Umschlaggestaltung: ZERO Werbeagentur, München
Titelabbildung: Frau auf Bank: © Donald Iain Smith / getty images;
Chiemsee: © Fabian von Poser / getty images;
Vögel: © Ben Bloom / getty images
Satz: LVD GmbH, Berlin
Gesetzt aus der Dante
Papier: Pamo Super von Arctic Paper Mochenwangen GmbH
Druck und Bindearbeiten: GGP Media GmbH, Pößneck
Printed in Germany
ISBN 978-3-548-28558-0

1

Nein, sie hatte keinen Hörschaden, sie hatte auch keinen Alptraum, und der Mann, der da vor ihr saß und sie mit ausdrucksloser Miene ansah, war immer noch ihr Vermieter Ottmar Schäfer. Urkölner. Besitzer von zwei großen Mietshäusern, in denen ebenerdig etliche kleine Geschäfte untergebracht waren. Eines davon war ihr Blumenladen *Klatschmohn*. Der Laden, dessen Mietvertrag vor einigen Minuten fristlos gekündigt worden war!

Draußen zwitscherten die Vögel so wie immer, die Sonne schien, Autos hupten, und von der Bäckerei gegenüber wehte der Duft frischer Brötchen herein.

Die Welt drehte sich ganz offensichtlich weiter, auch wenn über Hannah gerade alles zusammenbrach.

»Sie haben drei Monate lang keine Miete bezahlt, und auf meine Mahnungen haben Sie auch nicht reagiert. Das ist unmöglich! Ich habe, wie Sie vielleicht wissen, nur eine kleine Rente und bin auf die Mieteinnahmen angewiesen.« Schnaufend stand er auf.

»Aber Herr Schäfer, das ist doch nur ein Engpass! Ich hatte ungewöhnlich hohe Auslagen, damit ich konkurrenzfähig bleiben kann. Sie wissen doch selbst, dass der holländische Händler dort an der Ecke mir schwer zu schaffen macht.« Schon allein der Gedanke an das große Blumengeschäft, in dem Massenware zu günstigen Preisen verkauft wurde, trieb ihr die Tränen in die Augen.

»Das interessiert mich alles nicht. Am nächsten Ersten ist für Sie der Letzte! Keine Diskussionen mehr!« An der Tür drehte er sich noch einmal um. »Sie haben Glück, dass meine Enkelin an dem Laden interessiert ist. Sie können also alles drin stehen lassen. Den Krempel übernehmen wir.« Eine knappe Handbewegung, die die Theke und ein paar Blumenvasen umfasste, begleitete seine barschen Worte.

»Ach so ist das! Ihre Enkelin will hier rein!«

»Ja. Und deshalb brauchen wir gar nicht mehr lange zu diskutieren!«

»Aber wenn ich Ihnen das Geld besorge … Herr Schäfer, Sie können mir doch nicht die Existenz rauben!« Hannah hielt den korpulenten Mann am Arm fest.

»Doch, ich kann. Außerdem weiß ich genau, dass die Bank Ihnen keinen Kredit mehr geben wird.« Mit einem Ruck machte er sich los und verließ das Geschäft. Das leise Glockenspiel an der Tür war wie eine höhnische Begleitmelodie.

Hannah sank auf den kleinen Schemel hinter der Arbeitstheke und barg das Gesicht in den Händen. Aus! Vorbei! Der Traum von der Selbständigkeit war ausgeträumt! Der dicke Schäfer hatte ja so recht: Sie bekam keinen Kredit mehr. Alle Reserven waren ausgeschöpft.

»Und wer hat Schuld an allem – Jo!« Heftiger rannen die Tränen über ihre Wangen. »Verdammter Mistkerl!« Der

Duft der ersten Levkojen, die links neben ihr standen, stieg ihr in die Nase. Sie schnäuzte sich und stand auf. Die am Morgen auf dem Großmarkt besorgten Blumen mussten versorgt werden! Noch war das *Klatschmohn* geöffnet. Noch kam Kundschaft!

Während sie ein paar kleine Sträuße band, die sie vor dem Geschäft anbieten wollte, dachte Hannah an ihren langjährigen Freund. Johannes Bergmeister, genannt Jo, war Metallschlosser von Beruf, doch seit mehr als anderthalb Jahren arbeitslos. Hin und wieder jobbte er, doch das Geld zerrann ihm zwischen den Fingern. Er war großzügig, hielt gern Freunde aus, aß gut, besaß einen schnittigen Zweisitzer und ein Motorrad. Die schwere Harley war mit ein Grund für Hannahs finanzielle Misere. Jo hatte die Harley auf Pump gekauft. Als er die Raten nicht mehr bezahlen konnte, war Hannah eingesprungen.

»Mausi, du musst mir helfen. Ohne den Bock bin ich nur ein halber Mensch.«

»Du hast doch noch das Cabrio.«

»Das ist schon verpfändet.« Er verdrehte die Augen. »Der Typ hätte mir sonst die Maschine wieder genommen.«

»Jo, du bist viel zu leichtsinnig. Ich kann dir doch nicht immer aus der Patsche helfen!«

»Noch dieses eine Mal. Ich hab einen tollen Job in Aussicht. Dann kriegst du alles wieder.«

Und sie, sie hatte sich mal wieder erweichen lassen! Er hatte sie daraufhin innig geküsst und, kaum dass sie zustimmend genickt hatte, leidenschaftlich geliebt.

Er hatte versprochen, das Geld rasch zurückzuzahlen. Versprechen, die er nicht eingehalten hatte. Und sie hatte wieder gezahlt. Immer und immer wieder. Mal für die teure Lederjacke, mal für einen Trip nach Hamburg, den Jo mit seinen Motorradfreunden unternommen hatte.

»Er muss mir endlich das Geld zurückgeben. Er kann doch nicht wollen, dass ich alles verliere.«

Sie konnte den Ladenschluss nicht abwarten. Schon anderthalb Stunden früher als gewöhnlich holte sie die Blumen, die draußen vor dem kleinen Schaufenster arrangiert waren, herein, verriegelte die Tür und zog sich um. Den Inhalt der Kasse zu zählen ersparte sie sich, es waren nur wenige Kunden da gewesen. Am Nachmittag nur die alte Frau Meurer von schräg gegenüber, die jeden Donnerstag einen kleinen Friedhofsstrauß kaufte und damit zum Melatenfriedhof fuhr, wo ihr Mann und ihr Sohn begraben lagen. Dann war noch ein schlaksiger Siebzehnjähriger gekommen, der mit verlegenem Grinsen eine rote Rose verlangt hatte.

Noch mal so jung und verliebt sein! Himmel, eine Ewigkeit war es her, dass sie die berühmten Schmetterlinge im Bauch verspürt hatte. Jetzt war sie neununddreißig Jahre alt, hatte zwei mehrjährige Beziehungen hinter sich – und stand vor dem beruflichen Aus.

Mit ihrem altersschwachen kleinen Lieferwagen fuhr sie quer durch die Innenstadt bis zu dem schon beinahe ländlich wirkenden Vorort von Köln, wo das alte Fachwerkhaus stand, das sie von ihrer Großmutter geerbt hatte. Das Haus war ihr einziger Besitz, nie, das hatte sie sich vorgenommen, würde sie sich von ihm trennen.

Jo hatte mehrmals gesagt, sie solle zumindest eine Hypothek auf das alte Gemäuer aufnehmen, doch in dem Punkt hatte sich Hannah strikt geweigert. »Das Haus bleibt schuldenfrei!« Was immer er auch an Argumenten vorbrachte – von diesem Standpunkt hatte sie sich nicht abbringen lassen. Im Grunde wusste sie seit langem, dass Jo sie hemmungslos ausnutzte, dass sie dumm war, wenn sie ihm immer wieder Geld gab.

»Du erkaufst dir seine Liebe, das ist lächerlich!« Noch vor zwei Wochen hatte Nina, ihre beste Freundin, ihr das vorgehalten. »Jo ist ein toller Typ, aber leichtsinnig. Der braucht eine feste Hand, nicht so ein sanftes Lamm wie dich, das er um den Finger wickeln kann.«

»Ich weiß, aber …«

»Du bist an deinem Elend selber schuld.« Nina, von Beruf Krankenschwester, war schulterzuckend zur Tür gegangen. »Ich muss los, hab ein Date.«

»Ach ja? Mit wem?«

»Ist alles noch nicht spruchreif.« Mit einem Lächeln, das ein bisschen verrutschte und ihre großen graugrünen Augen nicht erreichte, hatte Nina den Laden verlassen und war auf ihr Fahrrad gestiegen.

Nina war das genaue Gegenteil von Hannah: nicht sehr groß, ein wenig pummelig, sehr energisch und zielstrebig. Ihr apartes Gesicht wurde von langen roten Locken umrahmt, die ihr in der Freizeit stets offen über die Schultern fielen.

Seit zehn Jahren waren die beiden Frauen befreundet, und am liebsten hätte Hannah nach dem Gespräch mit Herrn Schäfer Nina angerufen, um sich bei ihr das Herz auszuschütten. Doch Nina hatte am Morgen erzählt, dass sie für eine erkrankte Kollegin den Dienst übernehmen müsse. Und während der Arbeit durfte sie nicht gestört werden.

Langsam ließ Hannah ihren Wagen in der Einfahrt ausrollen. Der alte Jägerzaun, der das Grundstück begrenzte, wurde im Eingangsbereich von den ersten Kletterrosen überwachsen, das üppige Rot und zarte Rosé der Blüten milderten den schäbigen Eindruck des Grundstücks. Neben der Haustür standen Kübel mit Fleißigen Lieschen, Bartnelken und Geranien.

Im ersten Impuls wollte Hannah klingeln, ließ es dann aber. Sie wollte Jo nicht so verweint entgegentreten. Nein, energisch und selbstbewusst würde sie noch heute ihr Geld von ihm zurückverlangen! Egal, wie er es auftrieb – er musste jetzt endlich zahlen!

Sie hatte die Klinke zum kleinen Bad im Erdgeschoss schon niedergedrückt, als sie von oben Geräusche hörte. Stöhnen. Leise, lustvolle Schreie …

Langsam, zögernd ging Hannah die Treppe hinauf. Wie in einem schlechten Film, schoss es ihr durch den Kopf, als sie die angelehnte Schlafzimmertür bemerkte.

Nein, ich will nicht hineingehen! Ich will es gar nicht sehen, will es nicht genau wissen!

Aber sie machte die nächsten Schritte doch, stieß mit einem Ruck die Tür auf – und erstarrte: Da lag Jo rücklings in der zartgrünen Bettwäsche, und über ihm kniete, das lange Haar wie ein Vorhang über seine Brust gebreitet – Nina!

»Nein!« Hannah flüsterte es nur, doch die beiden da drüben im Bett hatten sie gehört.

Nina richtete sich mit einem Ruck auf, sah sie aus geweiteten Augen an. »Ich …«

»Es ist nicht so, wie es aussieht«, stammelte Jo.

Wie billig! Wie albern! Ganz nebenbei bemerkte Hannah, dass Ninas Brüste, groß und schwer, sich dem Gesetz der Schwerkraft zu beugen begannen. Es tat irgendwie gut, das zu erkennen.

Jo richtete sich auf, streckte die Hand nach Hannah aus. »Mausi, das ist doch nicht so schlimm. Wir sind doch moderne Menschen und könnten …«

Hannah begann zu lachen. Erst war es ein leises, böses Lachen, das sich immer mehr steigerte, zu einem hysterischen Kichern wurde und dann in einem Weinkrampf endete.

»Raus! Raus!« Nur das eine Wort schrie sie immer und immer wieder. Dann blieb sie, mit fest vor der Brust verkrampften Armen, an der Tür stehen und wartete, bis Nina und Jo das Schlafzimmer verlassen hatten.

Grotesk war die Situation, wie die zwei, ihre Kleider unter die Arme geklemmt, die Treppe hinunterhasteten.

»Sei nicht so zickig! Es lässt sich doch …« Jo drehte sich am Fuß der Treppe noch einmal um. »Hannah, stell dich doch nicht an, das ist doch nur ein kleiner Ausrutscher, der nichts besagt.«

»Raus!« Sie griff nach einem alten Tonkrug, der auf einem kleinen Schränkchen im Flur stand, und schleuderte ihn die Treppe hinunter. Das Kirren der Scherben auf den alten Fliesen brachte sie zur Besinnung. Sie sah mit abweisender Miene zu, wie Nina und Jo das Haus verließen. Sollten sie sich draußen anziehen – und dann zum Teufel gehen!

Als die Haustür endlich ins Schloss fiel, brach Hannah zusammen.

Das Plakat »Ausverkauf« prangte weithin sichtbar im Schaufenster, und jetzt kamen die Kunden, auf die Hannah seit drei Jahren so sehnsüchtig gewartet hatte! Sie kauften frische Sträuße, Vasen, Übertöpfe, Dekoartikel und die letzten Topfblumen der Saison.

»Noch vier Tage.« Hannah sah sich deprimiert um. »Elli, ich will mir das Ende nicht mehr ansehen. Kannst du den Laden für die letzten Tage allein schmeißen?«

Die neunzehnjährige Studentin zögerte kurz, dann nickte sie. »Geht klar. Wenn ich mal ein paar Vorlesungen schwänze, macht das nichts, das hole ich schnell nach.« Sie arrangierte die letzten Tulpen und Narzissen in einer halbhohen Vase und stellte ein paar gelbe Teerosen in die Mitte des kleinen Schaufensters.

»Die letzten Blumen nimm einfach mit«, meinte Hannah. »Und den Schlüssel kannst du Herrn Schäfer in den Briefkasten werfen, er weiß Bescheid.«

»Der alte Mistkerl!« Elli streichelte unbeholfen über Hannahs Arm. »Warum will er nicht mit sich reden lassen?«

»Weil er die Räumlichkeiten für seine Enkelin haben will.« Hannah nahm sich den einzigen Fünfziger aus der Kasse und steckte ihn ein. »Alles, was du noch einnimmst, kannst du behalten.« Sie umarmte Elli. »Danke, Elli, du hilfst mir sehr damit, dass du noch bleibst.«

»Mach ich gern. Und du? Was willst du tun?«

Hannah straffte sich. »Erst mal Urlaub machen. Abstand gewinnen. Ich fahre an den Chiemsee zu meinem Vetter. Gestern hab ich mit ihm telefoniert, ich kann für eine Weile bei ihm wohnen.«

»Und was macht er?«

»Er hat in Prien einen Bootsverleih. Vielleicht kann ich da jobben.« Sie biss sich auf die Lippen. »Ich muss einfach hier weg. Ich hab immer die Szene vor Augen, wie ich Jo und Nina …« Sie zuckte mit den Schultern. »Vergiss es. Ich versuch's auch. Die Koffer hab ich schon gepackt, für mein Häuschen sorgt fürs Erste eine Nachbarin. Sie will regelmäßig lüften, den Garten versorgen … das ist beruhigend. Und du schließt hier ab, nicht wahr?«

Elli nickte. »Klar doch. Ich kann gut verstehen, dass du mal raus musst.« Sie zögerte, dann fragte sie: »Was ist mit Jo?«

Hannah sah starr zum Fenster hinaus. Draußen fuhr ein Wagen vor. Eine elegante junge Frau stieg aus, schenkte dem Blumengeschäft jedoch keine Beachtung. Ihre ganze Aufmerksamkeit galt dem Juweliergeschäft schräg gegenüber, zu dem sie jetzt ging. Vor dem Laden wartete ein Mann in den besten Jahren. Er begrüßte die junge Frau mit einem langen, zärtlichen Kuss, dann betraten die beiden Arm in Arm den Juwelierladen.

Es gab Hannah einen Stich. Jo hatte sie nie verwöhnt, im Gegenteil, er hatte stets hemmungslos genommen. »Jo hab ich nicht mehr wiedergesehen. Seine Sachen hab ich ihm vors Haus gestellt, die hat er abgeholt, als ich nicht da war. Er wohnt jetzt bei Nina, das hat sie mir erzählt, als sie versucht hat, sich bei mir zu entschuldigen.«

Elli, die nach und nach die ganze Geschichte von Hannah erfahren hatte, meinte nur: »Pah! So was ist niemals zu entschuldigen.«

»Stimmt.« Hannah presste die Lippen für eine Sekunde zusammen. »Ich hab mir auch jedes weitere Wort von ihr verbeten. Seit zehn Jahren, wenn nicht noch länger, bin ich mit Nina befreundet. Und dann tut sie mir das an! Unvorstellbar!«

»Sie muss jahrelang Frust geschoben haben. Hättest ihr nicht immer Blumen, sondern mal 'ne Stunde mit einem Callboy schenken sollen.«

Hannah musste trotz ihres Elends schmunzeln. »Elli, du bist unmöglich!«

»Wenn's doch wahr ist …«

»Mag sein. Soll er sie jetzt ausnehmen, sie hat es nicht besser verdient.«

»Da hast du recht! Ekelhaft sind die zwei, echt.«

»Zumindest hat er mir zweitausend Euro überwiesen«, fügte Hannah ehrlicherweise hinzu. »Woher er das Geld plötzlich hat, weiß ich zwar nicht, aber es ist schon mal was. Damit kann ich wenigstens die Ladenmiete bezahlen.«

»Du hättest dir einen Schuldschein über die ganze Summe geben lassen sollen! Dann hättest du den Scheißkerl jetzt am Wickel.« Elli, die im ersten Semester Jura studierte, gab sich cool.

Hannah nickte. »Hinterher ist man immer klüger. Ich war einfach verliebt … das hat mir das Gehirn vernebelt.« Sie umarmte Elli. »Mach den Fehler nur niemals! Und jetzt hau ich ab. Mach's gut, Elli. Ich melde mich, wenn ich in Bayern angekommen bin.«

2

Der Chiemgau zeigte sich von seiner schönsten Seite, als Hannah am späten Nachmittag die Autobahn verließ und in Richtung Prien fuhr. Die Abendsonne tauchte die Landschaft in ein warmes Licht, schenkte den Alpenspitzen im Süden einen rotgoldenen Mantel.

»Jetzt ein Navi haben«, murmelte Hannah und sah sich irritiert um. Seit sie das letzte Mal in Prien gewesen war, hatte sich der Ort grundlegend verändert, war größer, städtischer geworden. Mein Gott, es war mehr als zehn Jahre her, dass sie hier Urlaub gemacht hatte, fiel ihr ein. Und auch zu Bastian hatte sie lange keinen Kontakt mehr gehabt.

Doch er hatte toll reagiert, als sie ihn vor zwei Wochen angerufen hatte. »Ich bin total am Ende«, hatte sie ihm unter Tränen eingestanden. »Und ich muss hier weg. Lieber heute als morgen.«

»Dann komm doch her. Hier kannst du ausspannen.« Seine Stimme, ruhig, warm und selbstsicher, klang ihr jetzt noch in den Ohren.

»Und – ich störe dich nicht? Oder deine Frau? Deine Familie?« Sie fragte es ein bisschen zögernd, denn soweit sie sich erinnerte, war Bastian homosexuell. Aber sicher war sie sich dessen nicht, zu lange war es her, dass sie sich gesehen hatten.

»Du störst nicht.«

An diese Worte klammerte sich Hannah. Sie brauchte einen Tapetenwechsel, musste wieder zu sich selbst finden.

Und jetzt, jetzt war sie fast am Ziel! Da, der kleine Tabakladen war damals schon da gewesen, sie konnte sich an die alte Holzbank, auf der gern alte Männer gesessen und geraucht hatten, genau erinnern. Und vier Häuser weiter hatte sich eine Tierarztpraxis befunden …

Langsam ließ sie den alten Lieferwagen weiterrollen. Ja, da war das Hinweisschild zur Tierarztpraxis. Drei Wagen standen auf den ausgewiesenen Parkplätzen, eine junge Frau, an der Leine einen braunen Labrador, verließ gerade das Haus.

Noch zehn Meter … ja, hier wohnte Bastian!

Sie sah sich beeindruckt um. So groß, so gepflegt hatte sie Haus und Garten nicht in Erinnerung gehabt! Um das Gebäude im alpenländischen Stil zog sich eine breite Altane, in Blumenkästen wucherten üppig blühende rote Priemeln und weiße Narzissen. Auch der breite Blumenkübel vor der mit Schnitzereien verzierten Holztür war so bepflanzt.

In der Einfahrt stand ein alter roter Porsche mit historischem Kennzeichen. Hannah parkte direkt dahinter, zögerte aber, auszusteigen.

»Da bist du ja!« Aus der Haustür kam ein großer blonder Mann im karierten Hemd. Er öffnete den Wagenschlag und streckte Hannah beide Hände entgegen. »Komm, ich freu mich, dass du da bist!« Er half ihr beim Aussteigen und zog sie dann spontan in die Arme. »Armes Ding … den Mistkerl, der dich so verletzt hat, würde ich mir zu gern mal vornehmen.«

»Du hilfst mir schon damit, dass ich für ein paar Tage hier bleiben kann.« Sie sah ihren Vetter forschend an. »Meine Güte, ich hätte dich fast nicht mehr erkannt. Gut siehst du aus! Und das alte Haus … toll hast du es hergerichtet!« Das Haus hatte ihren gemeinsamen Großeltern gehört, doch Bastians Vater hatte es geerbt, während Hannahs Vater einen größeren Geldbetrag bekommen hatte, von dem jedoch nicht viel übriggeblieben war, als er starb. Er hatte sich verspekuliert und auch weit über seine Verhältnisse gelebt.

Hannah versuchte sich an das alte Haus am See zu erinnern, doch zu viel hatte Bastian verändert. Das Gebäude war größer und heller geworden, von der gedrungenen, oft düsteren Atmosphäre war nicht die Spur mehr geblieben.

»Für den Umbau und die Restaurierung der Altane und der geschnitzten Türen ist in erster Linie Ulli verantwortlich.«

»Du bist verheiratet! Wie schön!«

Bastian schüttelte den Kopf. »Das nicht, aber fest liiert. Du wirst Ulli später kennenlernen. Komm jetzt erst mal rein. Ich hab dir eine echt bayerische Brotzeit hergerichtet. Du hast doch hoffentlich Appetit?«

»Ein bisschen.« Hannah wollte nicht lügen, nicht eingestehen, dass es ihr unendlich schwer fiel, ein paar Bissen zu sich zu nehmen. Seit dem schwärzesten Tag in ihrem Leben hatte sie schon drei Kilo abgenommen – der einzig positive Aspekt, sagte sie sich selbstironisch. Jetzt hatte sie endlich wieder Taille!

Bastian führte sie in ein helles, mit Zirbenholz verkleidetes Zimmer, an das sich eine Terrasse anschloss. Von dort aus gingen ein paar Stufen hinunter zum Garten.

»Ich zeige dir gleich das ganze Haus, wenn du magst. Aber erst mal gibt es Kaffee. Oder lieber ein bayerisches Bier?«

»Kaffee wäre prima.« Hannah setzte sich und schaute hinaus in den Garten, in dem zwei Apfelbäume und ein kleiner Kirschbaum blühten. Obwohl ihr das Ambiente fremd war, fühlte sie sich gleich wohl. »Du hast viel hier umgebaut, nicht wahr?« Fragend sah sie zu Bastian hinüber, der in der Küche die Kaffeemaschine in Gang setzte.

»Ja. Ich hab die groben Arbeiten gemacht, sogar den Anbau allein bewerkstelligt. Die Verschönerungen gehen alle auf Ullis Konto.« Er lachte. »Du wirst überrascht sein, wenn du ihn kennenlernst.«

»Ihn?«

»Ja.« Bastian stellte Kaffee und frischen Butterkuchen auf den Tisch, dazu dunkles Bauernbrot, Käse und herrlich duftenden Schinken. »Greif zu«, forderte er Hannah auf.

»Danke.« Sie trank einen Schluck Kaffee und nahm eine dünne Scheibe Brot. »Ulli und du, ihr … ihr lebt hier zusammen, ja?«

»Seit gut drei Jahren beinahe. Ja, wir sind ein schwules Paar.« Bastian lachte. »Hast du ein Problem damit?«

»Aber nein! Überhaupt nicht!« Hannah nahm noch etwas Schinken, und um die erste Verlegenheit zu überbrücken, aß sie mehr, als sie eigentlich vorgehabt hatte. Doch es schmeckte ausgezeichnet, und so nahm sie auch noch ein schmales Stück Kuchen.

»Na also!« Bastian lächelte aufmunternd. »Geht doch!«

»Ich … ich hab tagelang nichts Richtiges essen können«, gestand sie.

»Das kann ich verstehen. Das ist mir auch schon mal passiert.« Er zuckte mit den breiten Schultern. »Auch Männer sind nicht immun gegen Liebeskummer, das kannst du mir glauben.«

»Aber jetzt bist du glücklich?«

»Sehr sogar! Ulli und ich ergänzen uns wunderbar. Er ist klug, humorvoll, charmant und sehr liebenswert. Du wirst ihn mögen.«

»Und – ich störe euch nicht?«

»Ach was! Mach dir da mal keinen Kopf.«

Hannah war erleichtert. Sie sah Bastian von der Seite an und dachte daran, dass er sich sehr verändert hatte, seit sie sich zum letzten Mal gesehen hatten. Breiter war er geworden, in das dunkelblonde Haar, das er kurz geschnitten trug, mischten sich die ersten weißen Fäden. Aber seine Figur war top, man sah ihm an, dass er Sport trieb und sich viel im Freien aufhielt.

»Musst du nicht arbeiten?« Sie trank ihren Kaffee aus. »Ich will dich auf keinen Fall von deinem Dienst abhalten.«

Bastian lachte. »Keine Sorge, ich kann mir die Zeiten einteilen, schließlich bin ich der Chef.«

»Und – kommst du zurecht?« Hannah dachte an ihre eigene prekäre Situation, daran, wie schwer es ihr jeden Monat gefallen war, mit dem Reinverdienst über die Runden zu kommen.

»Gut sogar. Ich habe vier fest angestellte Mitarbeiter, zwei arbeiten drüben in Bernau. Im Sommer, zur Hauptsaison, kommen noch ein paar Aushilfen dazu.«

»Wow! Das hab ich nicht gewusst.« Sie stand auf und

trug das Geschirr in die Küche. »Wir haben viel zu lange nichts voneinander gehört. Und jetzt …« Traurig sah sie ihn an. »Mir ist einfach niemand eingefallen, zu dem ich mich hätte flüchten können.«

»Es war richtig, dass du hergekommen bist.« Er zog sie kurz an sich. »Und jetzt zeige ich dir dein Zimmer. Komm mit.« So, als sei sie ein Leichtgewicht, nahm er Hannahs Reisetasche und ging damit die Treppe ins erste Stockwerk hinauf.

Auch hier war alles mit hellem Holz verkleidet. Auf dem Boden lagen drei dicke Berberteppiche, zwei alte, kunstvoll gedrechselte Stühle standen am Ende des Flurs.

»Hier schlafen wir.« Bastian wies auf eine Tür links neben den Stühlen. »Und da drüben …«, er ging zum anderen Ende des Flurs, »hier ist dein Zimmer. Weißt du noch, damals, als wir Kinder waren, hat Großmutter da ihr Reich gehabt.«

»Ja, ich erinnere mich.«

Er stieß die Tür auf und ließ Hannah vorausgehen. Das Zimmer war sparsam, doch sehr geschmackvoll eingerichtet. Ein breites Messingbett stand an der Längswand, daneben ein kleiner Tisch mit einer Tiffanylampe darauf. Weicher Teppichboden verschluckte jeden Schritt. Neben dem breiten Fenster stand ein Sessel, der urgemütlich aussah, daneben eine hohe Stehlampe und ein kleiner runder Tisch.

»Die Schränke sind eingebaut«, erklärte Bastian. »Du kannst gern noch einen Tisch zusätzlich haben, im Keller stehen noch genug Möbel. Ich hab's nicht übers Herz gebracht, alles wegzuwerfen. Außerdem stand in Großvaters Testament, dass für deine Eltern und dich immer ein Zimmer hier bereitstehen soll. Daran hab ich mich gehalten.«

»Zu lieb von dir. Aber mach dir nur keine Umstände, ich

hab hier alles, was ich brauche.« Sie trat ans Fenster. »Danke, es ist wunderschön.«

»Die Lampe neben dem Bett gehörte der Oma. Und auf dem Balkon steht ihr Schaukelstuhl. Das Rattan ist ein bisschen morsch, aber man kann ihn noch gut benutzen.«

»Darauf hab ich als Kind zu gern gesessen«, sagte Hannah.

»Schau dir noch das Bad an, hier ...« Er öffnete eine Tür, die Hannah noch gar nicht bemerkt hatte. »Aber wichtiger ist der Balkon. Du hast eine wunderbare Aussicht auf den See. Leider ist es im Hochsommer deshalb abends oft laut.« Er lachte. »Aber man kann eben nicht alles haben.«

»Ich denke, dass ich schon bald wieder daheim bin. Du musst keine Sorge haben, dass ich euch lange lästig falle.« Hannah sah auf die glitzernde blaue Wasserfläche hinaus. In der Ferne konnte man schemenhaft die Herreninsel mit dem prachtvollen Schloss Herrenchiemsee erkennen. Ein paar Segelboote waren schon auf dem See, zwei Ausflugsboote kreuzten kurz vor dem breiten Anlegeplatz.

»Du fällst uns nicht lästig. Bleib, so lange du willst.«

»Es ist märchenhaft schön hier bei euch.« Hannah sah sich nach Bastian um, der an der Balkontür stehen geblieben war.

»Ja, ich möchte nirgendwo anders leben.«

»Das kann ich verstehen.« Mit Wehmut sah sie auf den See hinaus, von dessen großen Ausmaßen man von hier aus nur wenig erahnen konnte. »Wobei ich sagen muss, dass das Bergische Land auch seine Reize hat.« Tränen erstickten ihre Stimme, als ihr bewusst wurde, dass Jo sie nur zwei Mal auf eine ausgedehnte Motorradtour mitgenommen hatte.

Mit drei langen Schritten war Bastian bei ihr und legte

den Arm um ihre Schultern. »Vergiss den Mistkerl«, sagte er. »Er hat dich nicht verdient.«

»Hmm ...«

»Schuldet er dir immer noch Geld?« Sie hatte ihm von ihrer misslichen finanziellen Situation am Telefon erzählt und auch nicht verschwiegen, dass sie so dumm gewesen war, Jo immer wieder Geld zu leihen.

»Ja.« Sie zuckte mit den Schultern. »Bin gespannt, ob ich davon jemals was wiedersehe.«

»Davon kannst du ausgehen.« Bastian reckte die Schultern. »Im Zweifelsfall statte ich dem Herrn mal einen Besuch ab. Ich hab den schwarzen Gürtel – falls du weißt, was das ist.«

»Keine Gewalt! Das will ich nicht!«

Bastian lachte. »I wo. Aber ein bisschen drohen könnte ich ihm, oder?«

Zum ersten Mal seit langen Tagen konnte Hannah wieder lachen. »Mein strahlender Held! Ach, Bastian, bin ich froh, dich zu haben!«

»Da sind wir schon zwei!«

Unbemerkt von Hannah und Bastian war Ulli hereingekommen. Hannah stockte bei seinem Anblick der Atem. Hier stand eine Kombination von George Clooney und Hugh Jackman – und war schwul! Eine Schande! Und jetzt trat dieser Traumtyp auch noch dicht vor Bastian hin und küsste ihn ungeniert!

Hannah biss sich für eine Sekunde auf die Lippen, dann hatte sie sich wieder gefangen und begrüßte Ulli mit freundlichem Lächeln.

»Schön, dich kennenzulernen«, sagte Ulli. »Bastian hat erzählt, dass ihr als Kinder oft zusammen wart.«

»Ja, damals bin ich mit meinen Eltern jedes Jahr hier in Urlaub gewesen.« Hannah machte eine umfassende Handbewegung. »Aber als Oma und Opa noch im Haus wohnten, war alles viel enger, düsterer.«

»Stimmt. Darum haben wir ja auch umgebaut.« Ulli wies nach links. »Das Haus da hab ich vor Jahren gekauft und mir die Praxis eingerichtet. Die obere Etage ist inzwischen vermietet. Bastian wollte lieber hier wohnen bleiben, also bin ich hergezogen.« Er schaute auf die Uhr. »Ui, so spät schon. Ich muss noch mal los, Hausbesuche.« Kurz strich er Bastian über den Arm und winkte Hannah zu. »Wir sehen uns später.«

»Bis dann.« Bastian sah ihm mit einem zärtlichen Lächeln nach, von dem sich Hannah gewünscht hätte, dass Jo sie einmal so angesehen hätte. »Und du? Willst du deine Sachen gleich einräumen, oder sollen wir erst mal zum See gehen?«

Hannah zögerte. »Ich würde gern auspacken und mich ein bisschen erholen«, gestand sie. »So eine lange Fahrt bin ich nicht mehr gewöhnt.«

»Okay, mach das. Ich lauf dann mal runter und vertäue die Boote für die Nacht. Das mach ich am liebsten immer selbst, dann bin ich sicher, dass alles in Ordnung ist. Zum Abendessen bin ich zurück.«

3

Langsam schlenderte Hannah die Uferpromenade entlang. Seit anderthalb Wochen war sie jetzt im Chiemgau, und so langsam erholte sie sich. Seit vorgestern schlief sie sogar durch, was sie wie ein kleines Wunder empfand.

Heute war ein Frühlingstag wie aus dem Bilderbuch, und in Prien herrschte schon reger Touristenrummel. Die Straßen waren voll, und auf der alten grünen Chiemseebahn, die den Bahnhof mit der Schiffsanlegestelle verband, drängten sich die Menschen.

Bastian war schon früh am Morgen zur Arbeit gegangen, und Ulli hatte sie noch nicht mal beim Frühstück gesehen. Der Tierarzt war schon zeitig unterwegs gewesen, er hatte bei umliegenden Bauern zu tun. Unter anderem stand bei einer Kuh eine Zwillingsentbindung an, und der alte Huberbauer hatte dringend um den Besuch des Tierarztes gebeten.

Als sie an einem großen Blumengeschäft vorüberkam, ging Hannah langsamer. Im Schaufenster drängten sich die Vasen mit Tulpen, Narzissen, Rosen und Gerbera. Ganz vorn waren sehr geschmackvolle Sträuße gebunden, die davon zeugten, dass die Floristin, die den Laden betrieb, eine Könnerin war.

Gerade trug ein Mann in Jeans und hellblauem Hemd eine Kiste mit Blumen in seinen Kombi. *Seehotel Moosgrund* stand in schwungvoller Schrift auf dem Wagen. Hannah sah, dass der Mann mit der linken Hand die Heckklappe öffnete, die Blumenpalette balancierte er in der Rechten.

»Achtung!« Mit drei langen Schritten war Hannah neben ihm und hinderte die Glasschalen mit den kunstvoll arrangierten Blumen daran, zur Erde zu fallen.

»Danke! Puh, das hätte mir gerade noch gefehlt heute!«

»Keine Ursache.« Hannah hielt ihm die Tür auf. »Die Gestecke sind sehr schön. Steht eine Hochzeit an?«

»Ja. Mein Vetter heiratet, und seine Zukünftige hat auf weißen Rosen und lilafarbenen kleinen Orchideen bestanden. Wenn die Blumen auf der Erde gelandet wären, hätte sie mir das wohl nie verziehen.« Er seufzte. »Schade, ich würde mich gern mit einem Kaffee für Ihre Hilfe bedanken, aber ich muss los. Irgendwie muss ich noch eine Aushilfskellnerin auftreiben. Was fast ein Ding der Unmöglichkeit ist heute.«

»Dann – viel Erfolg.« Sie wollte weitergehen, doch der Mann hielt sie zurück.

»Sie kennen nicht zufällig jemanden, der einen Job sucht?«

Hannah atmete ein paar Mal tief durch. »Doch. Mich.« Sie zuckte mit den Schultern. »Ich bin allerdings Floristin, hab nur mal in meiner Jugend gekellnert.«

»Sie schickt mir der Himmel.« Der Mann streckte ihr die Hand entgegen. »Ich bin der Hollerer Andreas. Mir gehört das Hotel drüben im Ortsteil Harras.«

»Ich heiße Hannah Scheifart.«

»Also Hannah ... wenn Sie das ehrlich gemeint haben gerade ...«

Hannah zögerte. »Eigentlich bin ich nur auf Urlaub hier. Aber ... für ein paar Tage könnte ich helfen – wenn Sie mit jemandem auskommen wollen, der nicht perfekt ist.«

»Kein Mensch ist perfekt.« Andreas hielt ihr den Wagenschlag auf. »Kommen S' mit, ich zeig Ihnen alles. Ganz unverbindlich, gell?«

Hannah nickte. Während sie quer durch Prien hinüber nach Harras fuhren, erzählte der Hotelier, dass sein Haus seit fast zweihundert Jahren in Familienbesitz war. »Wir haben zwar modernisiert, doch es gibt noch die alte Wirtsstube, den Biergarten, der bis zum See reicht, und einen Kinderspielplatz.« Er hielt an einer roten Ampel und sah Hannah forschend an. »Woher kommen Sie?«

»Aus Köln. Aber als Kind war ich oft in Prien, meine Großeltern haben hier gelebt.«

»Und jetzt machen Sie Urlaub in der Gegend?«

»So kann man es nennen.« Hannah zögerte, dann entschloss sie sich, die Wahrheit zu sagen. »Ich hab gerade mein Geschäft verloren.«

»Was war's denn für ein Laden?«

»Eine Blumenboutique.« Sie lächelte. »Deshalb bin ich auch so langsam an dem schönen Geschäft vorübergegangen. Die Floristin ist eine Künstlerin.«

»Das stimmt. Deshalb will meine Frau auch nur die Deko von ihr haben.«

»Das versteh ich gut.«

Sie fuhren an blühenden Obstwiesen vorbei, durchquerten drei kleine Dörfer, deren Mittelpunkt stets eine kleine

Kirche mit Zwiebelturm war, und bogen dann in eine schmale Straße ein, die wieder direkt an den See führte.

»Da sind wir schon.« Andreas Hollerer fuhr seitlich am Hotelgebäude vorbei auf den Hof. »Erst lade ich rasch die Blumen aus, dann stell ich Sie meiner Frau vor.«

»Ich helfe Ihnen.« Geschickt nahm Hannah ihm eine der beiden Paletten ab und trug sie ins Haus, das im hinteren Bereich ganz mit Holz verkleidet war.

Und dann ging alles so schnell, dass Hannah es noch Stunden später kaum glauben konnte: Die Wirtin, eine schlanke Frau mit kurzem blondem Haar, kam ihnen in der Schankstube entgegen. Sie trug ein Seidendirndl und wirkte leicht gestresst.

»Wo bleibst du denn nur? In einer Stunde kommen die Gäste!«

»Ich hab nicht nur Blumen besorgt.« Andreas Hollerer wies auf Hannah. »Das ist unsere neue Aushilfe, die Hannah Scheifart.«

»Sie sollten Ihrer Frau sagen, dass ich eine Ewigkeit lang nicht mehr serviert habe.«

»Macht nichts. Könnten Sie mir bei den Blumen helfen?«

»Ich bin von Beruf Floristin«, erklärte Hannah auch der Wirtin.

»Wunderbar. Dann kommen Sie mit, alles andere können wir später regeln. Jetzt pressiert's.«

Vier Stunden später wusste Hannah nicht mehr, wo die Zeit geblieben war. Sie hatte eine weiße Bluse von einer Kollegin bekommen, vor die Jeans einen dunkelroten Vorbinder gebunden – und half, wo Not am Mann war. Sie reichte Sektgläser an die Hochzeitsgesellschaft, nahm Garderobe entgegen, versorgte die Blumen und Päckchen, die geschenkt wurden, und vergaß endlich für eine Weile ihren Kummer.

»Wenn Sie nur halb so geschickt beim Servieren sind wie beim Dekorieren, sind Sie ein Gewinn für unser Haus.« Die Wirtin streckte Hannah die Hand entgegen. »Sie denken mit, das ist mir wichtig. Also – auf gute Zusammenarbeit!«

»Aber ich bleibe nicht lange am Chiemsee«, wandte Hannah ein, »ich muss in wenigen Wochen zurück nach Hause.«

»Ist schon recht. Aber solang Sie wollen, können S' hier arbeiten.« Walli sagte es freundlich, doch mit unpersönlicher Stimme. Sie musterte Hannah kurz. »Die Haare müssen zusammengebunden werden. Morgen such ich Ihnen ein passendes Dirndl raus, weiße Blusen müssen Sie sich selber mitbringen. Wir haben ja keine Kleiderkammer.«

»Ist klar.«

»Dann – bis morgen, Hannah.« Ein knappes Nicken, dann wandte sich die Hotelchefin mit freundlichem Lächeln einer Gruppe von Gästen zu, die soeben die Halle durchquerte.

Als Hannah am frühen Abend in die Prinzengasse einbog, an der Bastians Haus lag, fiel ihr gleich die Menschenansammlung vor dem Nachbargrundstück auf. Zwei Autos standen quer, ein junger Mann versuchte soeben, sein Mofa über den Bürgersteig zu schieben und so dem Menschenauflauf zu entkommen. Ein Mann hielt ein weinendes kleines Mädchen auf dem Arm und sprach erregt auf einen anderen ein.

»Was ist passiert?« Hannah wandte sich an eine alte Frau, die ein wenig abseits stand.

»Ein Hund hat eine Katze gejagt, dabei ist er vor ein Auto gelaufen und verletzt worden.«

»Hier ist eine Tierarztpraxis.«

»Ja, zum Glück hat sich der Doktor auch gleich um das Tier gekümmert. Aber die beiden da …«, sie wies auf die erregt diskutierenden Männer, »die sind sich noch nicht einig, wer jetzt den Schaden an ihren Autos bezahlt. Der Hund hat wohl keine Steuermarke.«

»Das muss die Polizei klären, denke ich.« Hannah wollte schon weitergehen, blieb dann aber abrupt stehen. Ihre Augen weiteten sich, und das Herz setzte einen Schlag aus. »Jo …«

Da stand er, ein wenig abseits, lässig an seine Harley gelehnt, und grinste ihr unverschämt entgegen.

»Wie ich sehe, geht's dir gut«, meinte er und wies auf die beiden Plastiktüten, die Hannah in den Händen hielt. »Warst wohl shoppen, was?«

Sie sah ihn wütend an. »Wovon denn, bitte schön? Hast du vergessen, dass ich dank deiner Hilfe völlig pleite bin?«

»Nun reg dich nicht gleich wieder auf!«

»Ach nein? Soll ich bei dem Gedanken, alles verloren zu haben, ruhig und gelassen bleiben?« Sie trat dicht vor ihn hin, roch das süßliche Rasierwasser, das Jo bevorzugte und das sie noch nie hatte leiden mögen, und merkte überrascht: Es tat nicht mehr weh! Jo zu sehen, seine Nähe zu spüren, berührte sie nicht mehr! ES WAR VORBEI!

»Warum grinst du denn jetzt so?« Jo sah sie aus zusammengekniffenen Augen an.

»Nur so.«

»Ach nee …« Er griff nach ihrer Hand. »Lass mal sehen, was du da eingekauft hast.«

»Das geht dich gar nichts an. Sag mir lieber, warum du hier bist.«

»Ich ... ich wollte dich sehen.« Jetzt gab Jo wieder mal den Zerknirschten, so, wie er es oft getan hatte, wenn er Hannah irgendwie rumkriegen wollte.

»Hör mit der Märchenstunde auf, Jo.« Hannah schüttelte den Kopf. »Du willst was, oder?«

»Nein!«

»Ich wette, dass doch. Aber bei mir ist nichts zu holen, das solltest du wissen.«

»Nein, nein, nein, du verstehst mich ganz falsch. Ich ... ich wollte dir Geld bringen und mal in Ruhe mit dir reden.«

»Du bringst mir persönlich Geld? So ein Schwachsinn! Hast du vergessen, dass es Banken und Konten gibt? Den Weg hättest du dir sparen können – und mir die Begegnung mit dir.«

»Sei nicht so ironisch, das steht dir nicht!«

Hannah ging nicht darauf ein. Die neue Arbeit, die sie so überraschend gefunden hatte, die nette Art, mit der sie vor allem von Andreas Hollerer aufgenommen worden war, hatten ihr Selbstbewusstsein gestärkt.

»Willst du mich nicht ins Haus bitten? Es interessiert mich, wie du deine Ferien verbringst.«

»Ferien!« Hannah spuckte das Wort beinahe aus. »Darunter versteh ich eigentlich was anderes. Und wie ich hier lebe, geht dich einen Scheiß an!« Sie machte Anstalten, ins Haus zu gehen.

»He, wie bist du denn drauf?« Jo folgte ihr mit langen Schritten. Er ließ sogar für ein paar Minuten seine Maschine unbeaufsichtigt, was einem kleinen Wunder gleichkam.

»Hier …« Er streckte Hannah einen Umschlag entgegen. »Damit du siehst, dass ich es ehrlich meine.«

»Was ist das?« Skeptisch sah Hannah auf den weißen Umschlag.

»Geld. Fünfhundert – als weitere Anzahlung.«

Kopfschüttelnd sah sie ihn an. »Was ist mit dir los, Jo? Ich kenne dich, irgendwas stimmt nicht!«

Der Mann kniff die Lippen zusammen. Verdammt, sie kannte ihn wirklich in- und auswendig! Er hätte es sich denken können, dass sie nicht einfach umschwenkte und ihn gleich in die Arme schloss!

Nebenan öffnete sich die Tür und Ulli kam heraus.

»Ist das dein Vetter?«, fragte Jo.

»Nein.« Hannah ging zur Haustür. »Danke für das Geld – und jetzt fahr wieder heim.«

»Es ist schon fast dunkel!« Das klang so vorwurfsvoll-komisch, dass sie lachen musste.

»Dann nimm dir ein Zimmer hier in der Gegend.«

»Hannah, ich … ich war ein Esel, als ich mit Nina … Aber sie hat mich verführt, ich konnte gar nicht dagegen an. Schließlich bin ich auch nur ein Mann und …«

Mein Gott, war das billig! So kannte sie ihn gar nicht! Hannah stand an der Haustür und warf einen letzten Blick auf Jo, der sie mit einem Dackelblick ansah, der eher komisch als mitleiderregend war.

»Es hat Ärger mit Nina gegeben, nicht wahr? Das ging schneller als gedacht. Sie ist nicht der Typ, der dir hinterherräumt, so blöd wie ich ist sie nicht«, sagte Hannah ihm auf den Kopf zu. »Da hast du dich verkalkuliert, dein Pech. Jetzt willst du sicher hier unterkriechen. Aber nicht mit mir, Jo. Wir zwei sind fertig miteinander.« Sprach's und schloss die

Tür hinter sich. Innen im Haus lehnte sie sich für einen Moment an das alte Holz und atmete ein paar Mal tief durch.

»Du blöde Zicke! Was bildest du dir ein? So eine wie dich finde ich an jeder Straßenecke!« Jos wütende Stimme war weithin zu hören. Gleich darauf erklang der satte Klang der Harley, und Hannah atmete auf.

In ihrer Hand knisterte immer noch das Kuvert mit zehn Fünzig-Euro-Scheinen.

»Ein guter Tag war das heute«, murmelte sie, als sie in ihr Zimmer ging und sich erst einmal unter die Dusche stellte. Sie hatte einen Job bekommen, endlich mal wieder Geld verdient – und das Kapitel Jo abgeschlossen!

4

»Sollen wir Hannah nicht mitnehmen? Sie interessiert sich bestimmt auch für das Konzert. Und eine Karte für sie gibt's sicher auch noch.« Sebastian Scheifart band sich die blaue Krawatte und sah im Spiegel zu Ulli hinüber, der noch vor dem Schrank stand und nach einem weißen Hemd suchte.

»Verdammt, beide weißen Hemden sind in der Wäsche. Deine Kusine könnte sich ruhig mal nützlich machen und zumindest waschen und bügeln.«

»Hannah soll sich erholen. Ich find's schon nicht richtig, dass sie beim Hollerer jobbt. Außerdem hat sie vorige Woche die ganze Wäsche gemacht. Ich will das aber nicht. Wir sind ja auch vorher gut zurechtgekommen.«

»Stimmt. Aber wenn sie schon hier ist, kann sie auch was im Haus schaffen. Das ist doch das Mindeste, was sie tun kann.« Ulli griff nach einem hellblauen Hemd mit schmalen weißen Streifen.

»Du bist kleinlich. So kenn ich dich gar nicht.« Sebastian zog sich eine Brokatweste über. »Sie hat hier Wohnrecht, schon vergessen? Das haben die Großeltern so festgelegt.«

»Aber sie tut so, als sei das hier eine Pension. Wie lange

will sie uns denn noch auf der Tasche liegen? Sie ist jetzt schon fünf Wochen hier!« Ulli umarmte den Freund. »Sie ist nett, das geb ich ja zu, Bastian, aber … irgendwie stört sie.«

»Mich nicht. Ich freu mich, dass es ihr wieder gutgeht. Sie sieht doch schon viel besser aus, nicht wahr? Und seit sie den Aushilfsjob hat, ist sie richtiggehend aufgeblüht.«

»Ach ja? Ist mir nicht aufgefallen.«

»Ulli! Was ist denn auf einmal mit dir los?«

Ulli seufzte auf. »Weiß ich selber nicht. Aber es ist mir einfach nicht angenehm, dass sie ganz in unserer Nähe schläft. Irgendwie hemmt mich das!«

Sebastian grinste. »Davon hab ich aber noch nichts gemerkt.« Er küsste den Freund. »Und jetzt komm, sonst verspäten wir uns. Und das Benefizkonzert auf Schloss Immling findet schließlich zu Gunsten des Tierheims statt.« Er musterte Ulli mit leicht schräg gelegtem Kopf. »Nimm die grüne Krawatte mit den kleinen Geweihen.«

»Aber du hast doch auch die hellblaue an!«

»Eben. Wir sind keine siamesischen Zwillinge. Du weißt, dass ich es nicht mag, im Partnerlook zu gehen.«

Ulli riss sich die hellblaue Krawatte ab. »Meinetwegen. Aber deine Hannah nehmen wir nicht mit! Heute will ich dich für mich allein!«

Sebastian nickte. »Also gut. Ich will nur hoffen, dass heute nicht Othello gespielt wird, sonst springst du noch auf die Bühne und singst die Titelrolle!«

»Blödmann!« Ulli grinste und boxte ihn kurz in die Seite.

Als die beiden Männer gleich darauf hinunter in die geräumige Wohnküche kamen, merkte man ihnen von dem Disput nichts mehr an. Ulli ging zur Kaffeemaschine und goss sich noch eine Tasse ein, während Sebastian die Konzertkarten aus einer Schublade nahm und in sein Jackett steckte.

»Wo ist Hannah eigentlich?«, fragte er und sah aus dem Fenster.

»Keine Ahnung. Vielleicht macht sie einen Ausflug bei dem schönen Wetter.«

»Das hätte sie doch gesagt!«

Ulli verdrehte die Augen. »Sie ist kein Kleinkind! Und du musst nicht jeden ihrer Schritte bewachen!«

»Schon gut, nicht schon wieder das Thema!«

Gerade als die beiden Männer das Haus verlassen wollten, kam ihnen Hannah auf dem altersschwachen Fahrrad, das sie im Schuppen entdeckt hatte, entgegen. In dem kleinen Korb vorn an der Lenkstange lagen ihre Einkäufe, außerdem drei dicke Bündel Maiglöckchen.

»Ihr seid aber fesch! Was habt ihr vor?« Lächelnd sah sie von einem zum anderen.

»Wir fahren zu einem Benefizkonzert.« Sebastian zögerte, dann fragte er doch: »Magst du mitkommen?«

Hannah schüttelte den Kopf. »Danke, aber ich muss gleich zur Arbeit. Ich hab der Walli versprochen, die Tischdeko für eine Bauernhochzeit zu machen. Die Brautleute wollen es ganz zünftig.« Sie wies auf die Maiglöckchen. »Es sind die ersten in diesem Jahr. Ich konnte einfach nicht widerstehen, als ich sie auf dem Markt gesehen hab! Leider passen sie nicht zu den Sachen, die ich schon rausgesucht hab, um die Tische zu schmücken. Aber hier auf dem Esstisch sehen sie gut aus.«

»Sehr schön.« Ulli ging zu seinem Porsche. »Wir müssen los, Basti!« Er winkte auffordernd.

»Viel Vergnügen!« Hannah verstaute ihre Einkäufe, stellte die Maiglöckchen in eine dunkelblaue bauchige Glasvase, dann machte sie sich auf den Weg zum Hotel *Moosgrund*.

Es war ein sonniger, warmer Tag. Der Himmel, wolkenfrei und von klarem Postkartenblau, spiegelte sich im See. Jetzt, im Mai, herrschte schon reger Schiffsverkehr. Neben etlichen Segelbooten waren die großen Ausflugsdampfer unterwegs. Hannah bemerkte den alten, romantischen Schaufelraddampfer »Ludwig Feßler«, der in Richtung Herreninsel unterwegs war.

Zum Schloss Herrenchiemsee müsste ich auch mal wieder, ging es ihr durch den Kopf. Das Märchenschloss Ludwigs II. war die Hauptattraktion des Sees und wurde jedes Jahr von vielen tausend Touristen aus aller Welt besucht. Hannah erinnerte sich, dass sie schon als Kind von der Pracht des Schlosses fasziniert gewesen war, so wie von den vielen romantischen Geschichten über den bayerischen Märchenkönig, den auch heutzutage noch ein geheimnisvoller Mythos umgab.

»Da bist du ja schon! Gott sei Dank!« Walli, die Wirtin, hatte einen hochroten Kopf. »Der Xaver hat sich in der Küche verbrüht und fällt aus, die Tonia hat sich krankgemeldet … das wird eine Katastrophe! Und das, wo der Bräutigam der Sohn des zukünftigen Landrats ist!«

»Geh du ruhig in die Küche, Walli, ich schau, dass ich auch beim Servieren helfen kann.« Hannah, die jeden Tag heimlich übte, war inzwischen schon recht versiert. Drei Teller trug sie in einer Hand, und verschüttet hatte sie in der letzten Woche gar nichts mehr, so dass Walli auch nichts mehr zu kritisieren fand. Sie führte ein strenges Regiment, und Hannah hatte schon mehrfach festgestellt, dass sie vor allem den jungen und hübschen Mitarbeiterinnen gegenüber oft ungerecht war.

»Gut, wie du meinst. Aber wenn was ist …«, Walli schob sich eine Haarsträhne aus dem Gesicht, »frag mich, nicht den Andreas. Der muss sich um die Gäste kümmern.«

»Geht in Ordnung.« Hannah musste sich ein kleines Lächeln verkneifen. Sie spürte, dass Walli eifersüchtig war. Vor ihren Ausbrüchen hatte sie vor wenigen Tagen noch eine Kollegin gewarnt. »Sie denkt immer, man würde ihr den Andi wegnehmen«, hatte die gesagt. »Dabei sollte sie sich lieber vorsehen, dass sie ihn mit ihrem Gezänk net vergrault.«

»Mich interessiert nur der Job«, hatte Hannah erwidert.

»Das gib der Chefin lieber schriftlich.«

Nur kurz ging Hannah das Gespräch durch den Kopf, dann erforderte die Arbeit ihre volle Konzentration. Das Dekorieren der Tische mit blau-weißen Bändern, hellroten Priemeln und blauen Kerzen ging ihr schnell von der Hand. Und auch der Sektempfang verlief ohne Zwischenfälle, das Essen wurde rechtzeitig serviert und schmeckte allen ausgezeichnet.

Bevor sie draußen alles für die Kaffeetafel herrichtete, ging Hannah hinunter zum See, um dort eine Viertelstunde Pause zu machen. Einige der Kolleginnen saßen im Hotel zusammen und aßen etwas, doch Hannah hatte keinen Hunger. Sie wollte nur Ruhe, und beim Blick auf den See, der so friedlich im Sonnenschein vor ihr lag, konnte sie am besten entspannen.

Im Schatten einer Ulme ließ sie sich auf einer Bank nieder und streckte die Beine weit von sich. Das tat gut! Die ungewohnte Arbeit strengte sie immer noch an, doch mit jeder Woche wurde es besser. Die Begegnung mit dem Wirt vom *Seehotel Moosgrund* war mehr als eine glückliche Fügung gewesen! Es kam ihr oft so vor, als beginne hier in Bayern ein ganz neuer Lebensabschnitt für sie. Hannah schloss die Augen und stellte sich vor, wie und wo sie sich wohl ein neues Leben aufbauen könnte. Für immer konnte sie nicht bei Bastian wohnen bleiben, das war klar.

Sie zuckte zusammen, als ein Windstoß ihr die Haare zerzauste und die Servierschürze, die sie neben sich gelegt hatte, fortriss und ein paar Meter weit über die Wiese wirbelte. Blätter segelten durch die Luft, und erst jetzt bemerkte Hannah, dass die Sonne verschwunden war.

Der Chiemsee war berüchtigt für schnelle Wetterumschwünge. Innerhalb weniger Minuten konnte das schönste Sommerwetter kippen. Auch jetzt waren die Wolkenstreifen, die von Westen immer näher kamen, ein sicheres Anzeichen für das heraufziehende Unwetter.

Hannah sah sich um, doch von ihrem Platz aus konnte sie keine der Warnleuchten, die vierzig bis achtzig Lichtblitze in der Minute aussandten und so die Boote auf dem See warnten, erkennen. Dennoch rannte sie zurück zum Hotel. Auf der Terrasse waren drei Kolleginnen bereits damit beschäftigt, die Kaffeetafel abzutragen.

»Alles in den großen Saal!«, rief die älteste von ihnen. »Hier ist nichts mehr sicher.«

Hannah half den Kolleginnen, und nach einer Viertelstunde war umgeräumt und die Tische neu dekoriert.

»So was hab ich noch nicht erlebt«, meinte Sandra, gerade mal siebzehn und eine Praktikantin aus Rosenheim. Sie hatte eigentlich auf die Kinder, die zur Hochzeitsgesellschaft gehörten, aufpassen sollen, doch spontan beim Umräumen geholfen.

»Der Chiemsee ist tückisch, das wissen leider nur die wenigsten Fremden.« Hannah sah sich um. »Wo sind denn die Kinder?«

»Drüben im Schuppen. Sie spielen Verstecken.« Sandra lachte. »Hoffentlich haben sie sich nicht allzu schmutzig gemacht.«

Hannah biss sich auf die Lippen. Ein ungutes Gefühl überkam sie plötzlich, für das sie allerdings keine Erklärung fand. Während die Kolleginnen sich um die Gäste kümmerten und aus der Küche Kaffee und Kuchen holten, hastete sie zurück zum See. Der Himmel war inzwischen von grauen Wolken überzogen, der Sturm hatte noch zugenommen.

Hannah ging bis zum Ufer und sah sich suchend um. Sie bemerkte ein paar Tretboote, die eilig zum Ufer zurückkamen, und auch drei Segelboote steuerten den nahe gelegenen Hafen an.

»Hilfe! Papa, hilf mir!«

Hannah zuckte zusammen und sah sich suchend um. Wenn sie sich nicht irrte, kamen die Rufe von links, dort, wo ein kleiner Schilfgürtel bis weit ins Wasser reichte.

»Papa! Papa! Ich kann nicht ...« Der Sturm verschluckte die weiteren Worte.

»Wo bist du?« Hannah legte die Hände trichterförmig vor die Lippen. »Hallo! Ruf noch mal!«

»Hier! Papa, hilf mir!« Die Kinderstimme erstickte in einem Schluchzen.

Mit einem Ruck schleuderte Hannah ihre Schuhe von den Füßen und watete durch das hohe Schilf ins Wasser. Himmel, war das noch kalt!

»Papa …« Die Kinderstimme, viel leiser noch als vorher, war aus dem Schilf gekommen, da war sie sich jetzt sicher!

»Wo bist du?«

»Hier …«

Noch drei Schritte tiefer ins Wasser … Hannahs schwarzer Rock klebte nass an den Beinen, einmal rutschte sie auf einem größeren Stein aus und schrie unterdrückt auf, als ein kurzer Schmerz ihren linken großen Zeh durchzuckte. Verdammt, Sandra, warum hast du nicht aufgepasst, schoss es ihr durch den Kopf. Ein paar Minuten Unaufmerksamkeit können verheerende Wirkung haben!

Immer heftiger schlug sie die Schilfhalme auseinander. Ihr Herz klopfte bis zum Hals, als sie den kleinen Jungen entdeckte, der sich an ein paar der mannshohen Gräser festklammerte. Die Wellen umspülten seinen Körper bis zur Brust, das runde Gesichtchen war nass, so wie die dunklen Haare, die ihm wirr in die Stirn hingen.

»Mein Gott, Kerlchen, was machst du für Sachen!« Sie schob die Schilfhalme jetzt mit beiden Armen zur Seite, watete auf ihn zu und hob ihn auf die Arme. »Warum bist du denn ins Wasser gegangen? Es ist doch noch viel zu kalt zum Schwimmen.«

»Die Entchen … ich bin ihnen nachgelaufen. Sie haben sich auch hier versteckt. Und da hab ich gedacht, der Sepp findet mich hier nie.« Ein lautes Schluchzen folgte. »Dann waren da die Wellen … und ich hab Angst gekriegt.« Wieder liefen ihm Tränen übers Gesicht. »Mein Papa … ich will zu meinem Papa!«

»Aber ja. Da gehen wir gleich hin. Halt dich an mir fest, jetzt musst du keine Angst mehr haben.« Sie ging, vorsichtig Fuß vor Fuß setzend, zum Ufer zurück. »Nicht so zappeln, sonst fallen wir beide noch ins Wasser.«

O verflixt, das hätte ich nicht sagen sollen, schoss es ihr durch den Kopf, denn der kleine Junge auf ihrem Arm fing gleich wieder an zu weinen.

»Timmy!« Die dunkle Männerstimme klang panisch. »Timmy, wo steckst du?«

»Hier ...«, antwortete ein Stimmchen leise und kläglich.

»Wir sind gleich da, keine Angst, Timmy ist nichts passiert!«, rief Hannah lauter.

Und dann stand er auch schon vor ihr – ein großer, dunkelhaariger Mann, dessen gut geschnittenes Gesicht von angstvoll aufgerissenen Augen beherrscht wurde.

»Mein Gott, Timmy!« Er riss ihr den Jungen fast gewaltsam aus den Armen und presste ihn an sich.

Vorsicht, er ist klatschnass, wollte Hannah ihn warnen, doch da war der dunkelblaue Anzug schon durchnässt. Den Mann störte das allerdings nicht, er ließ seinen Jungen, der jetzt ganz jämmerlich zu weinen begann, nicht aus den Armen. Leise und tröstend sprach er auf ihn ein.

Um Hannah kümmerte sich zunächst niemand. Zitternd vor Kälte und halb nass stand sie am Seeufer und sah zu, wie etliche der Hochzeitsgäste sich um Vater und Sohn scharten. Erst Andreas Hollerer wurde auf sie aufmerksam.

»Um Himmels willen, Hannah, komm schnell rein, du holst dir ja den Tod!« Er zog sein Jackett aus und legte es Hannah um die Schultern.

»Lass gut sein, ich bin in Ordnung.« Sie streifte die dunkelgrüne Trachtenjacke wieder ab. »Die wird ganz nass.«

»Ist doch egal.« Andreas Hollerer legte ihr die Jacke wieder um, dabei hielt er Hannah länger als nötig umarmt.

»Ich ... ich lauf rasch ins Haus und zieh mich um. Dank dir, Andreas.« Seit einigen Tagen duzte sich Hannah mit Chef und Chefin, so wie es hier in der Gegend üblich war.

»Deine gute Jacke! Bist du narrisch?« Walli Hollerer fauchte ihren Mann wütend an. »Die ist ganz neu!«

»Ja und? Die Hannah ist ganz durchnässt!«

»Dann soll sie sich umziehen gehen. Du musst dich net zu ihrem Beschützer und Retter aufspielen.«

»Walli, nicht schon wieder«, murmelte der Mann. »Verschon mich heut mit deiner Eifersucht.« Mehr sagte er nicht, denn jetzt kamen etliche der Gäste auf ihn zu und diskutierten darüber, wie es zu dem Unglück hatte kommen können.

Sandra, tränenüberströmt, bat immer wieder: »Verzeihung. Es tut mir so leid, aber ... ich hab doch nur beim Umräumen helfen wollen. Bittschön, verzeihen Sie mir.«

»Es ist ja noch mal gutgegangen.« Timmys Vater hatte sich wieder gefasst. »Wir fahren jetzt kurz heim und ziehen uns um.« Er wandte sich an den Brautvater, mit dem er befreundet war. »Zum Abendessen bin ich zurück, Alfons. Den Buben bring ich zu einer Nachbarin, die passt häufig auf Timmy auf, wenn die Sissi, meine Haushälterin, Feierabend hat. Lasst euch die Feier nur nicht verderben durch den Zwischenfall. Es ist ja nix passiert.«

»Ein Glück, dass die junge Frau so beherzt gehandelt hat.«

»Ja. Bei ihr muss ich mich noch bedanken.« Er sah sich um. »Weißt du, wo sie steckt?«

»Wahrscheinlich zieht sie sich um. Sie war ja fast bis zur Taille im Wasser.«

»Dann sag ich ihr nachher, wie tief ich in ihrer Schuld stehe. Ich dank ihr von Herzen.«

Lachen und Scherzen klang aus dem großen Saal. Die Hochzeitsgesellschaft hatte den Zwischenfall am See rasch vergessen und vergnügte sich. Gerade tanzte das Hochzeitspaar den Brautwalzer, umringt von der klatschenden Gästeschar. Die Braut sah bezaubernd aus in ihrem zartgelben Trachtendirndl, zu dem sie einen Kranz aus weißen und gelben Rosen im Haar trug. Und auch der Bräutigam war fesch im nachtblauen Trachtenjanker.

»Da sind Sie ja! Ich hab Sie schon gesucht.« Hannah, die an einer der Saaltüren stand und ein Tablett mit frischen Sektgläsern bereithielt, sah sich um. Schräg hinter ihr stand Timmys Vater. »Ich hatte noch keine Gelegenheit, mich bei Ihnen zu bedanken.« Er biss sich auf die Lippen. »Wenn mein Junge ertrunken wäre … ich weiß nicht, was ich getan hätte. Ihn auch noch zu verlieren, wäre zu viel gewesen.«

»Ich glaube nicht, dass es so weit gekommen wäre. So tief war Timmy gar nicht im Wasser.«

»Trotzdem …« Aus dunklen Augen, in denen immer noch etwas von der Angst stand, die der Mann empfunden hatte, sah er Hannah an.

»Machen Sie sich keinen Kopf mehr, es ist ja alles gutgegangen. – Wo ist Timmy denn jetzt?«

»Daheim. Als ich ging, schlief er schon tief und fest nach all der Aufregung. Aber er hat das Abenteuer wohl gut überstanden.«

»Dann ist ja alles in Ordnung.« Sie lächelte ihn kurz an. »Mich entschuldigen Sie bitte, ich muss weiterarbeiten.« Während sie Sekt reichte, dachte sie: Timmy lebt offensichtlich allein mit seinem Vater. Ob die Mutter tot ist? Vielleicht sind die Eltern aber auch geschieden.

»Wir sehen uns noch, Hannah. Ich … ich danke Ihnen

nochmals von ganzem Herzen. Ach ja …«, er drückte ihren Arm, »ich habe mich noch gar nicht richtig vorgestellt: Ich heiße Stefan Trautberg, mir gehört ein Gasthof in Gstadt.«

»Gasthof nennt er den riesigen Besitz!« Unbemerkt war Andreas zu ihnen getreten. »Hannah, den *Kastanienhof* musst du dir mal ansehen! Es ist eines der ältesten Häuser am ganzen See, aber erstklassig restauriert. Von dort sieht man gleich rüber zur Fraueninsel.« Andreas Hollerer sah Hannah lächelnd an. Sie sah auch jetzt noch, am späten Abend, bezaubernd aus. Wenn er sie mit seiner Walli verglich … die stand, verschwitzt und schimpfend, in der Küche und räumte auf, weil die beiden Azubis so spät nicht mehr arbeiten durften. Selber schuld war sie, die Walli. Auch heute war sie wieder zu geizig gewesen, eine zweite Küchenhilfe zu bezahlen, da schuftete sie lieber selbst bis zum Umfallen.

Er seufzte unterdrückt auf. »Ich muss weiter. Stefan, sehen wir uns bei der nächsten Hoteliersversammlung?«

»Ich komme auf jeden Fall.« Stefan Trautberg wandte sich wieder an Hannah. »Der Andi hat recht: Sie müssen sich meinen Gasthof ansehen. Seit drei Jahren hab ich eine Weinstube in einem der Nebengebäude eröffnet – trinken Sie gern Wein?«

Hannah lachte. »Ich komme vom Rhein, da gibt's ausgezeichneten Wein.«

»Na, hier bei uns auch. Schauen Sie sich meinen Weinkeller an. Morgen?«

»Morgen …« Hannah zögerte, dann nickte sie. »Aber erst am Nachmittag. Ich muss mal wieder ausschlafen.«

»Ich freu mich.« Sein Lächeln war ungemein sympathisch, kleine Fältchen bildeten einen Kranz um seine dunklen Augen, und in der linken Wange hatte er ein Grübchen, zu dem Hannah fasziniert hinsehen musste, ob sie wollte oder nicht. Er streckte ihr die Hand entgegen. »Dann sehen wir uns morgen.« Plötzlich biss er sich auf die Lippen. »Ach nein, sorry, morgen geht's ja nicht. Da muss ich eine Gruppe von Gästen herumführen.« Er griff nach Hannahs Hand. »Übermorgen habe ich alle Zeit der Welt. Sie kommen, ja?« Wieder sah er sie so intensiv an, dass es ihr kleine süße Schauer über den Rücken jagte.

»Ist gut, ich werde kommen. Bis dann.« Sie nickte ihm zu und musste sich dann zwingen, hinüber zu zwei Tischen zu gehen und dort die leeren Gläser abzuräumen.

Es war schon früher Morgen, als die Hochzeitsfeier endlich zu Ende war und Hannah heimgehen konnte. Am mattgrauen Himmel glitzerten noch ein paar vereinzelte Sterne, und die Mondsichel verschwand in dem Moment, als Hannah hochschaute, hinter einer dichten Wolke.

Fröstelnd zog sie sich den dicken Janker fester um die Schultern und ging hinters Haus zu dem mit Holzschindeln gedeckten Schuppen, in dem Gartenmöbel, Sonnenschirme und leichtes Gartengerät verwahrt wurden. Hier stand ihr altes Fahrrad an einer Seitenwand.

»Hannah, warte!« Andreas Hollerer kam auf sie zugelaufen. »Es ist kalt, ich bring dich mit dem Wagen.«

»Danke, aber das ist nicht nötig.«

»Mach ich aber gern.« Er nahm ihr das Fahrrad aus den Händen und stellte es zurück an die verwitterte Holzwand.

»Na gut«, gab Hannah nach. Die Kälte kroch ihr in die Knochen. Zum Teil war es wohl vor Müdigkeit, doch auch der Wind, der vom See herwehte, war kalt und durchdrang die dicke Strickjacke. Es war wohl besser, Andreas' Angebot anzunehmen.

In seiner dunklen Limousine wurde es rasch warm, und Hannah schloss die Augen, als der Wagen durch den im Osten erwachenden Morgen fuhr. Es war ein langer, ereignisreicher Tag und eine anstrengende Nacht gewesen. Doch die Hochzeitsgesellschaft war zufrieden heimgefahren, und auch Walli, sonst immer ein wenig harsch und kühl, hatte sich bei allen Mitarbeitern bedankt und den Aushilfen einen Bonus versprochen.

»Wir sind da, Hannah.« Andreas legte ihr den Arm um die Schultern und zog sie leicht an sich. Sie roch sein herbes Aftershave, das er wohl noch mal aufgetragen hatte. »Dank dir für deine Hilfe. Ich bin sehr froh, dass du bei uns arbeitest … und das nicht nur, weil du fleißig und zuverlässig bist.« Er zog sie noch näher an sich, sein Atem streifte ihre Wange. »Du bist so schön«, flüsterte er. »Sogar jetzt noch, nach so vielen Stunden Arbeit. Du, Hannah, ich …«

»Nicht, Andreas. Bittschön, mach unser gutes Verhältnis zueinander nicht kaputt.« Sacht schob sie ihn von sich. »Dank dir fürs Heimbringen – gute Nacht.«

»Aber Hannah …«

»Wir sehen uns übermorgen.« Sie lief zum Haus und schloss rasch die Tür hinter sich.

5

Es war noch früh am Morgen, gerade mal neun Uhr vorbei. Hannah zog sich die Decke bis weit über die Ohren, doch der Motorlärm des alten Porsche ließ sich nicht aussperren. Jetzt begann Ulli auch noch ein Hupkonzert, in das sich lautes Rufen mischte.

Seufzend schwang Hannah die Beine aus dem Bett. »Der ist ja wohl wahnsinnig geworden«, murmelte sie und ging zum Fenster. Wie immer schaute sie zuerst geradeaus, hin zum See, der in tiefem Blau vor ihr lag. Ein paar Segelboote setzten weiße Tupfer ins Blau, und vom Jachthafen links liefen gerade zwei weitere Boote aus.

Das penetrante Hupen hörte nicht auf!

Sie öffnete das Fenster und beugte sich hinunter, so konnte sie auch ein Stück der Einfahrt nebenan erkennen. Und da stand der rote Porsche, schräg geparkt gleich vor dem Praxiseingang.

»Was hat der denn heute?«, murmelte Hannah, immer noch etwas benommen, denn mehr als drei Stunden hatte sie noch nicht geschlafen.

»Hannah! Endlich! Komm runter, schnell!« Ulli winkte

ihr aufgeregt zu. »Du musst mir helfen!« Ungewöhnlich panisch klang seine Stimme.

Also – nicht erst ordentlich anziehen, sondern nur in die Jeans schlüpfen und sich einen Pulli über das Schlafanzug-Oberteil ziehen!

»Was ist passiert?« Sie lief auf Ulli zu, der immer noch neben dem Porsche stand. Jetzt erst bemerkte sie den kleinen Jungen, der tränenüberströmt auf einer alten Wolldecke im Fond saß. Auf dem Schoß hielt er einen braunen Mischlingshund, dessen Fell blutüberströmt war.

»Meine Güte, hast du im Koma gelegen?« Ulli hatte schon die Tür zur Praxis geöffnet. »Du musst mir helfen, den Hund zu operieren.«

»Aber ich …«

»Mach schon, beruhige den Jungen. Ich hole erst mal den Hund raus.« Seine Stimme wurde sanfter und leise, als er sich in den Wagen beugte. »Wir müssen deinen Hund ins Haus bringen, da versorge ich ihn.«

»Aber er blutet so!« Die Jungenstimme kippte.

»Ja, deshalb muss ich ihn operieren. Du weißt doch, dass ich Tierarzt bin und das kann.« Ulli hob den Hund, der nur noch leise, wimmernde Laute von sich gab, hoch. »Das da ist Hannah, sie bringt dich ins Wartezimmer, dann muss sie mir helfen. Du kannst doch allein warten, Christoph, nicht wahr?«

»Mein Strolchi … du musst ihn retten!«

»Mach ich ja. Und jetzt komm raus.« Ohne sich weiter um Hannah oder den weinenden Jungen zu kümmern, hob er den stark blutenden Hund aus dem Wagen und rief: »Links ist das Wartezimmer … Hannah, du kommst dann her zu mir!« Kurz und knapp kamen die Kommandos, und Hannah blieb nichts anderes übrig, als ihnen Folge zu leisten.

Sie brachte den kleinen Christoph ins Wartezimmer, dabei fragte sie: »Wie ist das denn passiert? Ist dein Strolchi überfahren worden?«

»Ja. Von so einem … einem großen Kastenwagen. Der hat nicht mal gehalten, obwohl ich wie doll gerufen hab.« Wieder flossen die Tränen.

»Nicht weinen. Der Ulli ist ein sehr guter Tierarzt, der kann deinem Hund sicher helfen.«

»Weiß ich. Er kümmert sich auch um unsere Pferde, daher kenn ich ihn.« Aus tränennassen Augen sah der Junge Hannah an. »Du musst jetzt gehen.«

»Ja …« Sie biss sich auf die Lippen. Himmel noch mal, wie kam Ulli dazu, sie so einfach zu rufen? Sie war doch keine Tierpflegerin! Nicht mal Blut sehen konnte sie!

»Komm schon her. Da ist ein Mantel!« Ulli wies auf einen Stuhl, über dem ein heller Arztkittel hing. »Die Betty, meine Helferin, ist für drei Tage auf Mallorca mit einer Freundin. Ich muss sehen, wie ich allein zurechtkomme. Aber jetzt musst du den Hund festhalten. Ich hab ihm schon eine Spritze gegeben, er schläft schon fast. Die Wunden sind recht tief, und die hintere Pfote muss ich schienen.«

»Christoph sagt, ein großer dunkler Wagen hätte seinen Hund überfahren und wäre einfach weitergerast.«

»Ja, das stimmt wohl. Der Bub hat im letzten Moment zurückspringen können.« Er sah Hannah forschend an. »Sag mal, du wirst doch jetzt nicht schlappmachen?«

»Ich …« Sie biss sich auf die Lippen.

»Verdammt, Hannah, reiß dich zusammen! Der Hund krepiert mir, wenn ich ihn nicht rasch versorge.« Ulli reichte ihr einen Rasierapparat. »Mach den Bauch sauber, ich fürchte, er hat auch noch innere Verletzungen.«

Hannah schüttelte den Kopf. »Das kann ich nicht!«

Ullis Kopf ruckte hoch. Mit zusammengezogenen Augenbrauen sah er sie an. »O doch, du kannst! Also – mach schon!«

Während er etliche Instrumente zusammensuchte, machte sich Hannah an die Arbeit. Ihre Finger zitterten, doch nach und nach wurde sie sicherer.

Und schließlich assistierte sie sogar bei der Operation, die Ulli vornahm. Ein paar Mal musste sie schlucken, hatte das Gefühl, jeden Moment umzukippen, doch das ging einfach nicht. Dazu war keine Zeit!

»Na also! Hast dich gut gehalten.« Der Tierarzt sah lächelnd zu ihr hin. Der Hund war verbunden und schlief noch seinen Narkoserausch aus. »Ich trag ihn rüber zu den Boxen, schau du nach Christoph.«

Der Junge sprang auf, als Hannah ins Wartezimmer kam. »Wo ist mein Strolchi? Was habt ihr mit ihm gemacht?« Wieder rannen Tränen über sein Gesicht.

»Deinem Hund geht es gut. Der Doktor hat ihn operiert, dein Strolchi schläft sich jetzt gesund. Ich bin sicher, ihr könnt bald wieder zusammen spielen.« Sie legte den Arm um die schmalen Jungenschultern. »Wir müssen deinen Eltern sagen, was passiert ist. Sicher machen sie sich schon Sorgen um dich.«

»Papa ist auf dem Feld, Mama kocht Erdbeermarmelade ein.« Er streckte sich. »Die verkaufen wir im Hofladen. Die ist lecker.«

»Das glaub ich dir.« Hannah lächelte. »Komm, wir telefonieren rasch, dann fahre ich dich heim.«

»Aber – der Strolchi …«

»Der muss noch eine Weile hier bleiben, denke ich. Aber du kannst ihn bestimmt jeden Tag besuchen.«

»Versprich nichts, von dem du nichts verstehst.« Ulli kam zurück. »Das fehlt mir noch, dass die Besitzer der kranken Tiere hier ein und aus gehen!«

»Aber bei Christoph machst du doch sicher eine Ausnahme!« Beschwörend sah Hannah ihn an.

Ulli zuckte mit den Schultern. »Na gut.« Er wandte sich an den Jungen. »Und jetzt ruf daheim an. Ich muss wieder los, der Wallmer-Bauer wartet bestimmt schon auf mich.«

»Und was wird mit Christoph?«, wollte Hannah wissen.

»Fahr ihn heim, hast ja frei heute. Aber vorher sieh noch mal nach dem Hund. Wobei ich sicher bin, dass er noch mindestens zwei Stunden schlafen wird. Und dann bin ich auch wieder zurück.« Ulli war schon an der Tür. »Bis später.«

»Der hat Nerven!« Kopfschüttelnd sah Hannah dem Tierarzt nach. So konzentriert und behutsam Ulli den verletzten Hund behandelt hatte, so unfreundlich gab er sich jetzt.

»Launische Diva«, murmelte sie und ging zum Schreibtisch, um endlich Christophs Mutter über die Geschehnisse zu informieren.

»O mein Gott! Und jetzt? Ich stecke mitten in der Arbeit, kann im Augenblick einfach nicht weg.« Ein tiefer Seufzer folgte. »Christoph weiß genau, dass er mit dem Hund nicht vom Hof gehen darf. Na, der Bengel kann was erleben!«

»Seien Sie froh, dass der Junge nicht auch noch überfahren wurde.« Hannah nickte Christoph, der ängstlich dem Gespräch gefolgt war, aufmunternd zu. »Der Hund ist operiert, und wenn Sie mir Ihre Adresse sagen, bringe ich Christoph nach Hause.«

»Das würden Sie tun? Vergelt's Gott! Ich … ich bin vollkommen durcheinander. Tut mir leid, ich … ich fang einfach jetzt noch an zu zittern, wenn ich mir vorstelle, was hätte passieren können.«

Hannah konnte die Angst der Frau gut nachvollziehen. Sie nahm Christophs Hand und meinte: »So, jetzt schließen wir hier ab, dann fahre ich dich heim.«

»Und Strolchi? Ich will erst noch mal nach ihm sehen.«

Bisher war Hannah noch nicht in dem Anbau gewesen, in dem Ulli seine Patienten unterbrachte, die für einige Tage stationär aufgenommen werden mussten. In den kleinen Boxen lagen zwei Katzen, die sie schläfrig musterten. Ein riesengroßes Kaninchen mit Halskrause sah nicht vom Fressen auf, als es Geräusche hörte. In einer großen, ebenerdigen Box lag Strolchi auf einer dicken Decke. Er schnarchte leise und zuckte mit den Lefzen, als träume er gerade entweder von einer Hundedame oder einer delikaten Wurst.

»So, jetzt müssen wir los.« Hannah zog den Jungen nach draußen. »Ich muss mir nur noch schnell was anderes anziehen. Möchtest du einen Kakao?«

»Nö.«

»Da sind Kekse.« Sie wies auf eine kleine Dose auf dem Tisch.

»Au ja.« Vergessen war Christophs Angst um seinen Hund, er steckte sich einen Keks nach dem anderen in den Mund.

Hannah hatte Zeit, sich frisch zu machen, sie zog sich eine saubere Jeans und einen hellblauen dünnen Pulli an. Dazu passte die braune Steppjacke.

»Auf geht's, mein Kleiner.« Sie bugsierte Christoph in ihren Wagen und hoffte nur, dass man sie nicht anhielt, denn der Junge gehörte eigentlich noch in einen Kindersitz.

Doch alles ging gut, und nachdem sie ihn abgeliefert hatte, beschloss sie, den Rest des freien Tages auf der Herreninsel zu verbringen. Das Wetter war wunderbar, und Schlaf würde sie jetzt auch keinen mehr finden.

Sie hatte Glück und musste nicht lange warten, bis ein Ausflugsschiff kam und sie hinüber zu der großen Insel im See brachte, auf der König Ludwig II. sich ein zweites Versailles hatte bauen lassen. Noch waren nicht allzu viele Touristen unterwegs, sie bekam einen guten Platz an Deck und genoss die kurze Fahrt.

Gleich neben dem Anlegesteg standen ein paar Kutschen bereit, um die Gäste bequem zum Schloss zu bringen. Einige der Touristen ließen sich nur zu gern fahren, doch die meisten gingen zu Fuß, so wie Hannah.

Nach gut zwanzig Minuten lag es vor ihr – das prachtvollste Schloss, das sich der Märchenkönig hatte errichten lassen. Die Räume, die mit Gold, feinsten Textilien und Möbeln ausgestattet waren, beeindruckten sie zutiefst, denn in kaum einem anderen Museum oder Schloss konnte man so viel verschwenderische Pracht besichtigen. Von dem jungen Führer, der die kleine Gruppe von Zimmer zu Zimmer leitete, erfuhr Hannah, dass das Paradeschlafzimmer im Großen Appartement, ausgestattet im Stil Ludwigs XIV. von Frankreich, der teuerste Raum war, der im 19. Jahrhundert eingerichtet wurde.

So eine Pracht! So viel überflüssiger Luxus, der doch Kunst in Vollendung war! Hannah schlenderte von Raum zu Raum und bewunderte das reich verzierte Privatschlafzimmer des Königs und das Porzellankabinett, das mit Kostbarkeiten der Meißener Porzellanmanufaktur bestückt war.

Gerade überlegte sie, ob sie hinaus in den Park oder zunächst ins Museum gehen sollte, als jemand sie am Arm festhielt.

»Hannah! Heute ist mein Glückstag!«

»Herr Trautberg!« Überrascht sah Hannah zu dem Mann auf, an den sie seit dem letzten Abend viel zu häufig denken musste.

»Ich heiße Stefan.« Er wies zu einer etwa zehnköpfigen Gruppe, die ein paar Schritte abseits stand und neugierig herüberblickte. »Das sind meine Gäste – der Ausflug nach Herrenchiemsee war seit Tagen geplant, deshalb musste ich unser Treffen ja auch leider absagen.«

»Und jetzt begegnen wir uns doch!« Hannah lächelte, und fasziniert sah Stefan, wie sich ihre Augen von dunklem Graublau in strahlendes, intensives Blau verwandelten. So, als ginge die Sonne dahinter auf, schoss es ihm durch den Kopf.

»Haben Sie das Schloss schon besichtigt?«, erkundigte sich Hannah.

»Ja, schon am späten Vormittag. Danach waren wir im Museum. Jetzt wollen wir noch die drei großen Brunnen anschauen und dann im Schlosscafé einkehren.« Kurz sah er zu seinen Gästen hinüber. »Kommen Sie doch mit«, meinte er dann. »Oder müssen Sie wieder zur Arbeit?«

»Nein, heute hab ich frei.«

»Ja dann … ich würde mich sehr freuen, Hannah!«

Nur kurz zögerte sie noch. Doch die Aussicht, ein wenig länger mit Stefan Trautberg zusammen zu sein und ihn besser kennenzulernen, war so verlockend, dass sie nickte. »Einverstanden. Wenn ich wirklich nicht störe …«

»Aber nein!« Er stellte sie den Gästen vor, und schon bald hatte Hannah das Gefühl, in den Kreis der gutgelaunten Urlauber zu gehören.

Der Spaziergang durch den Schlosspark bis hin zu den prunkvoll gestalteten Brunnen ging viel zu schnell vorüber. Und auch die Kaffeepause verlief so kurzweilig, dass Hannah ganz überrascht war, als Stefan zum Aufbruch drängte.

Auf dem Schiff stellte er sich, kaum dass er seine Gäste mit einem Glas Wein versorgt hatte, zu Hannah an die Reling. »Ich freu mich auf morgen«, sagte er und legte seine Hand über ihre Finger.

Dem ersten Impuls folgend wollte Hannah ihre Finger fortziehen, doch dann hielt sie still und genoss die Wärme, die von der großen Männerhand ausging. Eine Weile sah sie hinab ins dunkle Wasser, dann hob sie den Kopf. »Es war ein schöner Tag heute. Danke, Stefan. Ich hab schon lange nicht mehr so unbeschwert lachen können.«

»Sie sollten aber viel lachen. Sie sehen bezaubernd aus, wenn sich diese kleinen Fältchen hier bilden.« Er streichelte zart über die Haut neben ihrem linken Auge.

Hannah lachte. »Na, ob das ein Kompliment war, weiß ich nicht! Mir meine Falten vorzuwerfen …«

Abwehrend hob er beide Hände. »Um Himmels willen, so hab ich das doch nicht gemeint!«

»Ich weiß. Und es stimmt ja – taufrisch bin ich nicht mehr.«

»Fischen Sie nicht nach Komplimenten, Hannah. Sie sind ganz bezaubernd, und ich …«

»Hallo, Stefan! Komm runter, wir wollen auf unseren Superwirt anstoßen!«

Ratsch – der Zauber, der gerade über ihnen gelegen hatte, zerriss. Doch es blieb eine Wärme zurück, die Hannah auch dann noch erfüllte, als sie allein den Heimweg antrat.

»Also wirklich, mein alter Bär, stell dich nicht so an. Deiner Hannah ist nichts passiert bei der Assistenz.«

»Aber ich weiß, dass sie kein Blut sehen kann. Und da zwingst du sie so einfach, dir bei einer Operation zu helfen. Ulli, du bist unmöglich!« Bastians Stimme klang wütend.

»Dann hat sie's gut kaschiert. Zumindest ist sie nicht ohnmächtig vor mir niedergesunken.« Der Tierarzt ließ sich nicht beeindrucken. »Ich brauchte jemanden, der mir geholfen hat – und sie lag noch faul im Bett. Da hab ich sie eben geweckt.«

Bastian sah den Freund zornig an. »Du weißt genau, dass sie gekellnert hat! Ich hab sie gehört, sie ist erst gegen fünf Uhr heimgekommen.«

»Dann hat sie wenigstens was verdient.« Ulli ging zum Kühlschrank und nahm sich eine Flasche Weizenbier heraus. Langsam und bedächtig goss er sich ein. »Willst du auch was?«

»Nein, danke.« Bastian wandte sich zur Tür. »Du bist eifersüchtig auf Hannah, gib's zu.«

»Ich? Eifersüchtig?« Ulli nahm einen tiefen Schluck. »Basti-Bär, du spinnst.«

»Sag das nicht immer! Meine Güte, das klingt wie im Kindergarten!«

Ulli verzog den Mund. »Vor einigen Wochen hattest du noch nichts dagegen. Und ich hab mehrere Kosenamen für dich gehabt. Vergessen?«

»Ach was! Aber ...« Bastian sah zur Tür. »Ich denke, das ist was Intimes und ...«

»Eben! Jetzt kommen wir zum Punkt!« Ulli trank sein Glas in einem Zug leer. »Es gibt Dinge, die nur uns beide was angehen. Dazu gehört, wenn du mich fragst, dass ich hier im Haus tun und sagen darf, was ich will. Aber seit Hannah hier wohnt, dreht sich alles nur noch um sie.«

»Mach dich nicht lächerlich.« Bastian schüttelte den Kopf. »Das sind doch alberne Übertreibungen.«

»Mag ja sein.« Ulli trat auf ihn zu und umarmte ihn. »Ich will dich eben nicht teilen müssen.«

»Musst du doch auch nicht.« Bastian war schon wieder versöhnt. »Ich liebe dich. Dich allein. Hannah ist eine Verwandte, die ich sehr mag – und der ich in einer Lebenskrise beistehen will. Das ist alles.«

Ulli küsste ihn. »Schon gut. Vergiss es. Aber es wäre trotzdem gut, wenn sie bald mal wieder heimfährt. Dass sie so einfach wochenlang hier wohnt und alles mit uns teilt, finde ich nicht korrekt.«

»Mich stört sie nicht. Außerdem sind wir doch oft allein.« Er zwinkerte Ulli zu. »Jetzt zum Beispiel.«

»Aber für wie lange? Hannah kann jeden Moment zurückkommen, das weißt du doch. Und jetzt sag mir nicht, dass es dich nicht stört, dass sie hier ein und aus geht, als wäre es ihr Zuhause. Ich will eine ehrliche Antwort.«

»Na ja ...«

»Sag ehrlich.«

»Ja.« Das kleine Wort war kaum zu verstehen, denn von draußen drang das Heulen einer Sirene herein. Zwei-, dreimal hintereinander durchdrang der schrille Ton die Ruhe in der Prinzenstraße, dann war es wieder still.

»Ich hab Hunger, du auch?« Bastian machte einen Schritt auf den Kühlschrank zu.

»Das war's dann wohl mit deiner romantischen Anwandlung.« Ulli grinste. »Dein Hunger ist mal wieder größer als alles andere.«

Bastian lachte. »Wie schön du das umschrieben hast! Aber ehrlich gesagt, ist mir jetzt mehr nach einem deftigen Schnitzel als nach einem Schäferstündchen.«

»Danke für deine Offenheit.«

»Gern.« Bastian holte zwei große Kalbskoteletts aus der Kühlung. »Die leg ich uns jetzt in die Pfanne. Dazu gibt's Bratkartoffeln und Möhrensalat.«

Ulli seufzte übertrieben tief auf. »Was bleibt mir anderes übrig, als mich auch der Völlerei hinzugeben. Mehr kannst du mir ja im Moment nicht bieten, also nehme ich das Kalbsschnitzel.«

Beide lachten, und die Harmonie, die ihre Beziehung zu etwas ganz Besonderem machte, war wiederhergestellt.

Als Hannah abends von ihrem Ausflug nach Herrenchiemsee zurückkehrte und vor Bastians Haustür ankam, wollte sie im ersten Impuls klingeln, ließ es dann aber. Sie hatte keine Lust, zu erzählen und zu plaudern und wollte lieber noch eine Weile allein sein und der Begegnung mit Stefan nachträumen.

Ein kleines Lächeln lag auf ihrem Gesicht, als sie das Haus betrat. Stefan war so ganz anders als Jo. Er war liebenswert und aufmerksam, zudem war er ganz sicher das, was ihre Mutter als »niveauvoll« bezeichnet hätte. Man merkte es schon daran, wie er sich benahm, wie er sich ausdrückte, wie er mit seinen Gästen umging.

Und die Art, wie er sie angesehen hatte ... Hannahs Herz machte einen kleinen, unvernünftigen Satz.

Versteig dich da nicht in was, das keine Zukunft haben kann, sagte eine mahnende Stimme in ihrem Hinterkopf. Du bist nur für eine kurze Zeit hier am Chiemsee, irgendwann musst du zurück nach Köln, in dein altes, ziemlich verkorkstes Leben. Und darin ist kein Platz für einen Mann, nicht mal für einen unverbindlichen Flirt.

»Sag ehrlich, dass es dich auch stört, dass Hannah hier ein und aus geht, als sei es ihr Zuhause.« – Das war Ullis Stimme. »Ich will eine ehrliche Antwort.«

»Na ja ...«

Nein, das war nicht die Stimme in ihrem Hinterkopf, das waren – Bastian und Ulli! Und zumindest Ulli sagte unverblümt, dass sie die beiden Männer störte!

Tränen verschleierten Hannahs Blick, und um ein Haar wäre sie gegen den kleinen hellen Holzschrank mit den schönen alten Intarsien gestoßen, der links von der Treppe stand.

Schwerfällig, so, als hätte es die schönen Stunden auf dem See gar nicht gegeben, ging sie hoch in ihr Zimmer und warf sich aufs Bett.

Es regnete seit dem frühen Nachmittag. Tief hingen die Wolken über dem Land und nahmen die Sicht auf die Berge.

»Ein Glück, dass sich für heute wenigstens zwei Busse angesagt haben. Sonst wär das Geschäft total verregnet.« Walli Hollerer sah durch die hohen Fenster hinüber zum See, dessen Wasser heute genauso grau war wie der trübe Himmel. »Wenn du magst, Hannah, kannst du heute früher gehen. Das Abendgeschäft packen wir allein.«

»Dank dir, heute ist es mir recht, ich hab noch was vor.« Hannah räumte Tassen und Teller zusammen.

»Sag mal, geht's dir nicht gut? Fehlt dir was? Du bist so still heute.«

»Nein, nein, alles in Ordnung«, versicherte Hannah rasch.

»Wer's glaubt«, murmelte Walli, doch sie hakte nicht weiter nach. Sie hatte noch viel zu tun und keine Zeit, sich um die Befindlichkeiten des Aushilfspersonals zu kümmern.

Eine Stunde später verließ Hannah das *Seehotel Moosgrund*. Fest zog sie sich die wattierte helle Jacke um die Schultern und hastete zum Parkplatz, wo ihr Wagen stand.

»Hannah! Wie schön, dass Sie schon freihaben!« Gleich neben ihrem alten Kastenwagen war eine dunkle Limousine geparkt, aus der jetzt Stefan Trautberg stieg.

»Haben Sie vielleicht hier auf mich gewartet?«

»Na ja, ich hab einfach gehofft, dass Sie bei dem schlechten Wetter rascher fertig werden. Bei mir ist auch nicht allzu viel los. Da konnte ich mich ohne Schwierigkeiten loseisen und Sie abholen. Aber, ehrlich gesagt, ich hatte auch noch in Prien zu tun.« Er hielt ihr die Tür auf. »Steigen Sie ein, sonst werden wir noch klatschnass.«

»Aber ich wollte erst noch heim und mich umziehen.«

»Das muss gar nicht sein. Sie sehen bezaubernd aus. Nur das hier stört mich.« Ehe sie es verhindern konnte, hatte er ihr das Gummiband aus dem Haar genommen und auch die beiden Kämme, mit denen sie die blonden Locken an den Seiten festgesteckt hatte, herausgezogen. »So ist es besser.« Er zwinkerte ihr zu. »Es macht Sie noch jünger, Hannah und noch viel schöner.«

»Sie sind unmöglich!« Wider Willen musste Hannah lachen.

»Ich weiß. Aber ich denke, Sie sind mir nicht böse.« Er ließ den Motor an. Doch bevor er Gas gab und vom Parkplatz fuhr, beugte er sich zu Hannah und gab ihr einen Kuss auf die Wange. Es war eine kurze, flüchtige Berührung, und doch löste sie in Hannahs Innern ein mittelschweres Erdbeben aus.

Mit zitternden Fingern ordnete sie die Haare und war insgeheim froh, sie schon früh am Morgen gewaschen zu haben. Die hellblau karierte Bluse, die sie zur dunkelblauen Leinenhose und der Steppjacke trug, war neu und stand ihr gut, das wusste sie. Die schmalen Rüschen am Kragen schmeichelten und machten das Gesicht ein bisschen weicher.

»Wie geht es Timmy?«, fragte sie und sah angestrengt aus dem Fenster ins düstere Grau hinaus.

»Danke, sehr gut. Er hat von dem unfreiwilligen Bad nicht mal einen Schnupfen zurückbehalten.«

»Das ist schön.«

»Er freut sich schon drauf, Sie zu sehen.« Er sah kurz zur Seite. »Machen Sie sich drauf gefasst, mindestens zehn Bilder geschenkt zu bekommen.«

»Ich liebe Kunst.« Hannah lachte.

»Also auch die modernen Künstler, das ist gut.« Stefan ging auf ihren heiteren Tonfall ein. »Ich hatte schon Angst, Sie fänden nur Gefallen an den prunkvollen Kunstgegenständen in unseren bayerischen Schlössern und Klöstern.«

»Die mag ich natürlich sehr, aber ich bin auch offen für Neues.« Sie sagte es ganz unbekümmert, doch Stefan griff den letzten Satz auf.

»Das ist gut – für mich.« Kurz drückte er ihre Hand.

Sie fuhren am See entlang, und für eine Weile blieb es still im Wagen. Hannah sah hinüber zu den beiden großen Inseln im See, doch sie konnte nur ein paar helle Lampen ausmachen, dazu die Positionsleuchten von zwei Ausflugsschiffen, die trotz des Regens unterwegs waren.

Stefan parkte den Wagen direkt vor seinem Wohnhaus, das links neben dem Hotel und Gasthaus stand. Es war ein altes, wunderschön mit Lüftlmalereien verziertes Gebäude mit einer breiten Holztür und einer geschnitzten Altane, die rund ums erste Stockwerk verlief. Noch standen Büschel von roten Tulpen in den Kästen, umgeben von winterhartem Efeu, das in grün-weißen Kaskaden über das helle Holz hing.

»Hier haben schon meine Großeltern gewohnt. Der Gasthof samt Weinkeller ist seit vier Generationen in unserem Besitz. Meine Eltern haben vor gut dreißig Jahren das Hotel ausgebaut, ich dann den überdachten Weg von hier zum Hoteltrakt anlegen lassen. Das erspart mir Zeit – und ich muss keine Angst haben, wenn Timmy mal wieder rüberkommen will ins Hotel.« Er lachte. »Sie kennen ja seine Abenteuerlust.« Er wies auf einen schmalen Glasbau, der die Gebäude miteinander verband. Ein paar Pflanzen rankten sich an den Metallstreben hoch und lockerten die Glaskonstruktion auf, so dass sie sich harmonisch in die Grundstücksgestaltung einfügte.

»Sehr schön.« Mehr konnte Hannah zunächst nicht sagen. Das große Anwesen lag genau gegenüber der Fraueninsel, man hatte sowohl von den Hotelzimmern als auch vom Gastgarten aus einen herrlichen Blick auf den See.

»Es ist schade, dass es ausgerechnet heute regnet.« Stefan

legte ihr leicht den Arm um die Schultern. »Ich hätt's schöner gefunden, Ihnen alles bei Sonnenschein zu zeigen.«

Hannah lachte. »Dunkel wär's auf jeden Fall gewesen. Aber ich seh auch jetzt noch, dass es ein tolles Anwesen ist.« Sie strich sich über die schlichte Jacke. »Und Sie wollen wirklich so mit mir reingehen?«

Der Druck seiner Finger verstärkte sich. »Nichts lieber als das.« Er griff nach ihrer Hand, und er ließ ihre Finger auch dann nicht los, als sie das Restaurant betraten. Nur kurz nickte Stefan einem der Angestellten zu, dann führte er Hannah nach links, wo ein gemauerter Rundbogen zur Weinstube führte.

Urgemütlich war der weitläufige, einem Kellergewölbe nachempfundene Raum eingerichtet. Die groben Steinwände waren weiß gekalkt, dunkle, schmiedeeiserne Kerzenleuchter an den Wänden spendeten warmes Licht, das von versteckt angebrachten Punktstrahlern an der Decke dezent verstärkt wurde. Auf hellen Eichentischen lagen zartgelbe Decken, darauf standen Gestecke aus gelben Rosen und hellgelben Freesien.

Stefan führte Hannah zu einem etwas abseits stehenden Tisch, der bereits für zwei Personen eingedeckt war. Kräftiges Brot, Schinken und Käse standen bereit.

»Ein bisschen Appetit haben Sie hoffentlich noch.« Er lächelte und winkte einen der Kellner heran. »Mögen Sie lieber Rot- oder Weißwein?«

»Gern Roten. Wenn er nicht zu schwer ist.«

Stefan nickte dem Kellner nur zu, und der Mann brachte gleich darauf eine Flasche Rotwein.

»Mein augenblicklicher Lieblingswein«, erklärte Stefan und goss selbst ein. »Er kommt aus Südafrika und hat nicht nur die Wärme des Landes, sondern auch die Vielfalt der Früchte eingefangen. Er ist mild und hat doch eine kraftvolle Note.«

Er reichte ihr das Glas.

»Ich gestehe, dass ich keine Weinkennerin bin. Ich kann nur sagen, ob mir ein Wein schmeckt oder nicht.« Sie hob das Glas und schaute im Licht zweier Kerzen in die tiefrote Flüssigkeit. Dann sah sie Stefan an. »Danke für die Einladung.« Sie nahm einen Schluck. »Köstlich!«

»Freut mich. Und jetzt probieren Sie den Schinken dazu. Der Käse kommt übrigens von einer Alm hier aus der Gegend.«

Nur zögernd griff Hannah zu, doch schon nach einigen Bissen gestand sie: »Wundervoll schmeckt das! Ich nehme noch eine Scheibe Schinken, ja?«

»Und noch ein Glas Wein dazu.« Stefan aß selbst nur wenig, er unterhielt Hannah mit kleinen Anekdoten aus dem Hotel und erzählte ein wenig von seiner Familie.

»Meine Eltern sind leider vor drei Jahren kurz hintereinander gestorben. Sie waren mir eine große Stütze – im Geschäft, aber auch privat.« Für einen Moment verdunkelte sich sein Blick. »Meine Frau starb bei Timmys Geburt, ohne die Hilfe meiner Mutter hätte ich den Kleinen gar nicht großziehen können.«

»Das tut mir sehr leid.« Spontan streckte Hannah die Hand aus und legte sie auf seine Finger, die sich sekundenlang zur Faust zusammengeballt hatten.

»Ist schon okay, ich hab den Schmerz überwunden. Obwohl ich vor fünf Jahren glaubte, die Welt würde untergehen.« Er lächelte. »Aber das denken wir wohl immer, wenn uns ein harter Schicksalsschlag trifft, nicht wahr?«

»Ja …«

Er zog seine Hand unter ihren Fingern fort, doch nur, um ihre Hand gleich ganz fest zu umschließen. »Hannah, Sie haben sicher gespürt, dass ich Sie sehr mag. Wenn Sie irgendetwas bedrückt … sagen Sie es ganz offen.«

»Es … es ist nichts Wichtiges. Nicht mehr.« Offen sah sie ihn an. »Vor einigen Wochen bin ich hierher geflohen. – Ja, so kann man es wirklich nennen. Ich war so verletzt, so verzweifelt, dass ich einfach weg musste von daheim.« In kurzen, dürren Worten schilderte sie, was geschehen war.

Stefan hörte zu, er ließ ihre Hand dabei nicht los. Sanft streichelten seine Finger über ihren Handrücken.

»Tja, und weil ich den Laden schließen musste und Jo nicht mehr sehen wollte, bin ich zu meinem Vetter geflüchtet.« Ein kleines Lächeln glitt über ihr Gesicht. »Bastian und ich haben uns schon als Kinder gut verstanden.« Sie lächelte. »Er hat das Haus unserer gemeinsamen Großeltern geerbt, doch ich hab immer noch ein Zimmer dort gehabt. Das hatte ich in den letzten Jahren beinahe vergessen, zumal Bastian und ich kaum noch Kontakt hatten.«

»Schade, oder?«

»Na ja, jeder hat sein eigenes Leben gelebt. Aber als wir uns sahen, war es fast so wie früher.« Sie trank einen Schluck Wein. »Dennoch werde ich wohl wieder nach Köln zurückkehren. Eigentlich wollte ich nur zwei, drei Wochen bleiben, ich bin schon viel länger hier als geplant. Es ist kein Dauerzustand, ich brauche wieder einen festen Job, ein gesichertes Einkommen.«

»Den Job können Sie haben. Sofort, wenn Sie nur wollen.« Stefan machte eine umfassende Handbewegung. »Gutes Personal kann ich immer brauchen. Und eine andere Wohnung finden wir auch für Sie.« Er zögerte, dann fügte er leiser hinzu: »Hannah, Sie haben doch sicher gemerkt, dass Sie mir nicht gleichgültig sind. Und wenn Sie mich auch nur ein bisschen sympathisch finden, sollten Sie uns die Möglichkeit lassen, uns besser kennenzulernen.«

»Ach, Stefan …« Sie sah ihn mit traurigem Lächeln an. »Sie sind sehr, sehr liebenswert, und ich würde gern noch bleiben. Aber ich bin nun mal Floristin. Und als ungelernte Kraft hier jobben …?« Sie schüttelte den Kopf. »Nein, auf Dauer ist das nichts für mich. Und Almosen will ich auch keine.«

6

»Es ist für dich.« Bastian wies zum Telefon. »Sie sagt, sie sei deine Nachbarin.«

Hannah stand rasch vom Frühstückstisch auf. »Hannah Scheifart«, meldete sie sich.

»Endlich erreiche ich dich! Hannah, es ist etwas Schreckliches passiert.« Die Stimme der Anruferin war kaum zu verstehen.

»Katrin, bist du das? Was ist denn los?«

»Der Blitz ... gestern war ein schreckliches Unwetter hier, und der Blitz, er hat ... also, er hat ...«

»Nun red schon, Katrin«, drängte Hannah.

»Das Dach von deinem Häuschen ... es ist ganz ausgebrannt. Die Feuerwehr war zu spät da, um alles retten zu können. Hannah, es tut mir so leid!«

»Nein!« Hannah stand wie erstarrt. Sie umkrampfte den Hörer, hielt sich daran fest, denn die Wände der Küche kamen auf sie zu, bedrohlich, so, als wollten sie sie erdrücken.

»Hey, nicht ohnmächtig werden!« Starke Arme hielten sie fest, sie merkte, dass Bastian ihr den Hörer aus der Hand nahm und mit der Nachbarin aus Köln kurz sprach.

»Gib her«, bat sie und griff wieder nach dem Hörer. »Es geht schon wieder. Katrin, sag ganz genau, was passiert ist.«

Dennoch blieb Bastian dicht neben ihr stehen. Er hörte mit, wie die Nachbarin schilderte, was in der vergangenen Nacht passiert war.

»Es ist alles ziemlich verwüstet«, schloss sie. »Das Löschwasser, du verstehst.«

»Ja.« Hannah biss sich auf die Lippen. Die Konsequenzen des Gehörten waren ihr noch nicht ganz klar, eins nur wusste sie: Das kleine Haus war für die nächste Zeit unbewohnbar!

»Ich komme zurück, so rasch ich kann«, sagte sie. »Dank dir für alles, Katrin.«

»Ich wünschte, ich könnte mehr tun.«

Aber es war zunächst nicht viel, das erledigt werden konnte. Die Versicherung musste informiert und eine Firma beauftragt werden, das Dach notdürftig zu reparieren oder zumindest alles sicher abzudecken. Hannah mochte sich die Kosten, die auf sie zukamen, gar nicht vorstellen.

»Ich fahre gleich morgen heim«, sagte sie und ging mit schleppenden Schritten zum Kaffeetisch zurück. »Heute muss ich arbeiten, ich kann Walli und Andreas nicht hängen lassen.«

»Du kannst doch versuchen, von hier aus alles zu regeln«, schlug Bastian vor.

Hannah schüttelte den Kopf. »Wie stellst du dir das vor? Ich weiß doch noch gar nicht, was alles kaputt ist – und inwieweit die Versicherung überhaupt zahlt.«

»Hast du wenigstens die Beiträge rechtzeitig bezahlt?«

Au verflixt! Hatte sie? Hannah wusste es nicht genau. Bis vor einem knappen halben Jahr war sie immer pünktlich gewesen mit ihren Zahlungsverpflichtungen. Doch dann, als sie immer häufiger Geld für Jo hatte abzweigen müssen, war das eine oder andere liegen geblieben.

Eine Katastrophe!

Heller blauer Himmel, sattes Grün auf den Wiesen, blühender Flieder und Goldregen in den Vorgärten. Die alte Kastanie gleich neben der Einfahrt zu ihrem Grundstück trug dicke weißrosa Kerzen. Eine perfekte Juni-Idylle.

Fast.

Mit klopfendem Herzen lenkte Hannah den Wagen aufs Grundstück. Durch Katrin, mit der sie gestern noch lange telefoniert hatte, war sie auf einiges vorbereitet, doch das Chaos, das sich ihr bot, überstieg die schlimmsten Erwartungen.

»Nein!« Sie schlug die Hände vors Gesicht und brach weinend über dem Lenkrad zusammen. Das kleine Haus der Großeltern, ihr Zufluchtsort, ihr einziger Besitz, war zum großen Teil ein Raub der Flammen geworden.

Vom Dachstuhl waren nur noch ein paar verkohlte schwarze Balken übrig, die anklagend ihre dunklen Finger in den Himmel reckten. Noch immer waren Pfützen des Löschwassers auf der Erde zu sehen, und Hannah graute es davor, ins Haus zu gehen.

»Da bist du ja endlich.« Katrin kam durch die seitliche Gartenpforte auf sie zu und öffnete den Wagenschlag. »Neues Auto?«

»Nein, das gehört Bastian.« Zögernd nur stieg Hannah aus und machte drei Schritte auf die Haustür zu. Beißend stieg ihr der Geruch nach Verbranntem in die Nase.

Es dauerte nur eine knappe Viertelstunde, dann stand

fest, dass sie das Haus unter diesen Umständen nicht bewohnen konnte.

»Es wird ein paar Wochen dauern, bis alles wieder hergerichtet ist«, meinte Katrin. »Das Löschwasser hat auch hier unten einiges beschädigt.« Sie nahm Hannah tröstend in den Arm.

»Ich schau jetzt erst mal nach den Versicherungsunterlagen und rufe bei meinem Agenten an«, sagte Hannah.

»Tu das. Und dann komm rüber, ich hab dir schon unser Gästezimmer hergerichtet. Du bleibst natürlich erst mal bei uns.«

»Danke, Katrin. Du hilfst mir sehr.« Hannah sah der Nachbarin nach, wie die hinüber zu ihrem Haus ging. Auch das war alt, doch sehr gepflegt. Katrin und ihr Mann hatten immer wieder investiert, renoviert und sich ein kleines Schmuckstück erarbeitet. Sie hingegen …

Bevor die Tränen erneut fließen konnten, telefonierte Hannah mit der Versicherung. Der ältere Mann, der seit Jahren die kleine Agentur ein paar Straßen weiter betrieb und Hannah gut kannte, war voller Anteilnahme.

»Ich wünschte, ich könnte mehr für Sie tun, Frau Scheifart«, sagte er. »Doch auf meine Mahnungen haben Sie ja leider nicht reagiert. Und auch nicht auf meine Anrufe.«

»Auf welche Mahnungen? Welche Anrufe?«

»Ich habe ein paar Mal mit Ihrem Lebensgefährten gesprochen und ihn gebeten, Sie daran zu erinnern, dass Sie mit den Zahlungen im Rückstand sind, weil Sie auf die Briefe von mir nicht geantwortet hatten.«

»Ja, ich weiß. Einmal hab ich ihm Bargeld gegeben, damit er es gleich einzahlt, weil ich keine Zeit hatte, zur Bank zu gehen. Ist das Geld vielleicht nicht richtig verbucht worden?« Eine verrückte Frage, sie wusste es selbst. Aber es war der letzte Strohhalm, an den sie sich klammern konnte. Im tiefsten Innern war ihr klar, dass Jo das Geld weder eingezahlt noch sie beim zweiten oder dritten Mal erinnert hatte.

»Aber liebe Frau Scheifart ...«

Wie sie diesen nachsichtigen Tonfall hasste! Aber der Mann konnte ja nichts dafür, dass sie Jo viel zu sehr vertraut hatte. Sie war dumm und gutgläubig gewesen. Mitleid hatte sie nicht verdient, eher eine Tracht Prügel, weil sie sich nicht immer selbst um diese wichtigen Dinge gekümmert hatte.

Aber jetzt lag das Kind im Brunnen, sie konnte gar nichts mehr tun. Das sagte ihr der Versicherungsagent unumwunden.

»Ja dann ... danke für Ihre Mühe.«

Eine Weile saß sie reglos da. Unfähig, etwas zu tun, zu denken, irgendeine Entscheidung zu treffen. Alle Gedanken waren ausgeschaltet. Bis auf den einen: Jetzt hab ich gar nichts mehr!

In der kommenden Nacht fand sie keine Ruhe, weinte sich erst im Morgengrauen in einen unruhigen Schlaf. Als sie gegen neun Uhr ins Frühstückszimmer der Nachbarn kam, nahm Katrin sie kurz in den Arm.

»Wir haben uns was überlegt«, sagte sie. »Wenn du magst, helfen wir dir beim Ausräumen der Sachen, die noch brauchbar sind. Die kannst du bei uns in den großen Schuppen stellen, bis du alles wieder hergerichtet hast.«

»Das ist sehr, sehr lieb von euch. Aber ... ich weiß nicht, ob ich das schaffe. Das Renovieren und Instandsetzen, meine ich. Wenn die Versicherung nicht zahlt ...« Wieder traten ihr Tränen in die Augen. »Am besten wird sein, ich miete mir eine kleine preiswerte Wohnung und such mir so rasch als möglich einen Job.«

»Und – was ist mit dem Vetter am Chiemsee?« Walter Ellermann, ein großer, ruhiger Mann, sah sie fragend an.

Hannah schüttelte den Kopf. »Ich sollte seine Gastfreundschaft nicht über Gebühr strapazieren.« Sie trank eine Tasse Kaffee, zwang sich dann, wenigstens eine halbe Schnitte Brot zu essen, ehe sie hinüberging und versuchte, all das zusammenzutragen, was sie brauchte und was nicht verrußt oder vom Löschwasser beschädigt war.

Zwei Stunden später musste sie erkennen, dass ihr kleiner Besitz auf wenige Stücke zusammengeschmolzen war. Zwei Sessel, ein Glastisch, ein paar Dinge aus dem alten hohen Weichholzschrank, der zum Glück unversehrt geblieben war … viel war es nicht, mit dem sie ihr neues Leben beginnen konnte. Ein Leben, von dem sie noch nicht wusste, wie es aussehen würde.

Gerade als sie im Wäscheschrank aufräumte, summte ihr Handy.

»Hallo, Hannah, ich bin's, Stefan. Wie geht es Ihnen?«

»Wollen Sie eine ehrliche Antwort?«

»Natürlich!«

»Mehr als bescheiden. Hier ist fast nichts mehr intakt.« Ihre Stimme kippte.

»Dann kommen Sie zurück, Hannah. Wir werden eine Lösung finden.«

»Danke, aber … aber das geht nicht.« Sie biss sich auf die Lippen, um nicht laut aufzuweinen. Stefan Trautberg war ein netter, liebenswerter Mann. Und unter anderen Umständen hätte sie nichts dagegen gehabt, ihn näher kennenzulernen. Er war so ganz anders als Jo. Ruhig. Beständig. Und sicher sehr verantwortungsvoll.

Aber jetzt …

»Leben Sie wohl, Stefan. Und – danke.« Schnell, ehe er etwas erwidern konnte, beendete sie das Gespräch.

»Besser jetzt als später«, sagte sie laut vor sich hin, während sie erneut in Bettwäsche und leicht rauchig riechenden Decken kramte. »Er und ich … das passt einfach nicht.«

Verdammt, warum nur tat ihr das Herz jetzt so weh?

»Frühstück im Bett … das hat's ewig lang nicht mehr gegeben.« Wohlig räkelte sich Ulli Reimann in den Kissen und sah Bastian zu, der gerade ein Tablett vor sich herbalancierte.

»Es ist Sonntag. Da gibt's Eier und Speck, hausgemachte Erdbeermarmelade und natürlich Schampus!« Er wies auf eine halbe Flasche Sekt, die links auf dem Tablett stand.

»Wunderbar!« Ulli streckte die Arme nach ihm aus. »Basti-Bär, ich liebe dich!«

»Ich dich auch«, gab Bastian lächelnd zurück und ließ sich heute den Kosenamen, den er höchst albern fand, gern gefallen.

»Unsere Zweisamkeit hat Vorteile, nicht wahr?« Ulli trank genussvoll einen Schluck des eiskalten Champagners.

»Mich hat Hannah nicht gestört.«

»Mich schon – hin und wieder. Aber auf die grausame Tour wollte ich sie nun auch nicht loswerden. Was hat sie denn nun vor? Du hast doch vorgestern lange mit ihr gesprochen.«

»Sie will sich eine Wohnung in Köln suchen, da ihr Häuschen wohl zunächst unbewohnbar ist.«

»Gut. Hoffentlich findet sie auch bald wieder einen Job.«

»Hmm ...« Bastian zögerte. Er wollte die Harmonie des Sonntagmorgens nicht zerstören, aber es musste sein! »Hannah kommt Mittwoch zurück. Sie hat ja noch etliche Sachen hier. Und vielleicht kann sie ja auch für länger bleiben, der Hollerer stellt sie sicher an, wenn ich ihn drum bitte.«

»Was willst du tun?« Ulli sah den Freund ungläubig an. »Hatten wir nicht gerade eben festgestellt, wie angenehm es ist, wieder allein im Haus zu sein? Und da sagst du ...«

»Ich fühle mich irgendwie für sie verantwortlich.«

»Quatsch. Ihr hattet fast zehn Jahre lang keinen Kontakt!«

»Trotzdem ... sie ist nett, ich mag sie.«

Ulli antwortete nicht. Starr sah er zum Fenster hinaus, das halb offen stand. Von draußen drang das melodische Läuten der Kirchenglocken herein.

»Sei mal still. Hörst du das auch?« Bastian richtete sich auf.

»Nein, ich hör nichts.« Ulli war sauer und ließ sich das auch deutlich anmerken. Drei Jahre lang hatte er um Bastians Zuneigung gekämpft, jetzt wollte er sich die Zweisamkeit nicht zerstören lassen.

»Da – da ist es wieder.« Bastian schwang die Beine aus dem Bett und ging zur Tür.

»Ja, du hast recht. Es klingt wie Kinderweinen.«

»Dann ist es aber ein Baby.« Bastian zog sich im Gehen ein T-Shirt über.

»Mach keinen Scherz ...« Auch Ulli war jetzt alarmiert. Das Schlafzimmer der beiden Männer lag direkt über dem Hauseingang, und es schien, als wäre das Wimmern genau von dort gekommen.

Die Männer gingen hinunter zur Haustür, öffneten …

»Ach, du lieber Himmel!« Ulli beugte sich über den alten Weidenkorb, in dem zwei winzige Katzenbabys lagen, nur notdürftig mit einem alten Handtuch warm gehalten.

»Da ist ein Zettel!« Bastian wies auf einen zerdrückten Zettel im Korb.

In kindlicher Schrift stand da: *»Bitte hilf den Katzenkindern, Doktor Ulli, sie sollen nicht sterben! Und geh auch in den Garten!!!! – In meinem Sparschwein ist Geld für Futter. Danke.«*

»Da kennt dich jemand aber ganz genau«, kommentierte Bastian.

Ulli nickte. »Die meisten Kinder der Bauern nennen mich so. Da hat sicher eine Stallkatze Junge gekriegt, und die werden leider ja auch heutzutage noch oft ertränkt. Dabei kostet es nun wahrlich nicht viel, eine Katze sterilisieren zu lassen.« Er stellte den Korb in der Küche auf den Tisch. »Ich geh eben rüber und hole Katzenmilch.«

»Sieh vorher im Garten nach. Ich fürchte, da wartet noch eine Überraschung.«

»Mir reicht es für heute.« Das klang eindeutig zweideutig!

Drei Minuten später hörte Bastian, der vorsichtig die kleinen, höchstens fünf Wochen alten Katzen streichelte, einen lauten Schrei.

»Auch das noch! Wir sind doch kein Tierasyl!« Und dann kam Ulli zurück, an der Leine einen jungen Welpen, der leise fiepte und sich schutzsuchend an ihn kuschelte.

»Mei, ist das ein nettes Kerlchen!« Bastian legte das Kätzchen, das er gerade aus dem Korb genommen hatte, vorsichtig zurück und wandte sich dem schwarzbraunen Teddy zu. »Ein Berner Sennhund! Niedlich.«

»Ja. Jetzt noch. Aber der wird ganz schön groß.« Ulli setzte den jungen Hund auf den Boden, wo der sofort eine kleine Pfütze absetzte.

»Das fängt ja gut an.« Bastian grinste. »Und jetzt?«

Der Tierarzt zögerte. »Untersuchen. Eventuell impfen. Den Besitzer ermitteln oder die ganze Fracht im Tierheim abgeben. Was soll ich sonst machen?«

»Die Tiere hat ein Kind hier abgegeben.« Bastian nahm den Zettel zur Hand. »Wer immer das geschrieben hat, kennt dich und hofft auf deine Hilfe.«

Ulli seufzte. »Du hast ja recht, aber ich kann doch nebenan kein Tierasyl aufmachen. Das gäbe Ärger mit den Nachbarn, glaub mir.«

»Und – was jetzt?«

»Zunächst mal schau ich mir die Tiere an, die Katzen werden geimpft und kommen rüber in eine der Boxen. Den Hund können wir nicht allzu lange allein lassen. Der ist sicher gerade von der Mutter entwöhnt und braucht Bezugspersonen.«

»An mir soll's nicht liegen.« Bastian hob den kleinen Hund hoch. »Wie der mich ansieht …«

»Mit großen treuen Hundeaugen.« Ulli seufzte. »Das ist das Fatale: Wenn dich so ein junger Hund anguckt, bist du hin und weg. Aber schon nach einem halben Jahr weißt du nicht mehr, wohin mit dem Riesenkerl.«

»So groß werden die Berner nun auch wieder nicht.« Bastian drückte das Fellbündel an sich. »So einen Kerl wie dich hab ich schon als Bub haben wollen.«

»Und wer soll tagsüber auf ihn aufpassen? Willst du ihn mitnehmen an den See?«

»Warum nicht? Wir können ja mal ausprobieren, wie er

sich …« Er unterbrach sich, als ein Auto in die Einfahrt rollte. »Das ist Hannah! Sie ist schon zurück!«

»Noch eine Überraschung am Sonntagmorgen.« Ulli verdrehte die Augen.

Bastian reagierte gar nicht erst darauf. Mit dem kleinen Hund auf dem Arm ging er zur Tür und öffnete, kaum dass Hannah den Wagen verlassen hatte.

»Hallo Hannah, schön, dich zu sehen.« Er sah ihr forschend ins viel zu blasse Gesicht. »Geht's dir nicht gut?«

»Wie könnte es das? Alles ist hin. Ich hab keine Bleibe mehr.« Obwohl sie sich bemühte, sachlich zu schildern, was geschehen war, liefen ihr schon wieder Tränen übers Gesicht.

»Komm erst mal rein.« Bastian schob sie mit dem Ellbogen ein Stückchen weiter.

»Wer ist das denn?« Hannah beugte sich vor. »Habt ihr jetzt einen Hund?«

»Seit eben.« Bastian setzte das Fellbündel ab, doch der Hund verbiss sich gleich in seiner Hose und zog spielerisch daran. »Ulli hat ihn im Garten gefunden.«

»Nicht nur den.« Ulli nahm den Hund auf. »Lass die Hose in Ruhe, du Racker.« Er wandte sich knapp an Hannah. »Bist schon wieder da?«

»Ihr Geist ist es nicht«, warf Bastian schnell ein, ehe Hannah etwas sagen konnte.

»Ich bleib nicht lange, keine Sorge.« Hannah zog sich die helle Leinenjacke aus und hängte sie lässig über eine Stuhllehne. »Ist noch ein bisschen Kaffee da? Ich bin seit drei Uhr in der Nacht unterwegs.«

»Warum das denn, um Himmels willen?«

»Ich hatte einfach keine Ruhe mehr. Ich will nur meine

Klamotten holen, dann rasch wieder zurück und mich nach einer Wohnung umschauen.«

»Und ich dachte schon, du wolltest nach Bayern umsiedeln.« Ullis Stimme verriet, wie wenig ihm der Gedanke behagte.

»Nein, nein, keine Angst, ich fall euch nicht länger zur Last.« Sie lächelte ein wenig, als sie ironisch hinzufügte: »Hast ja jetzt einen anderen Rivalen, Ulli.« Sie wies auf den Hund, der schon wieder zu Bastian hintapste.

»Gut gebrüllt, Löwin«, grinste Bastian.

»Ach was, Ulli hat ja recht. Ich kann nicht ewig hier wohnen. Und deshalb werde ich meine Siebensachen packen und morgen zurück nach Köln fahren.«

»Und dann?«

»Alle möglichen Anzeigen studieren – und was Bezahlbares suchen.«

»Kommt ja gar nicht in Frage!« Bastian rettete das Hosenbein seines Schlafanzugs vor allzu großer Liebesbezeugung, indem er es hochkrempelte. »So, jetzt ist erst mal Ruhe«, sagte er, an den Hund gewandt. Der das allerdings überhaupt nicht verstand und sich den jetzt deutlich sichtbareren Pantoffeln zuwandte.

»Nein! Aus!« Bastian versuchte es mit Autorität – und mit sehr geringem Erfolg. Erst als Ulli den Hund energisch nach draußen verfrachtete, wo er neugierig das noch fremde Terrain »Garten« erkundete, konnten sie sich ungestört unterhalten.

Hannah berichtete zum ersten Mal, seit sie bei Sebastian und Ulli wohnte, ganz ausführlich über ihre finanzielle Misere.

»Dieser Jo ... wie konntest du nur auf ihn reinfallen?«

Kopfschüttelnd sah Ulli sie an. »Bist doch eigentlich patent und klug.« Er goss sich Kaffee ein und trank in kleinen Schlucken.

»Jeder macht mal Fehler. Und wenn man verliebt ist, erst recht. Da traut man dem geliebten Menschen einfach keine Bösartigkeiten zu«, meinte Bastian.

Hannah nickte. »Stimmt schon«, gab sie zu. »Aber irgendwann hätte ich wach werden müssen. Bin ich auch, offen gestanden. Aber ich wollte wohl nicht wahrhaben, dass ich mich so sehr in ihm getäuscht hatte.«

»So wie in deiner Freundin.« Ulli trank seinen Kaffee aus. »Das ist schon ein starkes Stück!«

»Ja. Und deshalb fährst du nicht zurück nach Köln. Läufst den beiden womöglich immer wieder in die Arme. Nein, nein, fürs Erste bleibst du hier bei uns wohnen. Arbeit hast du doch.«

»Aber das ist nichts Festes. Und nichts, was mich wirklich zufrieden macht.« Hannah ging zur Tür. »Aber ich danke dir fürs Angebot. In zwei, drei Wochen wird es mir auch sicher bessergehen. Dann hab ich Nachricht von der Versicherung.«

»Hoffentlich«, murmelte Ulli, doch das hörte Hannah nicht mehr.

»Du bist unmöglich!«, schimpfte Bastian leise, als die beiden Männer allein waren.

»Finde ich nicht. Ich hab nur nicht so eine karitative Ader wie du. Und ich möchte eben mit dir allein sein.« Er umarmte Bastian, und für einen kurzen Moment war die Welt in Ordnung. So lange, bis draußen vor der Tür jämmerliches Jaulen erklang.

Wie eine blankpolierte Silberscheibe lag der See da, nur die Schiffe zogen schmale Bugwellen hinter sich her. Es herrschte schon seit drei Tagen herrliches Wetter, was die Touristen genossen, die zuvor eine lange Regenperiode hatten ertragen müssen. Die Segler jedoch, die mit ihren Booten hinausgefahren waren, hofften ebenso verzweifelt wie vergeblich auf ein wenig Wind.

In Bastians Bootsverleih herrschte dennoch Hochbetrieb. Tretboote und Elektroboote benötigten keinen Wind, und so verlieh er im Stundentakt all seine Boote.

Hannah spazierte langsam an der weiß-blau gestrichenen Hütte des Bootsverleihs entlang.

»Nein, nein, Ben, du kannst da jetzt nicht hin.« Der kleine Berner Sennhund, inzwischen etwa drei Monate alt und schon recht fix auf den Beinen, zog ungestüm an der Leine. Er hatte Bastian gerochen und wollte unbedingt zu ihm. Doch Hannah nahm ihn kurzerhand auf den Arm und trug ihn weiter. »Nix da, Bastian hat keine Zeit für dich. Gleich kannst du im Garten mit dem Strolchi spielen, der ist bald wieder gesund.« Sie drückte das Fellbündel an sich. »Wir verwöhnen dich alle viel zu sehr, Ben. Das muss aufhören, sonst gibt's auch noch Probleme mit dir. Dem Ulli reicht es schon, dass ich nun doch länger hier geblieben bin.«

Leises Jaulen war die Antwort. Hannah ignorierte es und ging rasch weiter. Sie hatte nicht mehr allzu viel Zeit, denn in einer Stunde begann ihr Dienst im Hotel *Moosgrund*.

Walli und Andreas Hollerer hatten sie gern wieder als Aushilfe eingestellt, da die Saison in vollem Gange war. Kurz hatte Hannah erwogen, bei Stefan anzurufen und ihm zu sagen, dass sie zurück am Chiemsee war, die Idee aber rasch wieder verworfen. Es brachte doch nichts, sich auf eine Beziehung mit ihm einzulassen. Zu viel trennte sie! Er war ein erfolgreicher Hotelier und Gastronom, ein gutaussehender, charmanter Mann, der bestimmt große Chancen bei den Frauen hatte. Warum sollte er sich da an sie, eine Loserin erster Klasse, binden?

Nein, nein, gar nicht erst irgendwelche Hoffnungen aufkeimen lassen. Sie wollte Stefan nicht wiedersehen, sondern ihn so rasch als möglich vergessen.

Ein guter Vorsatz! Die kleine hämische Stimme in ihrem Hinterkopf meldete sich mal wieder zu Wort. Was bist du doch plötzlich für eine vorsichtige, umsichtige Person! Wärst du mal bei Jo so klug gewesen!

Man macht Fehler nur einmal, gab Hannah der Stimme zur Antwort. Und ich hab gelernt. Bitteres Lehrgeld hab ich zahlen müssen!

Während dieses stummen Dialogs hatte sie sich umgezogen. So wie alle weiblichen Angestellten des Hotels, trug sie nun auch ein fesches Dirndl bei der Arbeit. Zum moosgrünen Rock gehörten eine weiße Bluse und ein rotes Oberteil mit Silberkettenschnürung. Eine rot-grüne Satinschürze machte das Outfit komplett.

Andreas Hollerers Augen blitzten auf, als er Hannah kommen sah. Ein letztes höfliches Wort zu den drei Gästen, mit denen er gerade sprach, dann ging er mit langen Schritten auf Hannah zu. »Fesch siehst du aus! Das Dirndl steht dir.« Bewundernd glitt sein Blick über die schlanke Gestalt. Hannah hatte in den letzten Wochen nochmals vier Kilo abgenommen und war gertenschlank. Die Sonne hatte ihre Haut zart gebräunt, und Bastian hatte ihr vor einigen Tagen dezent zu verstehen gegeben, dass sie ruhig mal wieder zum Frisör gehen könnte.

»Einen schwulen Vetter zu haben kann ganz nützlich sein«, hatte er grinsend hinzugefügt. »Du weißt doch sicher, dass wir einen guten Geschmack haben.«

»Basti, du bist unmöglich!«

»Nur ehrlich, Hannah. Nur ehrlich.«

Ein langer, kritischer Blick in den Spiegel hatte seine Aussage bestätigt: Es wurde höchste Zeit, etwas für ihr Äußeres zu tun! Man musste ihr ja nun wirklich nicht ansehen, dass ihr Privatleben in Scherben lag. Jetzt waren die Haare etwas gekürzt, ein paar helle Strähnen zauberten Glanzpunkte ins naturblonde Haar.

»Hannah, steh nicht rum, drüben der Zehnertisch wird noch nicht bedient!« Wie aus dem Boden gewachsen stand Walli da und wies zur Terrasse.

»Sofort.«

»Lass dich nicht von ihr hetzen, die Gäste haben ja noch gar nicht richtig Platz genommen.« Andreas lächelte ihr zu. »Es ist schön, dass du wieder da bist. Da macht mir das Arbeiten gleich doppelt so viel Freude.«

Hannah erwiderte nichts, sondern beeilte sich, die Wünsche der neuen Gäste aufzunehmen. Die immer deutlicheren Worte des Hoteliers brachten sie in Verlegenheit, seine Flirtversuche machten das Arbeiten mit ihm zum Problem. Merkte er nicht, dass Walli vor Eifersucht verging und dass er die Harmonie seiner Ehe riskierte?

»Guten Tag. Ich hätte gern ein Lächeln und einen trockenen Riesling.«

Hannah zuckte beim Klang der Männerstimme zusammen. »Stefan!« Verflixt, sie spürte, dass ihr das Blut in die Wangen stieg. Wie ein verliebter Teenager benimmst du dich, schimpfte sie still mit sich. Was die Sache nicht besser machte, im Gegenteil. Sie biss sich auf die Lippen und drehte sich langsam um. Wie gut er aussah! Und wie zärtlich sein Lächeln war …

Tränen stiegen ihr in die Augen. Wie gern hätte sie sich in seine Arme geflüchtet und sich das ganze Elend ihres Lebens von der Seele geheult!

Er schien zu spüren, was in ihr vorging. Sacht legte er ihr die Hand auf den Arm. »Ich warte nach der Arbeit auf dich. Bitte ruf an, wenn du hier fertig bist.«

Hannah nickte. »Gut. Ich bring dir gleich den Riesling.«

Ihre Hand zitterte ein wenig, als sie das Glas vor ihn auf den Tisch stellte.

»Danke.« Sein Lächeln war wie ein Streicheln. »Vergiss nicht anzurufen. Sonst sitze ich jeden Tag hier. Und du willst doch nicht, dass ich mein Hotel vernachlässige, oder?«

»Ich melde mich.« Schnell ging sie weiter und versuchte in der kommenden Viertelstunde nicht allzu oft zu Stefan hinüberzusehen.

»Was macht denn Stefan Trautberg schon wieder hier? Hat der in seinem *Kastanienhof* nicht genug zu tun?« Unwillig runzelte Andreas Hollerer die Stirn.

»Keine Ahnung.« Walli sah nur kurz von ihrer Arbeit auf.

»Er sieht Hannah hinterher wie ein hungriger Löwe der Antilope.«

»Da habt ihr ja was gemeinsam.«

»Ach was. Du spinnst dir da mal wieder was zusammen.«

»Tu ich das? Ja?« Walli stemmte die Hände in die Seiten. »Andi, ich warne dich! Diesmal mach ich Ernst und verlass dich, wenn du dein albernes Rumgockeln nicht sein lässt.« Ihre Augen schossen Blitze.

Andreas Hollerer gab keine Antwort, er wies nur hinüber zur Terrasse, wo sich gerade der Bürgermeister und zwei Kollegen aus dem Stadtrat niederließen. »Da muss ich hin«, sagte er und beeilte sich, die Herren persönlich zu begrüßen.

Walli presste die Lippen zusammen. Sie kannte ihren Andi nur zu gut, der viel zu gern und viel zu häufig mit jungen Angestellten flirtete. Die Hannah war mal wieder eine, die ihrer Ehe gefährlich werden konnte. Sie war fesch, nicht zu jung – und sie weckte in den Männern ganz offensichtlich Beschützerinstinkte. Das sah man sogar dem besonnenen Stefan Trautberg an, der keinen Blick von ihr ließ.

»Stefan, ich hab jetzt Feierabend. Wenn du also wirklich kommen magst …« Hannah stand vor dem Personaleingang des Hotels *Moosgrund* und sprach leise in ihr Handy.

»Ich bin in einer Viertelstunde da. Hannah – ich freu mich.«

»Ja … bis gleich.« Sie biss sich auf die Lippen. War es richtig gewesen, ihn anzurufen?

Ja, sagte ihre innere Stimme. Du willst ihn doch auch ungestört treffen, mit ihm reden, ihm nahe sein …

Hannah ging ein paar Schritte auf und ab. Ihr Vorsatz, Stefan Trautberg aus ihrem Leben zu streichen, ihn zu vergessen und unbelastet neu anzufangen, war wie fortgewischt, seit sie ihn vor ein paar Stunden wiedergesehen hatte.

Es dauerte nicht mal eine Viertelstunde, dann fuhr sein Wagen vor. Er musste gerast sein!

Kaum war er ausgestiegen, breitete er die Arme aus – und Hannah flog hinein.

Kein Denken mehr. Kein Zögern. Keine Zweifel. Nur noch Nähe, Wärme, Zärtlichkeit.

»Du bist wieder da. Ich bin so froh.« Stefan hielt sie ein Stückchen von sich weg, ohne sie jedoch aus den Armen zu lassen. »Du hast mir gefehlt.« Und dann, endlich, küsste er sie.

Vierzehn Minuten dauerte die Fahrt mit der Gondel hoch zur Kampenwand. Hannah und Stefan waren allein in der Kabine, und seit sie in Aschau eingestiegen waren, lag Stefans Arm um Hannahs Schultern.

Langsam kam die Gondel dem azurblauen Himmel, an dem ein paar kleine Schönwetterwolken segelten, näher. Deutlich war zu erkennen, woher das Bergmassiv seinen Namen hatte: Der gezackte Gipfelgrat erinnerte an einen Hahnenkamm.

»Ein imposantes Gipfelkreuz ist das«, sagte Hannah und zeigte auf den Ostgipfel, wo jetzt ganz deutlich das Gipfelkreuz zu erkennen war.

»Es heißt, dass mein Ururgroßvater einer der ersten Bergsteiger auf dem Ostgipfel war«, erzählte Stefan und wies zu dem hohen eisernen Kruzifix hin. »Und mein Großvater hat als ganz junger Bursch im Jahr 1923 das erste Gipfelkreuz mit erbaut. Damals war es noch aus Holz.«

»Das ist sicher mit den Jahren verwittert.«

»Nein, ein Blitzschlag hat es zerstört, deshalb wurde nach dem letzten Krieg das Eisenkreuz aufgestellt – unter anderem zum Gedenken an die Chiemgauer Opfer der beiden Weltkriege. – Wir sind schon da!«

Mit einem leichten Ruck hielt die Gondel an, rasch stiegen sie aus. Auf dem Vorplatz der Seilbahnstation standen etliche Touristen und beratschlagten, wohin sie sich wenden sollten.

»Wollen wir ein paar Meter gehen und dann den Gleitschirmfliegern eine Weile zusehen?«, fragte Stefan. »Ich hab's mal probiert, aber der Sport ist nichts für mich, ehrlich gesagt.«

»Es muss aber schön sein, sich für einen Moment schwerelos zu fühlen«, sagte Hannah.

»Das stimmt schon, aber ich gestehe, dass ich lieber mit beiden Beinen auf der Erde bleibe.« Stefan ließ ihre Hand nicht los, als sie einen breiten Weg einschlugen, der zunächst zum Startplatz der Gleitschirmflieger führte. »Linker Hand liegt eine der schönsten Almen. Wollen wir da zu Mittag einkehren?«

»Von mir aus gern.« Hannah blieb stehen und sah sich um. »Wunderschön ist es hier.«

Unter ihr lag der Chiemsee, das Himmelsblau schien sich im Wasser zu spiegeln. Als kleine weiße Punkte auszumachen waren die vielen Segelschiffe, die bei dem schönen Wetter hinausgefahren waren, und in der leichten Brise blähten sich ihre Segel.

»Im Sommer fahre ich oft mit Timmy hierher.« Stefan lächelte. »Leider kann ich ja die Sonntage nicht mit ihm verbringen, aber unser Feiertag ist der Dienstag, wenn wir Ruhetag haben.«

»Und jetzt muss der arme Kerl allein bleiben. Hoffentlich ist er nicht bös auf mich.«

»Im Gegenteil, er ist glücklich, dass du ihm Ben anvertraut hast. Genau so einen Hund hat er sich schon immer gewünscht.«

»Deine Haushälterin hat jetzt die Arbeit mit ihm.« Hannah musste schmunzeln. »Sie war alles andere als erbaut, als wir ihr auch noch den Hund zum Aufpassen gegeben haben.«

Stefan winkte ab. »Ach was, die Sissi lässt sich nicht so leicht stressen. Sie hat sich noch nie über zusätzliche Arbeit beklagt. Und auf Timmy passt sie gern auf.«

Das glaubte Hannah nur zu gern. Sie hatte gesehen, mit welchem Blick die schwarzhaarige Sissi ihren Arbeitgeber angesehen hatte, als sie sich unbeobachtet glaubte.

Sie mag ihn. Sehr sogar! Ob er das wirklich noch nicht spitzgekriegt hat?, fragte sich Hannah.

Dann schob sie den Gedanken beiseite und genoss die Stunden auf dem Berg. Stefan zeigte ihr mit jedem Blick, jeder Geste, wie viel sie ihm bedeutete. Gegen fünf Uhr am Nachmittag kam Wind auf, immer rascher zogen Wolkenfetzen über ihnen am Himmel vorüber, sie wurden dunkler und dunkler.

»Komm schnell, wir müssen uns unterstellen!« Stefan zog Hannah mit sich. »Drüben, hinter der Kuppe, liegt eine Hütte.«

»Wir können auch hoch zur Seilbahnstation gehen und runter ins Tal fahren.«

»Der Weg dauert zu lange, das schaffen wir nicht mehr.«

Er hatte es kaum ausgesprochen, als der Himmel auch schon seine Schleusen öffnete. Die Berge, denen die Sonne vor einer halben Stunde noch goldene Kappen verliehen hatte, waren hinter den Wolken verschwunden. Tannen und Kiefern bogen sich im Wind, und Hannah atmete erleichtert auf, als die Hütte erreicht war.

Stefan tastete den Türbalken ab, und so, wie es in den Bergen üblich war, fand er den großen Eisenschlüssel genau dort. Knarrend schwang die grob gezimmerte Tür auf.

»Das hat gerade noch gepasst.« Stefan wies nach draußen, wo der Regen jetzt wie eine graue Perlenwand niederfiel. Im Westen zuckten vereinzelte Blitze auf, und Hannah schauderte leicht zusammen.

»Zieh die nasse Jacke aus.« Stefan ging zu einer Truhe und holte zwei Decken heraus. »Hier, die wärmen.«

»Danke. Du kennst dich ja gut hier aus.« Sie schälte sich aus der Jacke.

»Ich war auch schon oft hier. Die Hütte gehört einem alten Schulfreund, wir haben hier als Fünfzehnjährige zum ersten Mal übernachtet – ein rechtes Abenteuer, sag ich dir!«

»Wenn ihr Jungs nicht allein wart, glaub ich das gern.« Hannah zwinkerte ihm zu.

»Du, was denkst du von mir?« Er zog sie an sich.

»Nur Gutes natürlich, du bist ...« Bevor sie weiterreden konnte, küsste er sie. Lange. Anhaltend. Voller Leidenschaft. Die Decke glitt zu Boden, doch beide merkten es nicht.

Nicht eine Sekunde zögerte Hannah, als Stefan sie zu einer kleinen Kammer führte, die sich gleich neben der Tür befand. Ein schmales Bett, nur mit Strohmatratze und einem Schaffell belegt, stand dort.

Hannah lachte leise. »Das hatte ich auch noch nicht«, murmelte sie.

»Dann wird's höchste Zeit.« Stefan hob sie hoch und trug sie zum Bett. Sein Blick löste sich nicht von ihren Augen, als er sie auszog. »Du bist wunderschön«, sagte er, und dann wurde nicht mehr gesprochen. Alles, was er ihr sagen wollte, zeigte er ihr auf andere Weise.

Und Hannah gab sich ganz seinen Zärtlichkeiten hin. Es fühlte sich gut und richtig an. Da war dieser wundervolle Mann. Da war die Hütte, die sie vor dem Unwetter schützte. Da war dieses Bett, das alles andere als bequem war – und ihr doch wie ein Himmelbett vorkam.

»Hast du eigentlich gewusst, dass ein Unwetter droht?«, fragte sie, als sie nach einer kleinen, glücklichen Ewigkeit wieder sprechen konnte.

»Natürlich!« Stefan richtete sich ein wenig auf, stützte sich auf und küsste ausgiebig ihre linke Brustwarze, die sich gleich wieder erhärtete. »Was denkst du denn, warum ich genau hierher gekommen bin?«

»Machst du das immer so?« Sie lächelte bei der Frage, doch tief im Innern wartete sie angstvoll auf die Antwort.

»Immer?« Er schüttelte den Kopf. »Nein, mein Liebling, hier war ich mit keiner Frau mehr, seit ich siebzehn war. – Zufrieden?«

»Mehr als das.« Sie zog seinen Kopf zu sich.

»Sei nicht zu bescheiden. Ich denke, du hast es verdient, noch viel mehr verwöhnt zu werden.«

7

»Das machst du mit mir nicht, Jo!« Nina sah ihren Geliebten wütend an. »Mich bestiehlst du nicht, du Mistkerl!«

»Aber ich … Mensch, Nina, du weißt doch, dass ich die größten Schwierigkeiten kriege, wenn ich meine Spielschulden nicht noch heute Abend bezahle. Kevin kennt da keinen Spaß.«

»Das hättest du dir früher überlegen müssen.« Nina maß den Mann, den sie vor einigen Wochen noch leidenschaftlich geliebt hatte, mit kühlen Blicken. »Wo ist meine Perlenkette? Und die goldene Taschenuhr von meinem Großvater?« Auffordernd streckte sie die Hand aus. »Her damit.«

»Ich … ich hab die Sachen versetzt.« Jo zuckte mit den Schultern. »Es musste sein, Nina-Darling. Wenn ich heute Abend nicht wenigstens einen Teilbetrag hinlege, lässt mich Kevin zusammenschlagen. Und das willst du doch nicht.«

Nina zuckte mit den Schultern. »Ehrlich gesagt – doch. Du und deine verdammte Zockerei! Wie oft hast du mir geschworen, es zu lassen, hm? Heiße Luft, nichts als heiße Luft. So wie alles, was du von dir gibst!« Sie maß ihn mit einem langen, verachtungsvollen Blick. »Du hast mehr als eine Tracht Prügel verdient, Jo. Und ich auch. Weil ich mich mit dir eingelassen hab, ich hirnverbrannte dumme Kuh. Deinetwegen hab ich Hannahs Freundschaft verloren. Was hab ich dafür eingetauscht – einen Betrüger und Lügner.« Mit einem Ruck warf Nina ihre roten Locken in den Nacken. Die grünen Augen waren zu schmalen Schlitzen zusammengekniffen, die Lippen, die Jo noch vor einigen Tagen leidenschaftliche Koseworte zugeraunt hatten, jetzt nur noch ein schmaler Strich.

»Nun mach mal halblang. Stellst dich ja an, als wäre ich ein Verbrecher.«

Nina lachte bitter auf. »Dazu reicht es nicht bei dir, nicht mal dazu. Du bist nichts als ein billiger Aufschneider und ein hemmungsloser Zocker. Ein Blender, der skrupellos die Menschen ausnimmt, die ihn lieben.«

»Also ehrlich, das ist – gemein.«

»Halt einfach die Schnauze, Jo, und verzieh dich.« Mit drei langen Schritten war Nina an der Wohnungstür und riss sie auf. »Raus, sonst rufe ich die Polizei!«

»Das … das kannst du nicht machen!«

»Du ahnst ja nicht, was ich alles kann.« Nina wies noch einmal nach draußen. »Du hast drei Minuten, dann kommen Benni und Klaus hoch. Das sind zwei Pfleger aus der Psychiatrie, die mir gern diesen Gefallen tun. Ich hab sie gebeten, herzukommen.«

Jo sah zur Treppe, doch es war niemand zu sehen. »Du bluffst. Mensch, Nina-Darling, das kommt doch alles wieder in Ordnung! Ich hab da ein ganz heißes Ding laufen, wenn das klappt, kriegst du alles wieder. Mit Zinsen, ich schwör's!«

»Noch eine Minute. Die Jungs warten unten, glaub mir. Ich hab sie schon vor einer Stunde herbestellt.«

Jo zögerte. Er kannte Nina inzwischen gut genug, um zu wissen, dass sie nicht annähernd so sanft und gutgläubig war wie Hannah. Unten im Hausflur klappte eine Tür, schwere Schritte ertönten.

»Du ... du ... Miststück, verdammtes!« Jo drehte sich auf dem Treppenabsatz noch einmal um. »Du bist schuld, wenn Kevin mir was antut.«

»Nein.« Nina schüttelte den Kopf. Ihre Miene war ausdruckslos. »Du bist schuld, Jo. Du ganz allein. Und jetzt verzieh dich. Morgen gegen Mittag kannst du deine Sachen abholen. Sie stehen dann hier draußen.«

Ehe er antworten konnte, ging sie in ihre Wohnung und warf die Tür zu. Und erst jetzt, da sie allein war, gestattete sie sich zu weinen.

»Dumme Kuh«, murmelte sie vor sich hin, als sie sich die Tränen abwischte. »Du hast ihn doch gekannt. Hast genau gewusst, wie er ist – egoistisch und unzuverlässig!« Aber auch charmant und ein toller Lover, sagte eine Stimme in ihrem Hinterkopf. Davon hat Hannah immer geschwärmt, und du hast sie glühend um Jo beneidet. Und schließlich hast du ihn dir geschnappt, hast die Freundschaft zu Hannah aufgegeben, nur um mit Jo ins Bett zu können. »Ich war ja so blöd«, murmelte Nina immer wieder vor sich hin, während sie aus dem Fenster sah, wo Jo sich gerade auf sein Motorrad schwang, beobachtet von zwei breitschultrigen Männern. Einer von ihnen drehte sich jetzt um und sah zu der Fensterfront hoch. Als er die rothaarige Kollegin erkannte, tippte er sich kurz zum Gruß an die Stirn, dann gingen die beiden gemächlich zu dem dunkelgrünen Kombi, in dem sie gewartet hatten, zurück.

»Neues Parfum?« Bastian ging langsam an Ulli vorbei und streichelte kurz seinen Arm. »Ein bisschen süß, oder?«

»Stimmt!« Mit einem Ruck stand Ulli vom Frühstückstisch auf. »Wenn's dir nicht gefällt, beschwer dich bei Hannah.«

»Wieso?« Bastian bückte sich nach Ben, der aus seinem Korb neben der Küchentür aufgestanden war und auf ihn zutapste. »Sie hat dir doch nicht etwa diesen Duft geschenkt?«

Ullis Antwort bestand aus einem unterdrückten Schnauben, das an das unwillige Schnauben eines Stiers erinnerte, der sich in seiner Ruhe gestört fühlte.

»Hey, sei nicht gleich beleidigt. Ich find's ja eigentlich gut, aber ... du hast vielleicht etwas viel erwischt.« Bastian ging zum Frühstückstisch zurück und nahm eine Scheibe Wurst vom Teller, die er Ben hinhielt.

»Lass das. Das bekommt ihm nicht. Außerdem soll er nichts vom Tisch kriegen.«

»Hast recht. Aber wenn er mich so treuherzig ansieht, kann ich ihm einfach nicht widerstehen.«

»Du solltest dir eine getönte Brille zulegen. Dann wärst du besser gegen traurige Blicke gefeit.«

»Wie zweideutig! Mann, Ulli, ich hab's nicht so gemeint. Der Duft ist gut, wirklich.«

»Ja. Ist er. Doch die Flasche gehört Hannah!« Schon fast an der Tür, drehte er sich noch einmal um. »Es ist ätzend. Ätzend, ätzend! Und es stört mich total, dass sie unser Bad mitbenutzt! Du siehst ja, was dabei rumkommt – ihr Eau de Toilette hat fast den gleichen Flakon wie mein Rasierwasser. Ich hab mich einfach vergriffen!«

Bastian hatte Mühe, sich das Lachen zu verbeißen. »Ist

doch nicht so tragisch.« Er wollte Ulli umarmen, aber der stieß ihn zur Seite.

»Es ist nicht tragisch, es ist lästig. Und unnötig! Ich fahre jetzt in einen Kuhstall, besame fast ein Dutzend Kühe und stinke dabei nach Maiglöckchen, Patschuli und Veilchen!«

»Auweia.« Jetzt konnte Bastian doch nicht länger an sich halten, er lachte Ulli ins wütende Gesicht. »Sorry, aber ich kann mir nicht vorstellen, dass es die Kühe stört.«

»Ignorant.«

»Ja, ja, schon gut.« Bastian wollte ihn versöhnlich umarmen, doch Ulli schob ihn brüsk von sich.

»Lass das. Schau lieber zu, dass deine Kusine nicht das ganze Haus in Beschlag nimmt. Gestern hat sie Sauerbraten gemacht. Sauerbraten!« Er spuckte das Wort förmlich aus. »Dabei hatten wir besprochen, dass sie eine Kalbshaxe brät.« Er zog die Autoschlüssel aus seiner Jeans. »Ich hab gedacht, es beißt mich, als ich gesehen hab, dass Rosinen in der Bratensoße schwimmen. Eklig war das, sag ich dir.«

»Du hast aber trotzdem ganz kräftig zugelangt.« Bastian schüttelte den Kopf. »Du tust wirklich so, als wüsstest du nicht, dass Sauerbraten eine rheinische Spezialität ist. Und – gib's einfach zu – es hat wunderbar geschmeckt.«

Der Tierarzt verkniff sich eine Antwort und ging hinaus. »Mir pressiert's«, sagte er nur, und schon wenige Augenblicke später hörte Bastian den Motor des Porsches aufröhren.

»Reagier dich nur nicht auf der Landstraße ab«, murmelte Bastian. »Das könnte teuer werden!«

Doch Ulli hörte die Warnung schon nicht mehr. Sobald er den Ortskern von Prien hinter sich gelassen hatte, gab er Gas und raste die kurvenreiche Straße in Richtung Wildenwart, wo der Hof des Riederer-Bauern stand. Es war ein mehrere hundert Jahre altes Anwesen, das auf einer kleinen Anhöhe stand. Das Haupthaus wirkte wie aus einem Touristenprospekt, der für Oberbayern warb: Auf den weiß getünchten Wänden waren wundervolle Lüftlmalereien angebracht. Gleich neben der Haustür erkannte man den heiligen Georg, den Drachentöter. Auf der linken Seite war ein Haflinger-Gespann abgebildet, daneben zwei Buben in alter Tracht. Um den ganzen ersten Stock zog sich ein hölzerner, reich geschnitzter Balkon, der mit Petunien, Geranien und Margeriten bepflanzt war. Rechts und links von der Eichentür standen große Tonkübel, auch sie voller bunter Blumen.

Linker Hand erstreckten sich zwei Stallgebäude, rechts vom Haupthaus, auf einem weiteren Hügel, stand eine kleine Kapelle mit rundem Zwiebelturm. Der vergoldete Wetterhahn leuchtete weithin sichtbar. Etwas weiter unten, dort, wo die Prien sich durch Wälder, Wiesen und Weiden schlängelte, befand sich die weitläufige Pferdekoppel, und ein breiter Unterstand schützte die Tiere bei schlechtem Wetter oder bei allzu sengender Sonne.

Die Haflingerzucht, einst einer der Haupterwerbszweige der Riederer-Bauern, war heutzutage nur noch Liebhaberei. Außer einem Deckhengst standen sieben Stuten und zwei Fohlen auf der Weide.

Ulli wollte gerade zur Tür gehen, als die bereits geöffnet wurde und der Riederer heraustrat. »Ich hab dich schon kommen sehen, Doktor. So einen schnittigen Sportflitzer wie du hat kein anderer in der Gegend.«

»Mein Rover ist in der Werkstatt. Aber keine Angst, ich hab alles dabei, was ich für deine Kühe brauch.« Er wies auf eine große Tasche.

»Gut.« Der Bauer zog kurz die Nase kraus. »Wenn ich's nicht besser wüsst, würd ich meinen, du kämst geradewegs aus einem Bordell.«

Ulli kniff die Lippen zusammen. »Sag jetzt nur nix Falsches«, knurrte er. »Die Geschichte ist zu ärgerlich.«

»Dann behalt sie für dich. Ärger hab ich selbst genug. Meine Schwester macht mich verrückt mit ihrer Eifersucht. Eben erst hat sie wieder angerufen und mir die Ohren vollgeplärrt.« Ein tiefer Seufzer folgte. »Die Sissi bildet sich ein, dass der Stefan sie betrügt.«

»Welcher Stefan?«

»Na, der Trautberg Stefan halt. Der Hotelier vom *Kastanienhof* in Gstadt. Die Sissi ist doch seit anderthalb Jahren da als Haushälterin angestellt. Sie versorgt den Privathaushalt und kümmert sich auch um den Buben, wenn der Vater keine Zeit hat.«

»Das hab ich nicht gewusst.« Ulli hob die Kühlbox mit dem Samen eines besonders erfolgreichen Bullen hoch. »Wir müssen uns beeilen. Geh du vor.« Er hatte nur wenig Interesse an den privaten Problemen des Bauern. Die Zeit drängte, er hatte hinterher noch zwei andere, länger dauernde Termine und musste am frühen Nachmittag zur Sprechstunde wieder zu Hause in Prien sein.

»Gern. Dann krieg ich deine Duftwolke nicht mit.« Der Riederer hatte es nur leise vor sich hin gemurmelt, doch Ulli hatte jedes Wort gehört.

»Das ist das Parfum von der Hannah«, erklärte er. »Bastians Kusine wohnt jetzt wieder bei uns. Ich hab mich heute Morgen vergriffen. Ich hätt sie mitsamt ihrem Weiberzeug aus dem Haus schmeißen können. Aber sie hat nun mal Wohnrecht im Haus. Und weil sie gerade selber einigen

Trouble hat, wird sie wohl noch eine Weile bei uns bleiben.«

»Hannah heißt sie?« Der Bauer drehte sich halb um. »Ich fürchte, diese Hannah macht nicht nur dir Ärger, Doktor.«

»Und du willst wirklich nicht mitkommen?« Fragend sah Walli Hollerer ihren Mann an. »Alles, was in der Gegend Rang und Namen hat, wird da sein. Nur du drückst dich wieder mal.«

»Das Hotel ist voll belegt, und im Restaurant herrscht Hochbetrieb, da können wir nicht beide fehlen, das weißt du doch genauso gut wie ich.« Andreas strich seiner Frau kurz über die Wange. »Die Renate freut sich, wenn du sie mitnimmst nach Immling.«

»Renate ist meine Freundin, du bist mein Mann. Und ich hätt dich schon gern an meiner Seite bei einem so wichtigen gesellschaftlichen Ereignis.«

»Ach geh, ich versteh doch sowieso nix von Opernmusik. Kann Verdi nicht von Wagner unterscheiden und …«

»Weil du ein Ignorant bist, ein großer.« Walli presste die Lippen zusammen. »Also gut, dann fahr ich jetzt los und hol Renate ab.«

»Grüß sie von mir.« Andreas atmete erleichtert auf. Dieser Kelch war noch mal an ihm vorübergegangen! Er sah seiner Frau nach, die höchst elegant wirkte in ihrem schwarzen Abenddirndl aus Seide und dem weinroten Cape. Sie ist immer noch eine schöne Frau, sinnierte er, doch leider ist sie mit den Jahren immer kälter, immer härter geworden. Wirklich zärtlich und anschmiegsam war sie nie, doch inzwischen ist das Zusammenleben mit ihr nur noch Gewohnheit, oft sogar Langeweile. Wenn wir das Geschäft nicht hätten …

Wieder einmal verlor er sich in Gedankenspielen. Was wäre wenn … Warum ist es so, wie es ist? Wieso kann man nichts ändern? Weshalb bleiben wir noch zusammen, Walli und ich?

Ein Stammgast kam herein. Andreas begrüßte ihn liebenswürdig und führte ihn aufmerksam an einen reservierten Tisch am Fenster.

Draußen verwandelte die untergehende Sonne das bayerische Meer in einen See aus flüssigem Gold. Schemenhaft nur waren die Konturen der Fraueninsel zu erkennen, nur der freistehende Glockenturm mit seiner breiten Zwiebelhaube ragte aus dem Rotgold heraus.

Andreas Hollerer hatte für dieses reizvolle Bild keinen Blick. Zu oft hatte er dieses Naturschauspiel schon gesehen. Seine Aufmerksamkeit galt, nachdem der Gast versorgt war, nur noch Hannah. Wie bezaubernd sie aussah! Das Dirndl betonte ihre schlanke Taille und brachte auch alle anderen Reize dezent zur Geltung.

Andreas Hollerers Herzschlag beschleunigte sich. In den nächsten Stunden kam er seinen Aufgaben im Hotel und im Restaurant so unkonzentriert nach, dass es auffiel.

Der alte Oberkellner Kurt murmelte ein paar Mal vor sich hin: »Net schon wieder, Andi. Tu's ihr und uns net an. Halt dich diesmal zurück.«

Doch das hörte Andreas Hollerer nicht. Er wartete nervös, bis sich das Restaurant geleert hatte und sich ein paar der Hotelgäste in die Bar begaben. Normalerweise gesellte er sich gern für eine halbe Stunde dazu, doch an diesem Abend ging er erst kurz in die Privatwohnung, wo er sich frisch machte und ein sauberes Hemd anzog. Auf das teure Herrenparfüm, das ihm Walli geschenkt hatte, verzichtete er, es wäre zu auffallend gewesen.

Kurt machte, so wie immer, die Abrechnung. »Du kommst klar, gell?«, fragte Andreas.

»Natürlich, Chef. Willst du doch noch rüber nach Gut Immling?«

»Nein, nein, die Aufführung ist ja schon zu Ende.«

»Aber hinterher gibt's doch immer einen Empfang!« Kurt, seit fast dreißig Jahren im Seehotel beschäftigt, sah Andreas eindringlich an. »Da heißt's: Sehen und gesehen werden!«

»Die Walli ist ja da. Sie wird's genießen.« Andreas machte drei Schritte zur Tür, denn gerade kam Hannah herein.

»Ich geh dann jetzt. Gute Nacht allerseits.« Sie nickte freundlich in die Runde. »Bis übermorgen dann.«

»Was ist mit morgen?«, fragte Andreas.

»Da hab ich frei. Die Chefin meinte, es wär nicht allzu viel zu tun.« Hannah nickte noch einmal, dann ging sie hinaus.

Sie war noch nicht ganz bei ihrem Fahrrad angelangt, das sie bei schönem Wetter gern benutzte, als Andreas wie ein Schatten vor ihr auftauchte. »Bleib noch ein bisschen«, bat er und griff nach ihrer rechten Hand, die sie schon nach dem Rad ausgestreckt hatte.

Hannah sah ihn irritiert an. »Es ist schon spät, Andreas. Ich bin ziemlich geschafft und würde wirklich gern ins Bett gehen.«

»Hannah!« Er stellte das Fahrrad an die Wand zurück und umklammerte ihre Arme. Sanft, doch energisch zog er sie an sich. »Muss ich dir wirklich sagen, wie sehr ich dich mag? Spürst du's nicht?«

Sie schüttelte nur den Kopf.

»Doch, du musst es spüren!« Jetzt war sein Gesicht ganz nah. Sein Mund kam näher und näher.

»Bitte, Chef, lass das.«

»Chef! Ich will mehr für dich sein, Hannah. Viel mehr!« Noch fester zog er sie in die Arme, und die Lippen in ihr Haar gedrückt, flüsterte er heiser: »Seit ich dich gesehen hab, gehst du mir nicht mehr aus dem Sinn. Hannah, mit dir ... mit dir möcht ich noch einmal ganz von vorn anfangen.«

»Bitte, Andreas, lass mich los!« Sie wollte ihn von sich schieben, doch er lockerte den Griff nicht. Im Gegenteil, noch fester, noch härter umfasste er ihre Arme. Sie spürte, wie erregt er war, dass er kurz davor war, ganz die Kontrolle zu verlieren. Angst nahm ihr für einen kurzen Moment den Atem, dann hatte sie sich wieder im Griff. So energisch wie möglich schob sie den Mann von sich. »Lass es, Andreas.« Ihre Stimme klang kühl. »Du bist ein sehr netter Chef, ich arbeite gern für dich und deine Frau. Und ich möchte nur ungern ...«

»Sei still!« Wie rasend zog er sie erneut an sich. Seine Lippen pressten sich auf ihre Lippen, zwangen sie mit Gewalt auseinander. Der Kuss war hart und brutal, seine Zunge suchte sich ihren Weg in Hannahs Mundhöhle, eroberte jeden Millimeter. Nichts Zärtliches war in diesem Kuss, und Hannah versuchte verzweifelt, den Kopf wegzudrehen.

Doch Andreas Hollerer ließ sie nicht los, wie von Sinnen war er. Seine Hände tasteten unter Hannahs Pulli, sein linkes Knie zwängte sich zwischen ihre Beine.

»Nicht ... bitte ...« Hannah wollte nicht schreien, sie

wollte kein Aufsehen erregen, wollte die Situation nicht noch weiter eskalieren lassen.

»Ich will dich!«, keuchte Andreas. »Ich will dich jetzt und hier, Hannah. Du machst mich verrückt. Immerzu muss ich an dich denken, Tag und Nacht. Du ...« Wieder versuchte er sie zu küssen, doch Hannah gelang es, den Kopf abzuwenden, und sie versuchte verzweifelt, sich ihm zu entwinden.

»Die Verdi-Arien gehen mir immer wieder ans Herz.« Renate Millbauer seufzte leise auf. »Fandest du den ›Alfredo‹ auch so überragend, Walli?«

»Es ist eben eine klassische Tenor-Rolle.« Walli Hollerer sah sich nach Bekannten um. »Bei der romantischen Ader, die du hast, findest du doch jeden Sänger, der so was Schmalziges singen kann, toll!«

»Also wirklich! Sag du mir doch mal, warum du überhaupt hierher, auf den *grünen Hügel* des Chiemgaus, kommst.« Interessiert sah Renate Millbauer einem hochgewachsenen Mann nach, der sie an einen der Sänger erinnerte. Doch sie war sich nicht sicher, ob dieser noch junge Mann, blond und bartlos, wirklich auf der Bühne den Giorgio Germont, den Vater Alfredos, verkörpert hatte.

»Warum ich jedes Jahr herkomme? Nun, weil es eins der wichtigsten gesellschaftlichen Ereignisse der Region ist, warum sonst?« Die Hotelchefin machte eine knappe Handbewegung in die Runde. »Glaubst du denn im Ernst, dass die Leute nur wegen einer guten Opernaufführung nach Gut Immling kommen? Das ist doch naiv!«

»Doch, das denke ich schon! Dieses Festival hat einen ausgezeichneten Ruf, und ...«

»Und jeder will dabei sein, will hier gesehen werden.«

Walli nahm die Freundin am Arm. »Jetzt komm schon mit, da drüben steht der Landrat, und neben ihm der Intendant. Den kenne ich persönlich.«

Widerstandslos ließ sich Renate mitziehen. Ganz im Gegensatz zu Walli Hollerer war sie noch ganz verzaubert von der Aufführung, die ebenso glanzvoll wie musikalisch perfekt gewesen war. Die Sänger waren zum größten Teil international bekannte Stars, und es war faszinierend zu beobachten, dass die Aufführungen in einer umgebauten Reithalle, deren Akustik ganz ausgezeichnet war, von Jahr zu Jahr mehr Musikfreunde an den Chiemsee lockten.

»Ich bin froh, dass ich noch Karten für ›Klassik im Abendrot‹ bekommen habe«, sagte Renate, während sie sich mit der Freundin durch die Menschentrauben schob. »Du wolltest da ja nicht mitkommen.«

»Ich hab nicht so viel Zeit wie du.« Walli Hollerer winkte einem Bekannten zu, doch der war ganz auf seine junge blonde Begleiterin konzentriert. Renate war Witwe, ein Geschäftsführer leitete die ererbte Immobilienfirma, ein renommiertes, sehr erfolgreich agierendes Unternehmen.

»Der Gerhard Hill kann's auch nicht lassen«, schmunzelte die zierliche Frau und sah einem Paar nach, das an ihnen vorüberging, ohne sie zu bemerken. »Seit er Witwer ist, hat er auch alle paar Monate ein neues Gspusi.«

»Was heißt hier *auch*?« Aus schmalen Augen sah Walli die Freundin an.

»Nichts Besonderes. Das hab ich nur so dahergesagt.«

»Nur so dahergesagt. Aha.« Walli griff sich an den Hals. Die Kehle wurde ihr eng, und das lag absolut nicht an dem kunstvoll gearbeiteten Trachtenschmuck aus alten, rund geschliffenen Diamanten und böhmischen Granaten, den sie angelegt hatte. Es waren Erbstücke ihrer Großmutter, und samt den dazu passenden Ohrringen war es ein Schmuck, der auffiel und stets Bewunderung erntete.

Das lange Abenddirndl aus schwarzem Seidensatin mit dunkelrot gemusterter Seidenschürze war eine Einzelanfertigung, ebenso wie das tannengrüne Kleid von Renate Millbauer.

»Ich … mir ist plötzlich nicht gut. Ich fahre heim.« Walli tupfte sich die nicht vorhandenen Schweißtropfen von der Stirn.

»Dann komme ich mit.«

»Ach was, da drüben stehen die Hallburgers, die nehmen dich sicher gern mit heim. Genieß den Abend noch.« Sie wies nach links, wo unter weißen Partyzelten ein delikates Buffet aufgebaut war.

»Na ja …« Renate zögerte.

»Bleib hier. Ich kann das alles hier einfach nicht mehr genießen.« Walli beugte sich zu der Freundin und hauchte ihr einen Kuss auf die Wange. »Wir können ja morgen telefonieren.«

»Ja, machen wir. Gute Besserung.«

Hastig ging Walli zu ihrem Wagen und fuhr heim. Seit sie Gerhard Hill mit seiner jungen Freundin gesehen hatte, gaukelte ihr die Fantasie die verrücktesten Bilder vor. Gerhard und Andreas kannten sich seit vielen Jahren. Sie waren Geschäftsfreunde, gingen häufig gemeinsam zur Jagd … Auch auf hübsche Mädchen, die sich gern von wohlhabenden älteren Herren aushalten ließen?

Walli Hollerer kannte ihren Andi gut. Er flirtete gern, und schon manche junge Kellnerin hatte ihren Job verloren, weil der Chef sich zu sehr für sie interessiert hatte.

Walli atmete schwer. Sie liebte ihren Mann sehr. Aber er … liebte er sie auch noch? Oder war es Gewohnheit, die ihn an sie band? Nahm er Rücksicht aufs Geschäft, wenn er an der Ehe festhielt? Sie überlegte, wann sie das letzte Mal miteinander geschlafen hatten. Vor vier, fünf, sieben Wochen?

Und dann sah sie ihn! Dicht stand er vor Hannah, umarmte sie … Walli hörte seine Liebesworte, hörte dieses leidenschaftliche Flehen, hörte die Erregung aus der heiseren Stimme.

»Lass sie los! Sofort!« Sie hatte das Gefühl, im nächsten Moment die Beherrschung zu verlieren. Ihre Finger umklammerten die weinrote Abendtasche so fest, dass sie fast einen Krampf in der rechten Hand bekam.

»Walli! Du … warum bist du nicht auf Gut Immling?« Andreas machte zwei Schritte auf sie zu, streckte die Rechte nach ihr aus.

»Fass mich nicht an«, zischte sie.

»Es tut mir leid.« Hannah ging an Walli vorbei. »Glaub mir, ich … ich wollte das nicht.«

Sie bekam keine Antwort.

8

Es war ein Sommertag wie aus dem Bilderbuch. Über den Chiemsee, auf dem unzählige Boote fuhren, spannte sich ein wolkenloser blauer Himmel. Zum Greifen nah schienen die Berge im Süden.

»Bei einem solchen Wetter muss man einfach raus.« Stefan legte den Arm um Hannah und sah ihr forschend ins Gesicht. »Du scheinst dich über diesen herrlichen Tag gar nicht zu freuen. Dabei hab ich Himmel und Hölle in Bewegung gesetzt, um mir ein paar freie Stunden zu ermöglichen.«

»Das hättest du nicht tun müssen. Ich weiß doch, dass das Geschäft vorgeht. Und jetzt ist Hauptsaison!« Starr sah Hannah aufs Wasser hinunter. Sie standen an der Reling eines Ausflugschiffes und fuhren die kurze Strecke hinüber zur Fraueninsel. Sacht wehte ihr der Fahrtwind durchs Haar, das sie offen trug. Stefan musste sich beherrschen, um nicht immer wieder mit den Händen in die hellen Locken zu fassen. Er war verliebt wie nie zuvor und fühlte sich jung, stark und auch ein wenig übermütig.

Noch vor wenigen Wochen hätte er es sich an einem solchen Tag nicht erlaubt, einfach freizumachen und den *Kastanienhof* den Angestellten zu überlassen. Doch seit es Hannah gab, war alles anders, mit ihr zusammen wollte er das Leben wieder genießen. Sogar seinem Sohn war aufgefallen, wie locker er sich gab, wie entspannt er wirkte.

»Hey Papa, das sieht stark aus«, hatte Timmy kommentiert, als er sich ein paar neue Freizeitsachen gekauft hatte. »Viel besser als die Klamotten, die du immer im Hotel anhast. Du willst der Hannah gefallen, gell?«

»Wie kommst du denn darauf?«

»Nur so.« Timmy grinste. »Ich mag sie auch. Viel mehr als die Sissi. Die heiratest du nicht, oder?«

»Die Sissi? Aber nein.«

»Dann ist es gut.« Timmy wechselte das Thema und fragte, ob er den Nachmittag über bei seinem Freund Benni bleiben dürfe. »Der hat ein neues Schwimmbad im Garten, und da dürfen wir toben, hat Bennis Mama gesagt.«

»Wirklich? Ich ruf eben an und klär ab, ob das auch stimmt.«

Erleichtert atmete er auf, als Bennis Mutter versicherte, dass Timmy gern kommen könne.

»Sissi, du kannst gern früher Schluss machen. Ich hole Timmy am Nachmittag selber bei seinem Freund ab.«

»Aber ich mach das gern!« Die schwarzhaarige junge Frau lächelte Timmy zu. »Wir könnten noch ein Eis essen gehen bei dem schönen Wetter.«

»Das krieg ich bei Benni!«

»Gönn dir den freien Nachmittag.« Stefan legte sich einen der neuen Baumwollpullis, die er gekauft hatte, locker um die Schultern. »Ich muss jetzt los, das Schiff legt gleich ab.«

Sissi sah ihm mit zusammengekniffenen Augen nach.

»Verdammter Ignorant«, murmelte sie. Nicht mit einem Blick hatte Stefan registriert, dass sie heute einen herzförmig dekolletierten Pulli trug und ihr die schwarzen langen Haare offen bis weit über den Rücken hinunterfielen. Sie versuchte stets in allem ihrem Idol, Kaiserin Sissi, nachzueifern. Dazu pflegte sie ihre Haarpracht mit größter Sorgfalt und steckte sie hin und wieder sogar zu einer dicken Krone hoch, so wie es auch die Kaiserin einst getan hatte.

Leider schien Stefan nicht zu bemerken, wie attraktiv seine Haushälterin war, wie sehr sie sich bemühte, ihm zu gefallen. Und auch Timmy schien ihre Bemühungen, seine Zuneigung zu gewinnen, zu ignorieren. Er spielte gern mit ihr, war auch meistens gehorsam, doch Anzeichen, dass er eventuell in ihr einen Muttersatz sehen könnte, waren nicht zu entdecken.

Sissi presste die Lippen zusammen und wischte zornig ein paar Wäschestücke, die sie gerade eben zusammengefaltet hatte, vom Tisch. Verdammt noch mal, irgendwann musste sie Stefan doch rumkriegen! Und wenn sie ihn erst einmal im Bett hatte, würde er schon merken, dass sie die ideale Partnerin war!

Wenn nur diese Hannah nicht aufgetaucht wäre! Seit sie sich in Prien bei dem Bootsverleiher eingenistet hatte, war Stefan wie verwandelt. Er ging mit diesem albernen Grinsen durch die Gegend, das frisch Verliebte immer wieder zur Schau tragen. Er pfiff unternehmungslustig vor sich hin und hatte sich sogar neue Klamotten zugelegt.

»Aber das lass ich nicht zu«, murmelte Sissi, während sie die Wäschestücke aufsammelte. »Ich krieg dich noch rum, Stefan, das schwör ich!« Mit starrem Blick sah sie hinüber zur Fraueninsel. Und in ihrer Fantasie sah sie Hannah und

Stefan eng umschlungen durch den Klostergarten und die Künstlerkolonie schlendern. Tränen brannten in Sissis Augen. Zornig wischte sie sie fort und wandte sich erneut dem Wäschestapel zu.

Das Schiff entließ einen ganzen Touristenstrom auf die Fraueninsel. Die meisten strebten gleich hinüber zum Kloster Frauenwörth. Das schon im 8. Jahrhundert gegründete Kloster prägt seither den Charakter der Insel Frauenchiemsee.

»Und – wollen wir auch gleich rüber zur Klosterkirche?«

»Mir kann auch die selige Irmengard nicht mehr helfen.« Hannah seufzte unterdrückt auf.

»Was ist denn los?« Zärtlich legte er ihr den Arm um die Schultern. »Spatz, der Tag ist viel zu schön, um tristen Gedanken nachzuhängen.«

»Das sagst du so …«

»Es ist so. Komm, schenk mir ein Lächeln.«

Hannah sah ihn an, doch statt zu lächeln brach sie in Tränen aus.

»Liebes!« Bestürzt zog Stefan sie in die Arme.

»Es ist … Ich werde bei den Hollerers kündigen müssen – wenn die Walli mich nicht sowieso rausschmeißt.«

»Wieso das denn?«

Kurz zögerte Hannah, dann erzählte sie ihm, was am Vorabend passiert war.

»Ich hab den Andreas für klüger gehalten«, murmelte Stefan, als sie zu Ende war. »Dass er nicht der Treueste ist, weiß man hier im Chiemgau. Es wird sogar gemunkelt, dass ein Dirndl aus Traunstein ein Kind von ihm hat. Aber bewiesen ist nix.«

Hannah sagte nichts dazu. Sie lehnte den Kopf leicht an Stefans Schulter, und so gingen sie langsam weiter in Richtung Klosterkirche.

»Glaub mir, ich hab wirklich nichts getan, um den Chef zu ermutigen«, sagte Hannah, als das altehrwürdige Inselmünster erreicht war. »Ich war nur froh und dankbar, dass er mir einen Job gegeben hat.« Sie seufzte auf. »Und jetzt das ...«

»Nimm's als Fingerzeig des Schicksals.« Stefan küsste sie. »Ich hab dir doch gleich nach deiner Rückkehr gesagt, dass du zu mir in den *Kastanienhof* kommen sollst. Jetzt wirst du zu mir und Timmy ziehen, nicht wahr?«

Hannah zögerte. So verlockend das Angebot auch war, so sehr widerstrebte es ihr im tiefsten Innern, sich in völlige Abhängigkeit von Stefan zu begeben. Sie kannten sich doch noch kaum, wussten nicht viel voneinander.

Tja, wenn sie noch ganz jung und unbeschwert wäre, sähe das alles vielleicht noch anders aus. Vor zwanzig Jahren wäre sie sicher noch ohne jedes Wenn und Aber zu ihm gezogen, hätte das Glück mit ihm genossen und sich über ihre Zukunft nicht groß den Kopf zerbrochen.

Doch sie war keine zwanzig mehr. Im kommenden Jahr würde sie vierzig werden, die Hälfte des Lebens lag hinter ihr. Und auch ein Berg an Erfahrungen!

Sacht schüttelte sie den Kopf. »Das geht nicht so rasch, Stefan«, sagte sie. »Ich will, ich kann nichts mehr überstürzen.« Sie schaute hinüber zum alten Inselfriedhof, auf dem, wie sie wusste, viele Künstler und Gelehrte begraben lagen. »Vielleicht ist es sogar besser, wenn ich zurückgehe nach Köln«, murmelte sie.

»Nein! Auf keinen Fall!« Fest nahm Stefan sie in die Arme und zwang sie damit, ihm in die Augen zu sehen. »Ich liebe dich, Hannah, und ich möchte, dass du bei mir bleibst. Geh nicht wieder fort, gib uns eine Chance!« Sacht glitten seine Lippen über ihre Schläfe, er küsste ihre Augen, dann den Mund, der sich nur zögernd öffnete.

»Ich verspreche dir – alles wird gut«, sagte Stefan, als er sie wieder freigab. »Und jetzt genießen wir den Tag!«

Er zog sie mit sich ins Innere der Kirche, deren Barockaltäre einer wie der andere Kunstwerke waren. Leise Orgelmusik erklang, und so wie viele andere Besucher zog es auch Hannah nach einer Weile zum Bildnis der seligen Irmengard. Vor dem Bildnis der Benediktinerin kniete sie nieder und bat, so wie die anderen Gläubigen, um Rat und Hilfe. Sagte man der Ordensfrau, die im 9. Jahrhundert gelebt hatte, nicht nach, dass sie schon oft geholfen hatte?

Hannah blieb ein paar Minuten vor dem Altar knien; es war ein gutes Gefühl, Stefan neben sich zu wissen, der mit geschlossenen Augen dem Klang der Orgel lauschte. Sie merkte, dass sie ruhiger und gelassener wurde.

Als sie wieder hinaus in den Sonnentag traten, bat Hannah: »Hast du Lust, mit rüber zur Künstlerkolonie zu gehen? Als kleines Mädchen war ich zum letzten Mal dort. Ich weiß noch, dass mir meine Großmutter einen kleinen grünen Krug gekauft hat, in dem ich einige Sommer lang Feldblumen stehen hatte.« Sie zuckte mit den Schultern. »Ich weiß gar nicht, wo er hingekommen ist. Vielleicht noch auf dem Dachboden. Bastian hat dort einige alte Dinge untergestellt, von denen er sich nicht trennen mochte.«

»Dann nichts wie hin! Vielleicht finden wir einen neuen Krug.« Hand in Hand schlenderten sie am weitläufigen Klostergarten vorbei, in dem in verschwenderischer Fülle Sommerblumen blühten.

Hannah war besonders von einem großen Rosenbogen fasziniert. Es schien, als blühten Hunderte von weißen Rosen an einem einzigen Stamm. »Den Rosenbogen gab es schon in meiner Kinderzeit«, sagte sie. »Es hieß damals, die Rosen blühten so üppig zu Ehren der seligen Irmengard.«

»Eine nette Vorstellung.« Stefan legte den Arm um ihre Schultern, und so gingen sie weiter bis zu den schmucken Häusern der Künstlerkolonie.

Eine Führerin erklärte gerade einer Gruppe Schüler die Geschichte der Häuser: »Schon im 19. und 20. Jahrhundert hatten sich viele Maler, Dichter und Bildhauer hierher zurückgezogen. Doch von der Ruhe, die die ersten Künstler hier am Chiemsee gesucht hatten, war bald nichts mehr zu spüren. Das Licht, die herrliche Landschaft und die Gesellschaft Gleichgesinnter lockte immer mehr Künstler auf die kleine Insel im Chiemsee, so dass hier schon bald das Zentrum der *Münchner Schule* entstand.«

»Ich mag die Landschaftsbilder ganz besonders«, sagte Hannah. »Sie strahlen so viel Ruhe aus, die Maler haben es damals perfekt verstanden, die Atmosphäre hier am See einzufangen.«

»Ich war als Schüler das letzte Mal drüben auf Herrenchiemsee im Museum«, gestand Stefan. »Eigentlich schade.«

»Wir können ja mal zusammen hinfahren.« Hannah biss sich auf die Lippen. »Es sieht ja so aus, als hätte ich demnächst wieder viel Zeit.«

»Aber Liebes, es ist doch ganz klar, dass du jetzt endlich zu mir kommst! Im Hotel ist viel zu tun, und Hilfe kann ich auch im Restaurantbetrieb immer brauchen.« Er drückte ihren Arm. »Es wäre wundervoll, dich immer in der Nähe zu haben. Wenn's nach mir gegangen wäre, hättest du ja gar nicht mehr beim Hollerer anfangen müssen.«

Hannah schüttelte den Kopf. »Ich will aber nicht aus Mitleid eingestellt werden. Oder weil du mich magst. Das ist keine gute Basis.«

»Hannah, sei nicht kindisch! Ich liebe dich – und du magst mich doch auch, nicht wahr? Was liegt da näher, als dass wir versuchen, so oft als möglich zusammen zu sein? Ich hab zwei kleine Zimmer im Haus, da könntest du wohnen, bis … na ja, bis wir uns noch besser kennen.« Er sah sie zärtlich an. »Sag ja, Hannah, komm zu mir in den *Kastanienhof*.«

Hannah zögerte. »Na ja, einen Job kannst du mir wirklich geben. Aber wohnen möchte ich nicht bei dir.«

»Darüber reden wir noch, ja? Aber jetzt komm, gleich legt ein Schiff ab.«

Hannah nickte nur. Rasch gingen sie zurück zur Anlegestelle, wo sich schon etliche Touristen versammelt hatten und auf die Ankunft eines der Ausflugsschiffe warteten.

Plötzlich zuckte Hannah zusammen. Drüben, im Schatten einer alten Linde, stand ein Mann und sah mit starrem Blick zu ihr herüber. »Jo …« Doch nach einer kurzen Schrecksekunde zwang sie sich, ganz ruhig weiterzugehen.

Wie ein glutroter Feuerball versank die Sonne im See. Es war ein Farbenspiel zwischen Gold und Rot, das sich auf der Wasserfläche des Sees widerspiegelte. Wie Schattenrisse wirkten die Berge, die ihre dunklen Häupter in den rot glühenden Himmel reckten. Dicht am Ufer zog ein Schwanenpaar vorbei, majestätisch souverän ignorierte es die aufgeregt schnatternden Enten, die den weißen Schönheiten Platz machten.

Bastian Scheifart verriegelte die Schuppentür und pfiff nach Ben. »Komm her, du Racker, und hör auf, die Sonne anzubellen. Das sieht nur aus wie's Höllenfeuer.«

Doch der junge Hund gehorchte nicht. Er rannte aufgeregt am Ufer entlang und bellte wie verrückt.

»Was hat er denn nur?« Bastian war alarmiert. So hatte sich der Hund noch nie gebärdet. Doch es war nichts Ungewöhnliches zu erkennen. Alle Boote waren vertäut oder im Schuppen untergebracht, seine Mitarbeiter hatten korrekt gearbeitet. Das neue Rennrad, das er sich zugelegt hatte, um besser mit Ben spazieren fahren zu können, stand noch an der Schuppenwand. Und die drei Pärchen, die auf den Bänken in der Nähe saßen und dem Naturschauspiel zuschauten, waren mit sich selbst beschäftigt. Sie konnte Ben auch nicht meinen, denn immer wieder rannte er ein paar Zentimeter ins Wasser, kam dann aber wieder laut kläffend zurück zu seinem Herrn.

»Ich komm schon mit dir, du Racker.« Bastian suchte das Ufer ab, konnte aber immer noch nichts Ungewöhnliches entdecken. »Ich weiß nicht, was du willst, Ben. Komm, wir gehen heim.«

Der Hund reagierte nicht. Jedenfalls so lange nicht, bis Bastian rief: »Komm jetzt her, es gibt Kekse!« Da schoss das schwarzbraune Fellbündel auf ihn zu und ließ sich brav anleinen. »Na also, geht doch«, grinste Bastian und holte die versprochene Belohnung aus der Hosentasche. Dann schwang er sich aufs Fahrrad und radelte langsam nach Hause, Ben trabte brav nebenher.

Der Hund hatte sich in den letzten Wochen prächtig

entwickelt, er war perfekt gezeichnet und sehr intelligent. Auch Ulli wollte ihn nicht mehr missen, der junge Rüde gehörte inzwischen zur Familie.

»Hey, schau nur, Ulli ist schon da.« Bastian schloss die Tür auf, und Ben begrüßte sein zweites Herrchen mit Bellen und aufgeregtem Schwanzwedeln.

»Du kochst?« Bastian warf die Hundeleine über einen Haken neben der Haustür und ging in die Küche.

Ulli stand am Herd und rührte in einem schwarzen Topf. Er sah nur kurz auf und meinte: »Du bist zu früh. Mein Coq au Vin ist noch lange nicht fertig.«

Bastian trat hinter ihn und küsste ihn auf den großen Leberfleck unterhalb des Nackens. »Das macht gar nichts. Ich könnte mich glatt mit einer Vorspeise begnügen.«

»Hey du …« Ulli drehte kurz den Kopf. »Denk dran, dass wir nicht mehr allein hier leben!«

Bastian biss sich auf die Lippen. »Das musste ja wieder kommen!«

Ulli zuckte nur mit den Schultern und widmete sich erneut dem Herd. Er trug zur hellblauen Jeans eine breite Schürze, auf der der muskulöse Body eines blonden Mannes abgebildet war. Statt eines Slips hatte er einen herzförmigen Latz aus roten Kirschen vorgebunden, und um den Hals trug der Adonis eine rote Schleife. Die Schürze war ein Geschenk von Bastian, der sich selbst im Haushalt nur ungern betätigte.

»Krieg ich wenigstens einen Kuss?«

»Na gut. Und ein Glas Rotwein dazu.« Ulli wies nach links, wo auf der Arbeitsplatte neben Salat und Pilzen eine Flasche Bordeaux stand. »Weißt du eigentlich, was heute für ein Tag ist?«

Bastian nickte. »Aber ja. Wie könnte ich das vergessen. Vor genau sechs Jahren sind wir uns zum ersten Mal begegnet!« Er griff in die Jackentasche und zog eine kleine Schachtel hervor. »Hier. Für dich.«

»Danke.« Ulli wischte sich kurz die Hände ab und öffnete das Geschenk. »Wow!« Strahlend sah er Bastian an. »Wo hast du die her? Danach hab ich schon ewig lange gesucht!« Ulli sammelte seit frühester Jugend alte Münzen, seine Sammlung war ebenso umfangreich wie wertvoll.

»Weiß ich doch.« Bastian verriet nicht, wie viel Aufwand es ihn gekostet hatte, die alte römische Münze aufzutreiben. Bei einem Numismatiker in Rosenheim war er schließlich fündig geworden.

»Ich danke dir! Du bist ein Schatz!« Eine lange, innige Umarmung folgte – und wäre wohl noch nicht zu Ende gegangen, wenn nicht plötzlich ein paar Rauchschwaden vom Herd her zu ihnen geweht wären. »Meine Bayerische Crème! Verdammter Mist!« Ulli versuchte zu retten, was zu retten war. »Das schmeckt nicht mehr«, murmelte er. »Das Dessert können wir bestimmt wegwerfen.«

»Aber nein. Lass mich mal kosten.« Bastian probierte vorsichtig. Das Dessert war wirklich nicht mehr perfekt, doch er hütete sich, das zu sagen. Wenn es um seine Kochkünste ging, benahm sich Ulli hin und wieder wie eine zickige Diva.

»Ich werf's weg, du musst gar nicht so tun, als wär das alles noch gut. Dann gibt's eben zum Nachtisch nur ein bisschen Obst und Käse.«

»Mag ich auch sehr gern.« Bastian füllte dem Hund frisches Wasser in den Napf. »Ist Hannah noch nicht da?«, erkundigte er sich dabei.

»Die hat angerufen, dass sie später kommt. Ist mit Stefan unterwegs.«

»Er tut ihr gut.«

»Mir auch«, murmelte Ulli.

»Das hab ich gehört. Du willst doch wohl nicht sagen, dass du ihn auch attraktiv findest.«

Ulli lachte. »Du weißt genau, dass ich das so nicht gemeint habe!«

»Dein Glück! Ich bin eifersüchtig.«

»Genau das wollte ich hören.«

Sie verbrachten gemütliche Stunden, und als Hannah gegen zehn Uhr anrief und sagte, dass sie bei Stefan in Gstadt bliebe, war das zumindest für Ulli der perfekte Abschluss des Tages.

Hannahs Herz klopfte nervös, als sie das Hotel durch den Personaleingang betrat. Hoffentlich begegnete sie nicht gleich Andreas Hollerer!

Aber es war Walli, die ihr auf dem langgestreckten Flur, der zu den Aufenthaltsräumen des Personals führte, entgegenkam.

»Grüß dich, Walli. Hast du einen Moment Zeit für mich?« Hannah umklammerte die Tasche, in der sich zwei frisch gewaschene Dirndlschürzen befanden, so fest, dass es in den Fingern schmerzte.

»Was willst du? Dass du es überhaupt wagst, hierher zu kommen …«

»Ich wollte nur die Blusen bringen. Das Dirndl ist schon in der Reinigung, das geb ich dir später zurück.« Hannah sah die Hotelchefin bittend an. »Walli, glaub mir, das … das hab ich nicht gewollt. Und auch nichts getan, um den Andreas zu ermutigen. Ich war euch so dankbar, dass ihr mir geholfen und mir den Job gegeben habt. Es ist … ich bin …« Hilflos brach sie ab.

»Schon gut.« Walli nahm ihr die Blusen ab. »Du bist nicht die Erste, bei der er es versucht. Und du wirst wohl auch nicht die Letzte sein.« Sie biss sich auf die Lippen. »So ist er nun mal, der Andi.«

»Es tut mir leid.«

»Mir auch. Du kannst wahrscheinlich nichts dafür. Ich hatte nur gedacht, bei dir würde er sich mehr zurückhalten. Schließlich bist du keine zwanzig mehr und fällst auf seine Sprüche rein.«

»Natürlich nicht. Ich wollte nichts als meinen Job hier behalten.«

»Schon gut.« Walli streckte ihr die Hand entgegen. »Du verstehst aber, dass du nicht bleiben kannst, gell?«

»Natürlich.« Hannah wandte sich um. »Alles Gute. Und – danke nochmals.«

»Mach's auch gut.« Walli presste die Tüte mit den Blusen an sich, dann ging sie rasch in ihr Büro. Sie begriff, dass Hannah eine echte Gefahr gewesen wäre. Apart war sie, klug und kein naives Gänschen mehr, das der Andi mit dummen Sprüchen gefügig machen konnte. Aber wahrscheinlich hatte ihn gerade das gereizt. Hannah befand sich in einer Notlage, da konnte er sich als Beschützer aufspielen, konnte ihr seine starke Schulter anbieten. Auch eine Rolle, in der er sich gefiel!

Walli schluchzte unterdrückt auf. Er war kein schlechter Kerl, ihr Andi, doch ein unverbesserlicher Schürzenjäger. Wie oft war sie schon drauf und dran gewesen, ihn zu verlassen! Aber immer wieder hatte sie ihm verziehen, hatte seinen Schwüren, dass er im Grunde doch nur sie, seine Walli, liebe, geglaubt.

Und ich werd ihm auch jetzt wieder verzeihen, dachte sie. Was bleibt mir auch anderes übrig? Er ist nun mal der Mann meines Lebens.

Hannah verließ das Seehotel mit gesenktem Kopf. Das Pech schien sie zu verfolgen. Und wieder war ein Mann schuld daran! Sie schien die Typen, die sie zum Spielball ihrer Gefühle machen wollten, förmlich anzuziehen. Jo hatte sie benutzt, um einen Unterschlupf zu finden und jemanden, der ihm aus seiner immerwährenden finanziellen Misere half. Andreas Hollerer hatte in ihr wohl eine leichte Beute für ein kleines sexuelles Abenteuer gesehen.

Pech – für uns beide, dachte Hannah, als sie hinunter zum See ging und sich auf eine der Bänke setzte, die entlang des Uferbereichs aufgestellt waren. Obwohl noch früh am Morgen, waren etliche Urlaubsgäste schon unterwegs. Am Schiffsanlegesteg standen sie schon in einer kleinen Schlange und warteten darauf, hinüber nach Herrenchiemsee oder zur Fraueninsel gebracht zu werden.

Der Gedanke an den schönen Tag, den sie mit Stefan auf der kleineren der Chiemseeinseln verbracht hatte, stimmte sie wieder froher. Stefans Liebe war derzeit die einzige Konstante in ihrem Leben.

Hoffentlich, sagte eine kleine hässliche Stimme in ihrem Hinterkopf. Du hast dich schon etliche Male geirrt, wenn es um Männer ging. Kannst du ihm wirklich vertrauen?

»Ja.« Sie sagte es laut vor sich hin, so, als müsse sie dem Gedanken Nachdruck verleihen. Stefan war ein durch und durch aufrichtiger Mensch, da war sie sich sicher.

Dennoch wollte sie sich noch nicht allzu fest an ihn binden. Wenn sie für ihn arbeiten würde, dann nur mit festem Vertrag. Und sie wollte sich eine eigene kleine Wohnung suchen. Vielleicht genügte sogar ein Zimmer. Auf keinen Fall wollte sie total von ihm abhängig sein.

Auf dem Heimweg kaufte sie sich eine Lokalzeitung, und kaum daheim angekommen, durchforstete sie den Anzeigenteil nach Wohnungsangeboten. Drei Annoncen lasen sich vielversprechend, und Hannah rief gleich an.

»Sie haben keinen festen Job? Kein regelmäßiges Einkommen? Tut mir leid, dann kommen Sie als Mieterin nicht in Frage.« So lautete das Fazit nach dem ersten Anruf. Und auch bei der zweiten Vermieterin erhielt sie eine Absage, da sie nicht bereit war, stundenweise die pflegebedürftige Mutter zu versorgen.

Die dritte Wohnung, die sie sich noch herausgesucht hatte, lag etwas außerhalb, es handelte sich um eine Einliegerwohnung in einer Villa. »Wir sind für fünf Monate auf Reisen«, erklärte ihr die Besitzerin. »Die Mieterin, die mir vorschwebt, müsste nach dem Garten schauen, den Rasen mähen und meine Pflanzen gießen.«

»Das wäre kein Problem«, sagte Hannah. »Ich bin von Beruf Floristin.«

»Dann sollten wir uns bald treffen. Es gibt noch ein paar weitere Bewerber.«

Hannah atmete zweimal tief durch, dann erklärte sie, sie könne gleich losfahren. Das passte der Vermieterin, und so fand sich Hannah schon eine Stunde später bei ihr ein. Eva-Maria Gerber war eine zierliche Person von etwa sechzig Jahren. Quirlig und mit trockenem Humor. Als Hannah kurz schilderte, was sie an den Chiemsee verschlagen hatte, meinte Frau Gerber: »Sehen Sie's positiv: Sie tauschen ein altes, baufälliges Haus gegen eine moderne Wohnung. Und Männer … Männer muss man sowieso spätestens alle zehn Jahre austauschen. Ich bin jetzt zum vierten Mal verheiratet – und ich hab mich jedes Mal verbessert.«

»Kennt Ihr Mann Ihre Einstellung?«

»Aber ja! Und deshalb bemüht er sich seit sieben Jahren redlich, mir jeden Wunsch von den Augen abzulesen.« Sie lachte leise. »Nein, nein, im Ernst: Bei diesem Schatz bleibe ich jetzt, er ist das Beste, was mir passieren konnte.« Sie drückte Hannahs Hand. »Vielleicht finden auch Sie hier am Chiemsee dieses Glück.«

»Vielleicht.«

Eine weitere Stunde später war der Mietvertrag unterschrieben.

»Ich vertraue Ihnen – und meiner Menschenkenntnis, Frau Scheifart«, erklärte Eva-Maria Gerber. »Und ich bin sicher, Sie werden mich nicht enttäuschen. In anderthalb Monaten können Sie einziehen. Bis dahin brauchen wir die Wohnung noch für eine Verwandte.«

»Wenn Sie möchten, kann ich Ihnen bis dahin meine Verdienstbescheinigung hereinreichen. Ich … ich fange demnächst im Hotel *Kastanienhof* an.«

»Bei Stefan Trautberg? Das ist gut! Mein Mann und ich sind dort Stammgäste.«

Sie äußerte noch ein paar kleine Sonderwünsche, was die Haus- und Gartenpflege betraf. Für Hannah war das kein Problem, und so trennten sich die beiden Frauen in bestem Einvernehmen.

Stefan wird sich wundern, dachte Hannah, als sie die breite Einfahrt von der Villa zur Straße zurückfuhr. Die

Wohnung lag nur ein paar Kilometer vom Hotel entfernt, an einem Hang am Ortsrand von Breitbrunn. Gleich hinter dem weitläufigen Grundstück begann der Wald, und von der Terrasse aus hatte man einen Blick hinüber zum See.

Na ja, ich wohl nicht, sagte sich Hannah. Aber ich bin endlich wieder mein eigener Herr.

Was sie mit ihrem Häuschen in Köln machen wollte, wusste sie immer noch nicht. Verkaufen? Sich wenigstens mit diesem Geld sanieren? Das Grundstück war einiges wert, und vielleicht war es wirklich besser, einen Schlussstrich unter diesen Teil ihrer Vergangenheit zu ziehen.

Andererseits ... Haus und Grundstück waren ihr stets wie ein Rettungsanker erschienen, ein Zufluchtsort, der ihr für immer Sicherheit bieten könnte.

Nur – war das noch so, jetzt, wo das Haus ein Raub der Flammen geworden war und sie kein Geld hatte, es wieder herrichten zu lassen? War es da nicht besser, sich hier am Chiemsee eine neue Heimat zu schaffen?

Hannah lenkte den alten Kastenwagen über die enge Straße, die durch grüne Felder und einen dicht belaubten Mischwald führte. Auf einer großen Weide graste eine große Kuhherde, im Schatten von ein paar hohen Tannen bemerkte sie ein altes Bauernhaus, das sich behäbig an einen Hang schmiegte. Ein schmaler Weg, den sie erst im letzten Moment bemerkte, führte dorthin.

Hannah bremste ab, als ein Motorrad auf dem Feldweg auftauchte, das eine dichte Staubwolke hinter sich herzog. In halsbrecherischem Tempo scherte der Fahrer dicht vor Hannahs Wagen auf die Straße ein.

Hannah konnte den Fahrer, der ganz in schwarzes Leder gekleidet war und auch einen schwarzen Motorradhelm trug, nicht erkennen. Doch die schwere Maschine erkannte sie, es war eine Harley!

»Das ist Jo!« Ihre Hände, die das Steuerrad fest umklammerten, begannen zu zittern. Sie versuchte mehr zu erkennen, doch da war das Motorrad schon ihren Blicken entschwunden.

Irritiert fuhr Hannah weiter. Litt sie an Halluzinationen? Sie erinnerte sich daran, dass sie vor kurzem ebenfalls gemeint hatte, ihn zu sehen. War Jo also tatsächlich hier am Chiemsee? Und wenn das so war: Was wollte er hier?

Fragen über Fragen, die ihre Unruhe immer mehr steigerten. Während sie den Weg zum Hotel *Kastanienhof* einschlug, sah sie immer wieder aufmerksam nach rechts und links, doch von Jo oder seiner schweren Maschine war nichts zu entdecken.

Auf der weitläufigen Terrasse des Hotels herrschte Hochbetrieb, es gab keinen freien Tisch mehr. Die drei Bedienungen hatten alle Hände voll zu tun; auch Stefan Trautberg half aus und trug Teller mit dem feinen hausgemachten Kuchen hinaus in den Sonnentag. Zwischendurch richtete er ein paar Sonnenschirme, wenn die Gäste es gern schattiger haben wollten, und er fing einen kleinen Dackel ein, der sich von seiner Leine losgerissen hatte.

»Du bist an allen Fronten im Einsatz, wie ich sehe.« Hannah wartete an der Kuchentheke auf ihn. »Ich komme später wieder. Oder kann ich was helfen?«

»Erst mal kannst du mir einen Kuss geben.« Er zog sie kurz an sich. »Was ist das denn für eine Art, seinen Liebhaber zu begrüßen?«

Hannah schmunzelte. »Du bist also mein Liebhaber, aha. Wusste ich noch gar nicht.«

»Nein?« Sein Griff um ihre Taille wurde fester. »Schade, dass ich so im Stress bin, sonst würde ich dir auf der Stelle beweisen, dass ich genau das bin – der Mann, der dich liebt.«

Für einen kurzen Moment lehnte Hannah die Stirn an seine Schulter. »Es tut gut, das zu hören.«

»Wenn du mich ließest, könntest du es jeden Tag hören, morgens, mittags, abends … und auch in der Nacht.«

Sanft schob Hannah ihn von sich. »Es ist noch zu früh. Lass es uns langsam angehen, Stefan.«

Er seufzte leise auf. »Na gut, wenn du meinst …«

Sie nickte. »Und jetzt sag, was ich tun kann. Ich hab keinen Job mehr und demzufolge Zeit.«

»Dann hat dich die Walli also wirklich entlassen?«

Hannah verzog leicht den Mund. »Wir waren uns einig, dass es besser ist, wenn ich nicht mehr im Seehotel arbeite.«

»Dann hast du ab sofort hier einen Job.« Er wies auf die Torten, die gerade ein junger Konditor aus der Küche herüberbrachte. »Kannst du sie bitte schneiden und schon ein paar Teller damit bestücken? Die Leute sind heute ganz wild auf Himbeersahne und Eissplittertorte.«

»Bei dem herrlichen Wetter kein Wunder.«

»Es wird umschlagen. Glaub mir, am Abend zieht ein Gewitter auf. Und wenn ich unserem alten Wastl glauben kann, gibt es sogar ein Unwetter. Er spürt's in allen Knochen, sagt er.« Wastl, der schon seit mehr als fünfzig Jahren als Hausbursche im Hotel arbeitete, war ein Faktotum. Knorrig, groß und breitschultrig, arbeitete er auch noch mit seinen siebzig Jahren tagtäglich in Haus und Garten. Er hatte keine Familie, das Hotel war sein Zuhause. Die Stammgäste mochten ihn sehr, und Stefan Trautberg wusste, dass er keinen treueren Mitarbeiter hätte haben können.

Davon, dass das Wetter umschlagen würde, war jedoch noch nichts zu merken. Die Sonne schien unverdrossen und spiegelte sich im Seewasser, das eine blaugrüne Farbe hatte. Bunte Segel setzten Farbtupfer auf die Wasserfläche, und die großen Ausflugsschiffe waren voll besetzt. In der Surfschule von Gstadt herrschte Hochbetrieb. Viele junge Touristen wollten sich auf den Brettern versuchen, und der leichte Wind, der von den Bergen herüberwehte, versprach optimale Bedingungen.

Als Sissi den exklusiven Frisörsalon verließ und in Richtung Strandpromenade ging, folgte ihr manch bewundernder Blick. Zwei Fünfzehnjährige auf ihren Rädern versuchten sich an lauten Pfiffen, doch Sissi ignorierte ihre jungen Verehrer. Langsam schlenderte sie weiter, schaute immer wieder in eines der Schaufenster und kontrollierte ihr Aussehen.

Die perfekt geflochtene Haarkrone mit den künstlichen Edelweißnadeln darin war ganz der Frisur von Kaiserin Sissi nachempfunden. Na ja, Brillantsterne glitzerten nicht in ihrer dunklen Haarfülle, doch die Edelweißsterne taten es auch.

Sissi zuckte zusammen, als ein in schwarzes Leder gekleideter Mann vor ihr auftauchte. Er kam aus einer Toreinfahrt – und hielt ihr lächelnd eine gelbe Rose entgegen.

»Sie gestatten, Majestät …« Er zwinkerte ihr zu. »Meine Güte, das hätte ich mir in diesem Kaff nicht träumen lassen. So viel Schönheit gehört doch nicht in die Provinz!«

Sissi blieb stehen. »Danke.«

»Es müssten eigentlich mehr Blumen sein. Aber vielleicht geben Sie mir die Gelegenheit, das nachzuholen. Nach dem Kaffee vielleicht?«

»Nach welchem Kaffee?« Sissi drehte die Rose in den Händen. Sie hatte Spaß an diesem ungewöhnlichen Flirtbeginn. Der Typ im schwarzen Lederdress war nicht mehr ganz jung, doch er sah gut aus. Und seine schwarzen Augen sahen sie so eindringlich an, dass sie nur noch nicken konnte, als er vorschlug: »Drüben an dem kleinen Pavillon hab ich einen Tisch reservieren lassen.«

»Na gut.« Sissi zuckte leicht mit den Schultern. »Auf einen Espresso hätt ich Zeit.«

Jo triumphierte. Na also! Auf seine Aufreißermethoden konnte er sich verlassen, die hatten sich bewährt! Seit etlichen Tagen war Jo schon am Chiemsee, das Pflaster in Köln war ihm zu heiß geworden, nachdem er in einer langen Pokernacht mehr als zwanzigtausend Euro verloren hatte. Jetzt hatte er Spielschulden, die er nicht begleichen konnte – was einem Todesurteil gleichkam bei den Typen, mit denen er sich an den Tisch gesetzt hatte.

Es gab nur einen Menschen, der ihm helfen, ihn retten konnte: Hannah. Sie musste endlich ihr altes Haus verkaufen! In der verkohlten Bruchbude konnte sie sowieso nicht mehr wohnen, also war es nur gescheit, alles so einträglich wie eben möglich loszuschlagen.

Irgendwie würde es ihm schon gelingen, ihr das Geld aus der Tasche zu leiern. Die Mitleidmasche zog sicher immer noch. Und vielleicht … vielleicht war Hannah sogar froh, ihn wiederzusehen. Sicher fühlte sie sich oft einsam. Der schwule Vetter hatte sicher auch keinen Bock drauf, sie länger als nötig durchzufüttern.

Es galt nur, sie erst mal sanft zu stimmen. Jo hatte einen Plan – und den auch schon zum größten Teil durchgeführt.

Er sah sich seinem Ziel schon ganz nah, bis er herausfand, dass Hannah alles andere als allein und einsam war. Da war dieser Hotelier aus Gstadt am Chiemsee. Gut aussehend, offensichtlich sehr wohlhabend. Und in Hannah verliebt!

Verdammter Mist, das brachte seine Pläne völlig durcheinander.

Tagelang beobachtete Jo das Haus in Prien ebenso wie das Hotel in Gstadt. Und fand etwas heraus, das er für seine Zwecke nutzen konnte: Die schöne Haushälterin des Hoteliers war in ihren Chef verliebt, unglücklich verliebt. Zu seinem, Jos, Glück!

Sissi, die ein schmal geschnittenes korallenrotes Sommerkleid trug, ließ sich auch zu einem zweiten Espresso, dann zu einem Glas Sekt überreden. Dieser Jo war ein irrer Typ, das Flirten mit ihm machte Spaß! Und er schien reich zu sein! Wie er ganz nebenbei erwähnte, besaß er einen großen Motorradhandel in Köln, ein Haus direkt am Rhein und ein Motorboot.

Wenn Stefan sehen könnte, welche Chancen sie hatte … vielleicht besann er sich dann doch darauf, dass seine Haushälterin besser zu ihm und Timmy passte als diese dahergelaufene Hannah, die doch ganz offensichtlich nur ein warmes Nest suchte.

»Trinken wir noch ein Glas?« Jo winkte schon nach der Bedienung. »Ich finde, wir müssen feiern, dass wir uns begegnet sind.« Er legte seine Hand auf Sissis Arm. »Oder willst du lieber eine Spritztour mit meiner Harley machen?«

»Du hast eine Harley? Irre!« Seit dem ersten Glas Sekt

duzten sie sich. »Schade, dass ich nicht passend angezogen bin.«

»Dann fahren wir eben morgen.« Jo sah ihr tief in die Augen. »Glaub nicht, dass ich dich einfach wieder gehen lasse, Sissi. Eine Frau wie dich trifft man nicht so schnell.«

So ein tolles Kompliment! Sissi schmolz dahin, und im Lauf der nächsten halben Stunde erzählte sie Jo alles, was er wissen wollte. Über ihren Chef, das Hotel, das Privathaus, seine neue Freundin, diese Hannah, die Sissi aus tiefster Seele hasste.

Ein heftiger Windstoß wehte die Tischdecke hoch. Von Osten zogen Wolken auf, zarte helle Gespinste waren es noch, doch sie verdichteten sich in rasender Eile.

»Ich muss heim.« Sissi stand auf. »Bin schon viel zu spät dran. Es war nett, dich zu treffen, Jo.«

»Das finde ich auch. Wir sehen uns morgen, wenn du magst. Ich wollte heute Abend noch eine Runde um den See drehen.« Jo schrieb seine Handynummer auf eine Serviette. »Ruf mich an, wenn du Lust hast.«

Sissi zögerte. All ihr Sehnen war darauf gerichtet, Stefan endlich für sich zu gewinnen. Aber Jo war ein starker Typ. Vielleicht konnte sie Stefan eifersüchtig machen, wenn Jo sie mit seiner schweren Maschine abholte. »Gut, bis morgen dann. Ich melde mich. Tschau.« Sie stellte sich auf die Zehenspitzen und wollte ihm einen Kuss auf die Wange geben.

Jo aber war schneller. Er drehte den Kopf ein wenig und Sissis Lippen landeten auf seinem Mund. Kurz und hart zog er sie an sich und küsste sie intensiv. »Bis morgen Abend, Prinzessin«, murmelte er und zwinkerte ihr zu. »Zieh dir warme Sachen an.«

Sissi biss sich auf die Lippen. Dieser Kerl legte ein Tempo vor … irre! »Geht klar«, gab sie lässig zurück. Dann aber beeilte sie sich, hinüber zur Seestraße zu kommen, wo sie Timmy abholen sollte, der bei einem Kindergartenfreund zur Geburtstagsparty eingeladen war. Die Schaufelburgers besaßen einen riesigen, fast parkähnlichen Garten mit einem großen Swimmingpool, in dem sich die Kinder vergnügen konnten.

Timmy lag gekrümmt auf einer Liege, als Sissi ankam.

»Er ist schon den ganzen Nachmittag über so still«, berichtete Frau Schaufelberger. »Aber er sagt, dass ihm nichts weh tut.«

Das spanische Kindermädchen, das mit auf die Gästeschar aufgepasst hatte, fügte hinzu: »Er wollte auch nur kurz ins Wasser. Gespielt hat er gar nicht mit uns.«

»Aber er hat Kuchen gegessen. Und ein Eis.«

»Dann kann's ja nicht so schlimm sein.« Sissi ging zu Timmy und rüttelte ihn sacht an der Schulter. »Was ist denn mit dir los, Sportsfreund? Hast du keine Lust zum Schwimmen gehabt?«

»Nö.« Timmy schüttelte den Kopf. »Ich will nach Hause, Sissi.«

»Klar doch. Sag nur noch schnell ›Auf Wiedersehen‹.«

Timmy hob die Hand und winkte seinen Kindergartenfreunden, die zum Teil noch im Wasser waren oder sich mit drei Miniautos auf dem Rasen vergnügten, kurz zu. »Servus! Bis morgen!«

»War's nicht schön?«, fragte Sissi, als sie auf der Straße waren.

»Nö.«

»Hast du dich gestritten?«

»Nö.«

»Also wirklich, Timmy, kannst du auch was anderes sagen?«

Er grinste zu ihr hoch. »Nö.«

9

Sonnenuntergänge am Chiemsee sind eines der schönsten Naturschauspiele, die man sich vorstellen kann. An diesem Abend jedoch wurde die blutrote Sonne von dunklen Wolken verdeckt, die in riesigen grauen Teppichen vom Sturm über den Himmel getrieben wurden.

Die fünf hohen Kastanienbäume im Garten, denen Stefan Trautbergs Hotel seinen Namen verdankte, bogen die Äste tief zur Erde, und ihre letzten Kerzen regneten als weiß-roter Blütenteppich zur Erde.

Im Restaurant herrschte nur noch wenig Betrieb, die meisten der Hausgäste hatten gegessen und sich bei dem schlechten Wetter auf ihre Zimmer zurückgezogen. Nur noch vier Tische waren besetzt, Stefan überließ es seinen Angestellten, diese Gäste zu Ende zu bedienen. Er ging mit Hannah hinüber ins Privathaus.

»Ich schau mal kurz nach Timmy«, meinte er und rückte im Wohnraum einen Sessel für Hannah zurecht. »Bin gleich zurück.«

Hannah nickte und sah sich in dem ebenso gemütlich wie geschmackvoll möblierten Raum um. Eine breite Fensterfront gab den Blick auf den See frei, davor stand eine dezent gemusterte rostrote Couch, flankiert von zwei kleinen Glastischen. An der Längsseite befand sich eine Bücherwand, gegenüber ein Kamin, vor dem es sich im Winter sicher gemütlich sitzen ließ. Jetzt lagen auf dem niedrigen Tisch vor dem Kamin ein paar Bilderbücher und zwei Spielzeugautos.

Hannah vermisste ein paar Blumen im Zimmer, es war für sie ein Zeichen dafür, dass die Hausfrau fehlte. Sissi, Stefans Haushälterin, achtete gewiss auf Sauberkeit, doch ein paar Kleinigkeiten, die eine Wohnung erst zu einem gemütlichen Heim machten, fehlten ganz offensichtlich.

»Timmy schläft tief und fest.« Stefan setzte sich auf die Sessellehne und küsste Hannah. »Magst du ein Glas Wein?«

Sie nickte. »Aber nur eins. Ich muss ja noch heimfahren.«

»Bleib heute lieber hier. Der Sturm wird noch zunehmen.« Er reichte ihr das Rotweinglas. »Wir sollten es feiern, dass du jetzt offiziell zum Team des *Kastanienhofs* gehörst.«

»Noch hab ich keinen Vertrag. Und außerdem …« Sie zögerte. »Es ist mir irgendwie unangenehm, wenn mich deine Haushälterin morgen früh hier sieht.«

Stefan lachte. »So ein Unsinn! Es geht die Sissi überhaupt nichts an, wer hier übernachtet oder wohnt. Sie soll für Ordnung sorgen und sich um Timmy kümmern. Das ist ihr Job, für den ich sie sehr gut bezahle.« Er trank Hannah zu. »Mach dir also wegen der Haushälterin keinen Kopf.«

Hannah antwortete nicht. Sie trank zwei Schlucke des exzellenten südafrikanischen Rotweins, dann überließ sie sich den Zärtlichkeiten, mit denen Stefan sie verwöhnte.

Seine Küsse waren erst sanft, dann von nur noch mühsam gezügelter Leidenschaft. Hannah hatte das Gefühl, noch nie so geküsst worden zu sein. Und als hätte sie selbst noch nie so geküsst. Alles war aufregend und neu. Stefans Schlafzimmer im ersten Stockwerk, sein breites Bett mit den hellgrauen Seidenlaken, seine Hände, die sie streichelten, sein Mund, der mit Hingabe jeden Zentimeter ihrer Haut eroberte.

Es fühlte sich gut und richtig an!

Sie schaltete alle Gedanken an die Sorgen des hellen Tages aus. Jetzt und hier zählte nur dieser Mann, der sie liebte. Ihre Existenzängste, die Fragen nach dem ›Was wird aus mir?‹ – in dieser Nacht hatten sie keine Bedeutung.

Nach einer glücklichen Ewigkeit schlief Stefan ein, den Kopf zwischen ihren Brüsten vergraben. Hannah lag noch wach, ihre linke Hand streichelte sacht seinen Nacken.

»Du bist unersättlich«, murmelte sie, als er nach einer Weile wieder wach wurde und gleich begann, ihre empfindlichen Brustwarzen mit seiner Zunge zu verwöhnen.

»Und du bist einfach viel zu schön.« Er sah kurz auf, in seinen Augen stand ein ebenso übermütiges wie liebevolles Lächeln. »Wie könnte ich in einer solchen Nacht schlafen?«

»Das solltest du aber. Morgen gibt es wieder viel zu tun. Der Sturm wütet wie irre, da muss einiges aufgeräumt werden.«

»Morgen. Ja, morgen machen wir das. Heute gibt es Schöneres.« Wieder verschwand sein Kopf unter dem dünnen Seidenlaken. »Wundervoll, dass du bei mir bist«, murmelte er, bevor er sie wieder zu küssen begann.

Nur Minuten dauerte es, dann war auch Hannahs Leidenschaft geweckt und sie umklammerte Stefan so fest, als wolle sie ihn nie wieder loslassen.

Draußen zuckten Blitze auf, und ihr Licht durchdrang

die Vorhänge. Im nächsten Moment krachte ein heftiger Donnerschlag.

»Papa ... mir ist so schlecht.«

Szenenwechsel.

Abruptes Ende von Liebe und Leidenschaft.

Innerhalb von einer Sekunde wurde aus dem zärtlichen Lover ein besorgter Vater.

»Timmy ... Spatz, was ist denn los? Hast du schlecht geträumt?«

Wie ein Häufchen Elend stand der kleine Junge in seinem hellblauen Schlafanzug vor dem Bett. Sein Gesicht war schweißnass, die dunklen Haare klebten an der Stirn. »Mein Bauch ...«

Hannah und Stefan standen gemeinsam auf. »Lass mich mal fühlen.« Hannah tastete nach der Stirn des Jungen. »Du hast Fieber.« Sie wandte sich an Stefan. »Er glüht förmlich. Das solltest du ernst nehmen.«

Stefan nickte. »Komm, ich trag dich ins Bett zurück und mach dir eine Wärmeflasche, mein Großer. Dann gibt es ein bisschen Tee, danach geht's dir sicher besser.« Er wollte Timmy hochheben, doch der Junge schrie unterdrückt auf.

»Keine Flasche.« Timmy schluchzte auf. »Die hat mir Sissi schon gemacht, als sie mich ins Bett gebracht hat, aber es hat nicht geholfen.«

»Sissi hat gewusst, dass es dir nicht gutgeht, und ist trotzdem heimgegangen?« Auf Stefans Stirn erschien eine steile Falte. »Sie hat mir kein Wort davon gesagt.« Er schüttelte den Kopf. »Das wird sie mir erklären müssen.«

Hannah legte ihm kurz die Hand auf den Arm. »Das ist jetzt zweitrangig. Timmy muss versorgt werden. Am besten bleibt er hier.« Sie wies auf das Bett. »Leg dich vorsichtig hierher, Timmy.« Sie half dem Jungen und strich ihm behutsam über die Wange. »Lass mich mal sehen.« Sie presste kurz die Lippen zusammen. »Ich bin ganz vorsichtig, keine Angst. Ich will nur mal was nachprüfen.« Vorsichtig drückte sie auf seinen Bauch, tastete sich hinunter zum rechten Unterbauch. »Tut's hier weh?«

Timmy nickte. Tränen liefen ihm übers Gesicht. »Ja. Ganz doll.«

»Das sieht nach einer akuten Blinddarmentzündung aus. Ruf einen Arzt, Stefan.«

Skeptisch sah er sie an. »Meinst du wirklich? Timmy hatte noch nie solche Beschwerden. Vielleicht hat er sich nur den Magen verdorben. Bei einem Kindergeburtstag wird so vieles durcheinandergegessen ... ich mach nicht gern die Pferde scheu.«

»Das ist keine simple Magenverstimmung, glaub mir. Eine Freundin von mir hatte auch mal eine Appendizitis – sie hat zu lange gewartet und einen Blinddarmdurchbruch bekommen. Das solltest du nicht riskieren. Timmy braucht einen Arzt. Oder wir fahren ihn gleich in die Klinik.«

Sie hatte es noch nicht ausgesprochen, da würgte Timmy und erbrach sich wimmernd. Doch es kam nur ein wenig Gallenflüssigkeit.

»Los, mach schon«, drängte Hannah. Sie hielt Timmys Hand und sprach liebevoll auf den Jungen ein, doch der reagierte kaum.

Stefans Finger zitterten, als er versuchte, den Kinderarzt zu erreichen. Doch es kam nur die Ansage, sich in Notfällen an den diensthabenden Arzt zu wenden.

Während Stefan telefonierte, zog sich Hannah an, dann säuberte sie Timmy vorsichtig und versuchte ihm einen sauberen Schlafanzug anzuziehen, ließ es aber sein, als Timmy auf jede Bewegung mit einem unterdrückten Schrei reagierte.

»Er ist schon ganz apathisch.« Ihre Stimme klang heiser vor Angst. »Zieh dich auch an, Stefan, rasch. Wir müssen mit Timmy in die Klinik fahren.«

»Ja ... natürlich.« Mit zitternden Händen kleidete Stefan sich an, dabei sah er immer wieder auf seinen leise wimmernden Jungen. Er fühlte sich wie paralysiert, das klare Denken fiel ihm schwer. Nur ein Gedanke rotierte in seinem Kopf, ließ keine andere Überlegung zu: Timmy durfte nichts passieren!

Nervös ging er zum Fenster, kam zum Bett zurück, ging wieder ans Fenster, wo das Unwetter sich über dem See austobte. Grell zuckten Blitze auf, ihr Leuchten wurde untermalt von heftigem Donnergrollen. Drohend, wie schwarze Riesen sahen die Berge aus, die von den gezackten Blitzen beleuchtet wurden.

Endlich bemerkte er das zuckende Blaulicht des Notarztwagens und rannte hinunter, um dem Arzt und den beiden Sanitätern die Tür zu öffnen.

Nun ging alles rasend schnell. Der erfahrene Arzt, ein grauhaariger Mann um die fünfzig, machte genau wie Hannah nur kurz den Loslasstest und erklärte: »Appendizitis, da bin ich sicher. Sieht so aus, als wäre höchste Eile geboten, sonst kommt es noch zu einer Ruptur. Los, nehmt ihn mit«, wandte er sich an die Sanitäter. Dann sah er Hannah und Stefan an. »Warum haben Sie sich nicht früher gemeldet? Der Junge muss doch Schmerzen gehabt haben!«

»Nein, hat er nicht. Jedenfalls hat er nichts gesagt am Abend. Erst gerade eben hat er uns geweckt.«

»Er muss gleich in den OP.« Der Arzt sah von Hannah zu Stefan. »Kommen Sie mit?«

»Ich fahre mit.« Stefan bemühte sich sichtlich um Fassung. »Ich … er ist mein Sohn.« Mochte der Arzt sich denken, was er wollte, Zeit für lange Erklärungen war nicht.

»Ich komme gleich nach«, versprach Hannah, dann sah sie mit klopfendem Herzen zu, wie Timmy in den Notarztwagen geschoben wurde. Sie blieb auf der Straße stehen, bis das zuckende Blaulicht von der Schwärze der Nacht verschluckt wurde.

Der zehn Jahre alte Audi war leicht aufzubrechen. Er stand in einer nur schwach beleuchteten Straße vor einer kleinen Pension. Jo benötigte gerade mal zwei Minuten, um den Wagen zu starten.

Auf dem Beifahrersitz lag eine graublaue Baseballkappe, Jo griff danach und setzte sie sich auf. Tief zog er den Schirm in die Stirn – Vorsicht konnte nicht schaden.

Der Regen klatschte mit Wucht gegen die Windschutzscheibe, und als er das Tempo beschleunigte, kamen die Scheibenwischer mit ihrer Arbeit kaum nach. Jo grinste zufrieden. Es war das ideale Wetter, um seinen Plan in die Tat umzusetzen. Überall krachte und splitterte es, das Gewitter, das sich vor einer Stunde abgeschwächt hatte, kehrte zurück, grell zuckten die Blitze auf und zerrissen den schwarzen Himmel.

In den letzten beiden Tagen hatte Jo unter anderem das Haus von Bastian Scheifart und die Tierarztpraxis beobachtet. Er wusste, dass die Schlafräume sich im obersten Stockwerk befanden und dass im hinteren Teil der Praxis eine Krankenstation eingerichtet war. Zurzeit war aber wohl nur eine Katze als Patient dort untergebracht, zumindest hatte er durch das vergitterte Fenster kein anderes Tier erkennen können.

So ein Tierarzt war bestimmt vermögend, und auch Hannahs Vetter schien mit seinem Bootsverleih gutes Geld zu machen.

Jo war total blank gewesen, als er am Chiemsee ankam, in seinem Portemonnaie befanden sich gerade noch siebzig Euro. Doch schon in Traunstein, in Nussdorf und in Seebruck hatte er Brüche gemacht. Und ein paar Tausender erbeutet. Aber es reichte noch nicht, um seinen Plan in die Tat umsetzen zu können. Er musste mindestens zehn-, wenn nicht zwanzigtausend Euro beschaffen.

Während eines lauten Donners versuchte er, die hintere Terrassentür zu öffnen, doch sie war gut gesichert. Mit flackerndem Blick sah er sich um. Verdammt, das hätte er besser ausspionieren müssen!

Gerade als er frustriert zum Wagen zurückgehen wollte, bemerkte er das gekippte kleine Fenster neben der Kellertür.

»Die Leute lernen es einfach nicht«, murmelte er, während er geschickt das Fenster aufhebelte.

Oben im Haus erklang unterdrücktes Bellen, das aber gleich wieder verstummte. Jo wartete – es blieb still. Er machte ein paar Schritte, öffnete eine Tür und lauschte. Nichts.

»Ein Wachhund ist das da oben nicht«, grinste Jo und tastete sich im Schein der Taschenlampe weiter vor. Mit sicherem Instinkt durchsuchte er die getäfelte Kellerbar – hier war nichts von Wert. Im Flur bemerkte er einen großen Hundekorb, der jedoch leer war.

Vorsichtig, den Strahl der Taschenlampe nur dann einsetzend, wenn es unbedingt notwendig war, ging er weiter. In einem kleinen Zimmer, das nur durch einen Rundbogen vom großzügigen Wohnraum abgetrennt war, fand er das, was er suchte: Bargeld, eine alte Taschenuhr, zwei goldene Trauringe und eine Münzsammlung. Sie befand sich in einer flachen Holzschachtel mit schwarz-weißen Intarsien auf dem Deckel. Beinahe hätte Jo sie übersehen, denn sie lag unter ein paar gestickten Tischdecken versteckt.

Jo stopfte Uhr und Geld in seine Jackentasche. Das Bündel war nicht dick, doch sicher hatte er ein paar Hunderter erbeutet. Das Album behielt er in der Hand.

Aus dem Obergeschoss erklang wieder Bellen, diesmal lauter, heiserer. Eine dunkle Stimme versuchte, den Hund zu beruhigen, aber der bellte aufgeregt weiter.

»Da ist doch was!« Das war eine etwas verschlafen klingende Männerstimme.

»Ben hat Angst vor dem Gewitter, das ist alles. Er kennt das noch nicht.«

»Nein, nein, glaub ich nicht. Ich seh mal nach. Komm mit, Ben.«

Jo biss sich auf die Lippen. Jetzt wurde es brenzlig!

Er konnte die Schränke, die er durchwühlt hatte, nicht mehr schließen. Er musste weg. Sofort.

Schnell machte er sich aus dem Staub, so vorsichtig wie eben möglich zog er sich zurück, doch es ließ sich nicht verhindern, dass er im dunklen Keller ein Regal mit Flaschen umwarf. Das laute Scheppern schallte überlaut in seinen Ohren.

»He! Stehenbleiben!«

So blöd werd ich nicht sein, grinste Jo und rannte los, das lederne Album mit den Münzen fest an sich gepresst. Gerade als er den Audi wieder startete, flammte im ganzen Haus Licht auf, einer der Männer, es war wohl der Tierarzt, kam mit dem Hund heraus in den Garten.

Jo gab Gas – das war knapp gewesen!

Er raste drei Straßen weiter, sah immer wieder in den Rückspiegel – nein, niemand folgte ihm.

Langsam, um nicht noch einen Streifenwagen auf sich aufmerksam zu machen, fuhr er weiter bis zum Ortsende. Dort, neben einem alten Schuppen, hatte er seine Maschine abgestellt. Fünfhundert Meter vorher stellte er den Audi am Straßenrand ab und ging zu Fuß weiter. Blöd war, dass er die Kappe verloren hatte, jetzt rann ihm das Wasser ins Gesicht. Aber egal, er hatte Beute gemacht, nur das zählte.

Jos Plan war simpel: Da er Nina nicht mehr für sich gewinnen konnte, wollte er Hannah zurückerobern. Sie war immer gutgläubig und gefügig gewesen, sicher würde sie ihm verzeihen, wenn er ihr etwas von dem Geld, das er ihr abgeluchst hatte, zurückgab. Und dann, wenn sie sich erst mal versöhnt hatten, würde er sie dazu bringen, Haus und Grundstück zu verkaufen. Den gemeinsamen Neuanfang würde er ihr schon schmackhaft machen, da verließ er sich ganz auf seine Fantasie, seine Überredungskunst – und auf Hannahs Gutgläubigkeit. Dass er in Stefan jetzt einen übermächtigen Rivalen hatte, focht ihn in seiner maßlosen Selbstüberschätzung nicht weiter an.

Der Regen ließ endlich nach, und auch das Gewitter zog wieder ab. Nur über den Bergen zuckten hin und wieder ein paar Blitze auf.

Jo überlegte, ob er die Nacht hier im Schuppen verbringen sollte. Er war müde, die Augen brannten, schließlich hatte er schon in der vergangenen Nacht kaum geschlafen.

Außerdem juckte es ihm in den Fingern, seine Beute nachzuzählen. Im Schein der Taschenlampe öffnete er das Album, in dem sich, sauber in Folie eingeschweißt, etliche kleine Münzen befanden.

»Verdammt! Verdammt! Ich glaub's ja nicht!« Jo hieb mit der Faust auf seine Oberschenkel. Statt des erhofften Goldschatzes lagen vor ihm alte Münzen. Verbeult. Mit unebenen Rändern. Einige waren aus Kupfer, ein paar wohl aus Silber.

»Was soll ich mit dem alten Plunder?« Jo klappte das Album wieder zu. »Die Dinger krieg ich doch bei einem Hehler kaum los. Viel zu gefährlich.« Er fingerte eine der Münzen heraus und sah sie sich genauer an. Alt war sie. Sehr alt offensichtlich. Er erkannte einen Römerkopf, auf einer weiteren Münze war ein Lorbeerkranz zu sehen.

Jo ahnte, dass diese Sammlung sehr wertvoll war, doch ihm war genauso klar, dass es gefährlich wäre, sie einem Hehler anzubieten. Der Kreis der Sammler war sicher begrenzt, man würde sich an ihn erinnern, zudem kannte er hier in Bayern keinen Hehler. Scheiß Spiel, warum hatte er bei dem Tierarzt nicht einfach Schmuck finden können? Diese Dinge zu Geld zu machen wäre einfacher gewesen als alte Münzen.

Mit klammen Fingern zählte er das Geld. Siebenhundertzwanzig Euro – auch kein Vermögen. Die Ringe würden vielleicht je einhundert Euro einbringen, aber die Taschenuhr war nur aus Silber.

Jo lehnte sich an die raue Stallwand und schloss die Augen. Er musste sich etwas einfallen lassen! Aber erst morgen. Jetzt war er einfach zu geschafft, um noch klar denken zu können.

»Sie operieren immer noch.« Nervös ging Stefan auf dem Klinikflur auf und ab. Die Sohlen seiner Schuhe verursachten ein leise quietschendes Geräusch, das an Hannahs Nerven zerrte. Doch sie sagte nichts, es tat Stefan offensichtlich gut, sich ein bisschen zu bewegen.

Eine Tür ging auf, und Stefan blieb abrupt stehen. Doch es war nur eine Pflegerin, die mit kurzem Nicken an ihnen vorüberging.

Dann, endlich, öffnete sich die Tür zum OP-Raum ein wenig. Ein Pfleger, ein älterer Mann in blauer Kleidung, kam heraus.

Stefan ging ein paar Schritte auf ihn zu. »Wie sieht es aus? Warum dauert das so lange? Warum sagt man mir nichts?«

Der Mann legte ihm kurz die Hand auf den Arm. »Keine Angst, es geht Ihrem Jungen gut. Aber es dauert noch. Gerade als der Chef den letzten Bauchschnitt gemacht hat, platzte der Blinddarm doch noch. Und jetzt muss alles gesäubert werden.«

»Ja aber ... aber ...« Stefan biss sich auf die Lippen. »Wie kann das denn passieren? Das muss man doch merken!«

»So eine Blinddarmentzündung kann sich sehr schnell, sehr massiv entwickeln. Und leider verwechseln die Leute die Schmerzen oft mit einer Magenverstimmung.«

»Und jetzt?«

»Sie müssen noch warten. Ich kann Ihnen nicht mehr sagen.« Er wollte weitergehen, doch Stefan hielt ihn zurück.

»Ich will einen Arzt sprechen. Sofort.«

Der Pfleger schüttelte den Kopf. »Das geht nicht. Seien Sie vernünftig. Drei Chirurgen kümmern sich um Ihren Sohn. Denen können Sie vertrauen.« Er nickte in Hannahs Richtung. »Ich muss ins Labor. Entschuldigung.«

»Aber das ist doch ungewöhnlich!« Stefan ließ sich neben Hannah auf einen Stuhl sinken und barg das Gesicht in den Händen. »Drei Chirurgen … und das für einen simplen Blinddarm. Das ist doch ein Routineeingriff.«

»Bei Timmy eben nicht.« Sanft nahm sie seine eiskalten Hände in ihre Finger. »Du hast doch gehört, dass der Blinddarm schon geplatzt ist. Sei froh, dass sich kompetente Ärzte um Timmy kümmern.« Sie stand auf. »Ich hole uns einen Kaffee.«

Stefan reagierte nicht. Apathisch saß er da, knetete seine Finger und starrte auf die gläserne OP-Tür, als könnte er so das Geschehen dahinter beeinflussen.

Als Hannah ihm einen Becher Kaffee in die Hand drückte, nickte er nur knapp. Und dann, endlich, kam ein Arzt auf ihn zu und lächelte aufmunternd.

»Das war knapp«, meinte er. »Aber Ihr Junge ist stark, er wird schon bald wieder herumtollen können.«

»Danke. Ich danke Ihnen.« In Stefans Augen schimmerten Tränen, und er zerquetschte den nur halb geleerten Kaffeebecher zwischen den Fingern. Irritiert sah er auf die braune Brühe zu seinen Füßen. »Tut mir leid, ich … ich weiß gar nicht …«

»Schon gut.« Der Arzt nickte ihm zu. »In einer Viertelstunde können Sie kurz auf die Intensivstation und nach Ihrem Sohn sehen.«

Hannah stand ein wenig abseits, auch sie war dankbar und erleichtert. Als Stefan sich immer noch nicht regte, ging sie zu ihm und umarmte ihn behutsam. »Alles wird gut«, raunte sie. »Timmy hat's geschafft!« Dann ging sie hinüber zu den Waschräumen, holte etwas Papier und wischte die Kaffeepfütze auf.

Stefan stand wie unbeteiligt da. Starr sah er hinüber zur breiten OP-Tür, während Tränen über seine Wangen liefen.

»Ich weiß nicht, was du willst. Als ich ging, war Timmy topfit.«

»Das war er nicht! Er hatte Bauchschmerzen!« Zornig ging Stefan in der Küche auf und ab. »Du hast ihm sogar noch eine Wärmflasche gemacht!«

»Ja, ich kümmere mich eben um den Jungen, ganz im Gegensatz zu dir. Du hast ja nur noch deine neue Flamme im Kopf!« Erregt zerrte Sissi an einem Schürzenband. Ihre Finger zitterten, und die dunklen Augen brannten in ihrem hochroten Gesicht. Vor einer knappen Viertelstunde war sie zur Arbeit gekommen und gleich in die Küche gegangen. Nur kurz hatte sie sich gewundert, dass Timmy noch nicht wach war, hatte sich aber nicht allzu viel dabei gedacht. Hin und wieder ging er mit Stefan hinüber ins Hotel, frühstückte dort und ging gleich anschließend in den Kindergarten.

Während sie die ersten Handgriffe in der Küche machte, erinnerte sie sich an das Zusammensein mit Jo, daran, dass er versprochen hatte, sie an diesem Abend wieder zu treffen. Er war ein toller Typ, vielleicht genau der Richtige, um Stefan eifersüchtig zu machen und ihm vor Augen zu führen, dass sie jung und begehrenswert war.

Er war ja so begriffsstutzig! Auch jetzt merkte er nicht, wie sehr er sie verletzte. Dabei konnte sie ja nun wirklich nichts dafür, dass Timmy ernstlich erkrankt war. Über Bauchweh hatte er geklagt, mehr nicht.

»Mein Privatleben geht dich gar nichts an.«

Sissi riss sich die Schürze ab. »Wenn das so ist – warum hältst du mir dann vor, dass ich mich nicht genug um

Timmy gekümmert hab? Der gehört doch wohl auch zu deinem Privatleben, oder?«

»Du wirst dafür bezahlt, dass du den Jungen versorgst!« Stefan konnte sich nur noch mit Mühe beherrschen.

»Ja, ja, dafür bin ich gerade gut genug – dein Haus soll ich in Ordnung halten und Timmy versorgen. Und das alles, damit du in Ruhe in der Gegend rumvögeln kannst!« Kaum hatte sie es ausgesprochen, zuckte Sissi zusammen. In ihrer Wut hatte sie sich total vergessen. »Tut mir leid«, murmelte sie.

»Mir tut es leid. Vor allem tut mir leid, dass ich dir vertraut habe!« Stefan ging zur Tür. »Du kannst dir gleich drüben im Büro deine Papiere holen.«

Fassungslos sah Sissi ihn an. »Das ... das kannst du nicht machen!«

»Doch, ich kann.« Stefan drehte sich um, doch noch bevor er die Küche verlassen konnte, stürzte Sissi auf ihn zu. Schmerzhaft fest war ihr Griff um seinen Arm, und ihre Stimme zitterte, als sie ihn anflehte: »Stefan, bitte, ich ... ich hab es doch wirklich nicht böse gemeint. Und du weißt, dass ich Timmy gern hab. Fast so, als wär er mein Bub. Nie im Leben würde ich etwas tun, das ihm schaden könnte.«

Als Stefan nicht reagierte, fuhr sie leiser fort: »Ich hab euch beide gern. Du musst es doch schon lang gespürt haben. Ich ... wir ... wir könnten so etwas wie eine Familie sein. Stefan!« Sie rüttelte an seinem Arm. »Ich liebe dich! Schick sie weg, diese Hannah. Sie passt nicht hierher zu uns.«

Fast war so etwas wie Mitleid in Stefans Blick, als er Sissi jetzt ansah. »Gefühle kann man aber nicht erzwingen, Sissi. Und ich lieb dich nun mal nicht.«

Sissi erwiderte nichts. Langsam, so, als fiele es ihr unendlich schwer, ihn loszulassen, nahm sie die Hand von seinem Arm und ließ sich auf einen Stuhl am Küchentisch sinken.

Von draußen erklang das durchdringende Tuten einer Schiffssirene. Die ersten Ausflugsdampfer hinüber zur Fraueninsel und nach Herrenchiemsee machten sich zur Abfahrt bereit.

»Sag mir nur noch, wie es Timmy geht. Er wird doch wieder ganz gesund?«

»Es geht ihm schon viel besser, sagen die Ärzte. Die Operation hat er gut überstanden. Er soll aber noch bis morgen auf der Intensivstation bleiben.« Stefan sah auf seine Haushälterin, die wie ein Häufchen Elend dasaß und das Gesicht in den Händen verborgen hielt. Er sah, dass sie litt. Sissi mochte Timmy wirklich, das wusste er. Und jetzt, da seine erste Wut verraucht war, machte er sich klar, dass sie dem Kind gewiss nicht hatte schaden wollen.

»Wenn du magst, kannst du bleiben – zumindest, bis der Bub aus der Klinik zurück ist. Was dann ist, muss ich mir noch überlegen.«

Sissi sah nicht auf.

»Hast du mich gehört, Sissi?«

»Ja.«

»Und? Was denkst du – wollen wir es so halten?«

Er sah nicht das Glitzern in Sissis Augen, den verhaltenen Triumph. Noch immer schaute sie nicht auf, als sie leise erwiderte: »Ja. Dank dir, Stefan.«

Erst als er die Küche verlassen hatte, richtete sich Sissi wieder auf. »Na also«, murmelte sie. »Hab mir doch gleich gedacht, dass er das mit der Kündigung nicht ernst gemeint hat.« Sie tastete zu ihrer dunklen Haarkrone und steckte eine Strähne fest, die sich gelockert hatte. »Und auch ob dein Gspusi, diese dahergelaufene Hannah, die Richtige für dich ist, wirst du dir noch überlegen, Stefan. Irgendwann gehörst du doch mir!«

10

Ein sonniger Morgen zog über dem Chiemgau auf. Vom nächtlichen Gewitter war nichts mehr zu spüren. Nur ein paar abgerissene Äste und letzte Pfützen zeugten davon, wie sehr sich die Naturgewalten noch vor wenigen Stunden ausgetobt hatten.

Vor Sebastian Scheifarts Haus stand ein Polizeiwagen, neugierig beäugt von einigen Leuten, die im Grunde hergekommen waren, um mit ihren Vierbeinern nach nebenan in die Tierarztpraxis zu gehen. Dort aber hatte die Sprechstunde noch nicht angefangen.

Drinnen im Haus suchte ein Beamter nach Spuren der Einbrecher, während eine junge Polizistin sich gemeinsam mit Ulli Reimann im Garten umschaute.

»Der Hund hat also angeschlagen, aber Sie haben nicht reagiert.« Fragend sah sie den Tierarzt an. Fesch sah er aus, er war genau ihr Typ. Sie bemühte sich, besonders engagiert zu wirken, ließ sich alles genau schildern und machte sich Notizen.

»Der Hund ist noch jung, der weckt uns häufiger in der Nacht«, erklärte Ulli ihr gerade, als sie sich bückte und einen Lederhandschuh unter einem Strauch hervorzog.

»Gehört der Ihnen?«

»Nein.« Ulli schüttelte den Kopf. »Das ist ein Motorradhandschuh, denk ich. Und Motorrad fahr ich keines.« Er beugte sich zu Ben nieder, der aufgeregt hin und her lief und versuchte, ein tiefes Loch neben dem Strauch zu buddeln. »Er ist noch nicht ausgebildet, als Wachhund also nicht zu gebrauchen. Aber er hat irgendwann doch was gehört. Deshalb sind wir aufgestanden.«

»Hm. Verstehe. Ihre Frau hat wohl auch nichts mitbekommen?« Die Polizistin hielt den Handschuh mit spitzen Fingern von sich ab. »Vielleicht gehört er dem Einbrecher.« Sie brachte den Fund ins Haus zu ihrem Kollegen, der aus Prien stammte. So kam Ulli nicht dazu, ihr eine Antwort zu geben.

Polizeihauptmeister Klaus Burgstaller sah sich den Fund kurz an. »Tja, da magst du ja recht haben mit deiner Vermutung, Kollegin. Aber Spuren werden wir an dem Ding wohl keine mehr feststellen können. Es hat schließlich die ganze Nacht hindurch geregnet. Aber wir werden den Handschuh trotzdem sicherstellen.« Er wandte sich wieder an Bastian. »So, wie's aussieht, handelt es sich um Beschaffungskriminalität. Der Kerl, der euch besucht hat, wollte wohl in erster Linie Geld.«

»Vielleicht war's ein Junkie.« Bastian goss dem Beamten frischen Kaffee ein. »Magst du ein Hörnchen dazu? Sind ganz frisch, eben vom Bäcker geholt. Und ich weiß doch, wie gern du sie isst.«

»Nicht mehr. Hab ich mir abgewöhnt.«

»Ach nein! Seit wann?«

»Seit ich neu liiert bin.«

»Na endlich! Hast ja lang genug gesucht, seit wir …« Bastian brach ab, er zuckte kurz mit den Schultern und stellte die Kaffeekanne zurück auf die Maschine.

Die junge Polizistin runzelte die Stirn. Was ging denn hier ab? Klaus Burgstaller war ein sehr gut aussehender Mann, blond, braun gebrannt, mit stahlblauen Augen, in denen meist der Schalk blitzte. Sie hatte, als sie von Rosenheim nach Prien versetzt worden war, einige Male versucht mit ihm zu flirten, doch er war nie darauf eingegangen.

»Hier, ihr müsst noch das Protokoll unterschreiben.« Klaus Burgstaller schob Ulli ein Blatt Papier hin. »Die Versicherung ist schon informiert?«

»Sicher. Obwohl man den Wert der alten Münzen nicht exakt bestimmen kann. Ihr Sammlerwert beläuft sich bestimmt auf dreißig-, vierzigtausend Euro.«

»Wow.« Der Polizeibeamte verzog den Mund. »Und diese Werte hattet ihr hier so rumliegen. Leichtsinn nenn ich das.«

»Stimmt schon. Aber was nützt mir eine schöne Sammlung, wenn ich mir die Stücke kaum mal ansehen kann.« Ulli verzog den Mund. »Scheiße ist das. Vor gar nichts machen diese Verbrecher halt. Wenn sie nur das Geld genommen hätten, wär es mir noch egal. Der Geldbetrag lässt sich verschmerzen, aber die Uhr ist von Bastians Großvater, der Verlust tut ihm richtig weh.«

»Ja, ich weiß.« Klaus Burgstaller legte Bastian den Arm um die Schultern. »Wir tun unser Bestes, um den Kerl aufzutreiben, versprochen. Ich mach bei den Kollegen Druck.«

»Übertreib's nur nicht mit deinem Eifer.« Ulli stürmte aus der Tür.

»Er hat's immer noch nicht überwunden«, murmelte der uniformierte Beamte.

»Jetzt tu nicht so scheinheilig. Ich weiß genau, was du bezweckst, Klaus. Aber es ist vorbei, endgültig.« Bastian drückte ihm das Protokoll in die Hand. »Das mit uns im vorigen Jahr auf dem Herbstfest drüben in Seebruck, das war ein Ausrutscher, mehr nicht. Es hatte keine Bedeutung.«

»Sag's nicht mir, sag es deinem Ulli.« Der Beamte ging zur Tür. »Ihr hört von uns.« Er winkte seiner jüngeren Kollegin, die ihm irritiert folgte.

Verflixt, warum hatte sie nicht früher bemerkt, dass Klaus sich nur für Männer interessierte? Dann hätte sie sich gar keine Mühe gegeben. Es war eine Schande! Er sah so gut aus! Und er war ebenso klug wie liebenswert.

Sie grinste, als sie sich das eifersüchtige Verhalten des Tierarztes in Erinnerung rief. Der hatte ja richtig grüne Augen gehabt vor Wut! Es ist beruhigend, dass es bei den Homosexuellen auch nicht anders zugeht als bei uns Heteros, sinnierte sie. Und beschloss, sich am kommenden Wochenende in der neuen, total angesagten Disco von Prien umzuschauen. Vielleicht traf sie dort einen netten Typen, der ihr half, sich am Chiemsee besser einzugewöhnen.

Erst als das Polizeifahrzeug davongefahren war, kam Ulli zurück.

»Und?« Er biss in das Hörnchen, das Klaus verschmäht hatte.

»Was – und?« Bastian tat, als verstünde er ihn nicht.

»Glaubst du im Ernst, ich wüsste nicht, dass dein Klaus sich um die Ermittlungen hier gerissen hat? Das hat er extra gemacht, um mir eins auszuwischen. Keinen Finger wird er rühren, um den Dieb zu finden.«

»Du spinnst, Ulli. Klaus wird seine Pflicht tun – und mehr als das. Und jetzt hör mit deiner albernen Eifersucht auf. Das ist lächerlich. Klaus und ich sind seit Ewigkeiten kein Paar mehr.«

»Dann dauert bei dir eine Ewigkeit wohl gerade mal ein Dreivierteljahr.«

Bastian gab darauf keine Antwort. Er ging zur Treppe. »Wir sollten mal nachsehen, ob er nicht doch im ersten Stockwerk war. Nicht, dass er was von Hannahs Sachen mitgenommen hat.«

»Ach was, das hätten wir doch bemerkt.«

»Ich seh nach.«

Ulli folgte ihm, sah sich aber nur flüchtig um. »Hier ist alles in Ordnung«, stellte er fest. »Bis auf die Tatsache, dass deine Kusine die Nacht nicht hier verbracht hat.«

»Na und? Sie ist erwachsen.«

»Stimmt genau. Deshalb sollte sie sich endlich entscheiden, was sie will. Aber noch steht nicht fest, ob sie hierbleiben oder doch nach Köln zurückkehren will.«

»Von mir aus kann sie bleiben.«

»Ich weiß. Familienbande!« Ulli spie das Wort förmlich aus.

»Blödmann.«

Ehe Ulli antworten konnte, rief jemand von unten: »Doktor, es ist dringend! Wir brauchen dich in der Praxis. Es gibt einen Notfall!«

»Ich komme, Kathi!«

Kathi Wallmer arbeitete drei Mal in der Woche in der Tierarztpraxis. Ulli schätzte die patente Sechzigjährige sehr. Sie war klug, zupackend und konnte sowohl mit Tieren als auch mit deren Besitzern sehr gut umgehen.

Die Wallmers besaßen eine große Fischzucht samt Räucherei, doch seit Kathis zwei erwachsene Söhne im Betrieb mitarbeiteten, hatte Kathi mehr Freizeit, als ihr lieb war. Die Arbeit in der Tierarztpraxis war da genau die richtige Beschäftigung für sie.

Das Wartezimmer war voll besetzt, im Behandlungsraum wartete eine Urlauberin mit ihrem Golden Retriever, der überfahren worden war.

»Ronny ist einer Hündin hinterhergelaufen, ich konnte ihn nicht mehr halten.« Die alte Dame war den Tränen nahe. »Und dann kam auch schon der Lastwagen.«

»Gehen Sie für ein paar Minuten nach nebenan, ich kümmere mich um Ihren Hund.« Ullis Stimme klang beruhigend, während er sich schon daranmachte, den Hund zu untersuchen. Das Fell an der linken hinteren Flanke war blutig, und schon bald stellte sich heraus, dass Ronny sich das linke Hinterbein angebrochen hatte.

»Innere Verletzungen scheinen nicht vorzuliegen, aber wir werden ihn noch röntgen und dann eventuell gipsen.«

Eine halbe Stunde später war der Hund versorgt, sein Frauchen beruhigt, und der Tierarzt konnte die Sprechstunde fortsetzen. Bis zum Nachmittag arbeitete er ohne Pause durch, dann gönnten er und Kathi sich einen Kaffee.

»Ach, da kommt die Hannah!« Kathi wies nach draußen, wo Hannah gerade ihren Wagen in die Einfahrt steuerte. »Sie bleibt wohl hier, gell?«

»Von mir aus nicht«, murmelte Ulli.

»Ich versteh.«

»Wenigstens einer.«

Im Autoradio lief Dean Martins ›Everybody loves somebody sometimes‹. Stefan tastete nach Hannahs Hand und drückte sie zärtlich.

»Das Lied ist doof. Papa, leg eine CD von den *Wilden Kerlen* ein. Oder was mit *Star Wars*.« Timmy saß im Fond des Wagens, links im Arm seinen Lieblingsteddy, rechts ein großes Spielzeugauto. Den Krankenwagen hatte ihm Sissi bei ihrem ersten Besuch mitgebracht, und Timmy fand, es sei ein *supergeiles Stück*. Woher er diesen Ausdruck hatte, konnte Stefan nicht herausfinden. Ein paar Mal schon hatte er versucht, Timmy den Ausdruck zu verbieten – mit dem Erfolg, dass der Fünfjährige ihn umso lieber anwendete.

»Wann sind wir da? Krieg ich Eis? Und ist Sissi wieder bei uns? Sie hat so geweint, Papa. Bist du ihr noch böse? Sie kann doch nichts dafür, dass ich krank geworden bin.« Timmy sah aus dem Fenster. »Wann darf ich denn wieder schwimmen gehen?«

»Das dauert noch ein bisschen.« Hannah drehte sich zu ihm um. »Die Wunde muss noch besser verheilen.«

»Aber es tut doch gar nicht mehr weh!« Der Junge hatte die Notoperation sehr gut überstanden, und auch der Heilungsprozess war optimal verlaufen. »Dann will ich Boot fahren. Sissi hat gesagt, ich darf mir was von ihr wünschen. Ich wünsch mir, dass sie mit mir Boot fährt. Darf ich, Papa?«

»Sissi soll aufhören, dir irgendwelche Versprechungen zu machen.« Stefan sah starr auf die Straße. »Und ihr fahrt auf keinen Fall allein raus auf den See.«

»Aber sie kann doch prima rudern! Oder wir fahren Tretboot!« Timmy war voller Tatendrang.

Hannah drehte sich halb zu ihm um. »Heute musst du

dich noch ausruhen. Aber ich weiß jemanden, der dir gern Gesellschaft leistet.«

»Wer denn?«

»Wart's ab, es ist eine Überraschung.« Sie hatte, in Absprache mit Stefan, ein Zwergkaninchen für Timmy gekauft. Sissi, die ihren Job behalten hatte, war zwar nicht begeistert gewesen über den Familienzuwachs, wagte es aber nicht, etwas zu sagen oder gar über die Mehrarbeit zu jammern.

Auch Jo, mit dem sie sich mittlerweile regelmäßig außerhalb der Stadt traf, hatte sie bestürmt, nur ja an ihrer Anstellung festzuhalten. »Meine Geschäfte hier in der Gegend ziehen sich auch länger hin als ursprünglich geplant«, hatte er erklärt. »Leider läuft nicht alles so wie abgesprochen.«

»Also dann bleibst du noch?«

»Natürlich! Du glaubst doch nicht, dass ich dich so schnell wieder aufgebe.« Er zwinkerte ihr zu. »Bist eine tolle Frau, Sissi.« Er zog sie fest an sich, tastete in ihren Ausschnitt.

Sissi fand es aufregend, dass er so scharf auf sie war. Seit Monaten hatte sie keinen Sex mehr gehabt, obwohl sie alles versucht hatte, Stefan auf ihre Reize aufmerksam zu machen. Aber der Hotelier hatte ihre Avancen ignoriert, der Mistkerl. Da tat es Sissis Ego gut, von Jo so leidenschaftlich begehrt zu werden. Dass er sie immer wieder geschickt nach einigen Leuten aus der Umgebung ausfragte, nach ihren Häusern und Gepflogenheiten, fiel ihr nicht auf. Die Treffen mit Jo waren herrliche Abenteuer – wobei sie ihr Ziel, Stefan Trautberg für sich zu gewinnen, nicht aus den Augen ließ, ebenso wenig wie Jos eigentliches Ziel darin bestand, Hannah wieder zurückzuerobern.

Bevor Stefan, Hannah und Timmy aus der Klinik kamen,

ging Sissi heim. Allerdings hatte sie eine Möhre und ein bisschen Löwenzahn für den Hasen zurechtgelegt – es war nicht falsch, sich Timmys Zuneigung zu erhalten. Er hatte sich in der letzten Zeit schon viel zu stark auf Hannah fixiert. Das musste unterbunden werden, und Sissi tat, was sie konnte. So hatte sie Timmy zum Beispiel in der Klinik zwei Märchen vorgelesen, in denen böse Stiefmütter auftauchten. Timmy hatte keinen Kommentar abgegeben, doch Sissi war sicher, dass er darüber noch eine Weile nachgrübeln würde.

»Meine Überraschung! Wo ist denn meine Überraschung?« Timmy sah sich suchend in der geräumigen Diele um.

»In deinem Zimmer natürlich.«

Timmy stob los, davon, dass er eventuell noch Wundschmerzen haben könnte, war nichts zu spüren.

Im nächsten Moment erklang ein Freudenschrei: »Ein Kaninchen! Mei, Papi, ist das supergeil.«

Stefan verzog das Gesicht, verkniff sich aber in diesem Moment eine Rüge. Timmy sah zu glücklich aus. Sein noch etwas blasses Gesicht strahlte, als es ihm gelang, die Käfigtür zu öffnen.

»Er hat noch keinen Namen«, sagte Hannah. »Das Kaninchen, das ich mal hatte, hieß Jimmy. Aber wenn du willst, kannst du ihm auch einen anderen Namen geben.«

»Jimmy find ich gut.« Timmy hob das schwarzweiß gefleckte Tierchen auf seinen Schoß, und das Kaninchen genoss es sichtlich, so lieb gestreichelt zu werden.

Stefan legte den Arm um Hannah und küsste sie auf die Wange. »Das war eine wunderbare Idee«, sagte er.

»Ich finde, Timmy war so tapfer, da hat er sich die Belohnung verdient.« Hannah zwinkerte dem kleinen Jungen zu. »Du musst es aber selbst versorgen. Versprochen?«

»Aber klar doch!«

»Dann komm, wir holen ihm eine Möhre aus der Küche.«

Eine Weile sahen die Erwachsenen zu, wie Timmy sich mit seinem neuen Spielgefährten amüsierte, dann musste Stefan rüber ins Hotel.

»Wir sehen uns später. Macht's gut, ihr beiden.«

Timmy sah nur kurz auf. »Bleibst du hier, Hannah?«

»Ja, wenn du magst.«

»Ist mir egal.« Timmy widmete seine ganze Aufmerksamkeit dem Kaninchen.

Hannah biss sich kurz auf die Lippen. Es würde nicht leicht werden, endgültig Timmys Herz zu gewinnen. Mit kleinen Geschenken gelang es sicher nicht, sie musste das Vertrauen des Jungen erhalten. »Was hältst du davon, wenn wir nächsten Dienstag einen Ausflug machen – dein Papa, du und ich? Dann ist das Hotelrestaurant geschlossen und dein Papa hat Zeit.«

»Okay. Gehen wir dann schwimmen?«

Sie schüttelte den Kopf. »Nein, das darfst du ja noch nicht.«

»Das weißt du doch gar nicht!« Timmy sah sie trotzig an.

»Doch, das weiß ich.« Hannah bückte sich und fing Jimmy ein, der gerade aus der Tür flitzen wollte. »Wir machen was tolles anderes zusammen, versprochen. In Aschau gibt es eine Falknerei, da gefällt es dir bestimmt.«

»Was ist das denn, ein Falkenei?«

»Es heißt Falknerei, da kann man ganz viele seltene Vögel ansehen und zuschauen, wie sie fliegen. Es gibt Eulen, Adler, Bussarde … und auch ein Streichelzoo ist da.«

»Meinetwegen.« Timmy sah nur kurz auf, nickte Hannah zu und widmete seine ganze Aufmerksamkeit gleich wieder seinem Kaninchen.

So sollte jeder Sommersonntag sein, dachte Hannah, als sie aufstand, auf den Balkon hinausging und den Blick über die ruhige Silberfläche des Sees schweifen ließ. Die Sonne hatte auch jetzt schon, kurz vor acht Uhr, viel Kraft. Ein kleiner heller Nebelstreifen hing wie ein schmales Tuch über der Uferregion, so, als sei er für die bunten Blumenrabatten an der Uferpromenade ein weißes Bettlaken.

Hannah zuckte zusammen, als Ben sie mit seiner feuchten Schnauze anstieß. »Bist du mal wieder ausgebüxt?« Sie streichelte den Hund, der inzwischen fünf Monate alt und schon groß und kräftig war. Für Ben war es kein Problem, mit der Pfote eine nicht fest verschlossene Tür zu öffnen. War das erst mal gelungen, wanderte er durchs ganze Haus. An diesem Sonntag hatte er wohl bei Ulli und Bastian im Schlafzimmer bleiben dürfen, jetzt aber war ihm langweilig und er hatte sich durch die stets nur angelehnte Balkontür gezwängt.

»Was ist, magst du mit rausgehen? Ich geh joggen.« Rasch zog sie sich Sportsachen an und klopfte kurz an Bastians und Ullis Tür. »Ich bin mit Ben unterwegs, wir holen frische Semmeln.«

»Danke!«, rief Bastian zurück und verschränkte die Hände hinter dem Kopf. »Es ist ganz nett, wenn sie da ist, nicht wahr?«

»Es ist noch netter, wenn sie nicht da ist«, murmelte Ulli.

Bastian erwiderte nichts. Er freute sich für Hannah, die mit Stefan Trautberg sehr glücklich war. Doch er fand es auch richtig, dass sie noch nicht vollständig in den *Kastanienhof* übersiedelte, sondern sich und auch Stefan mehr Zeit ließ, die Beziehung zu vertiefen. Dass sie sich eine eigene Wohnung gemietet hatte, fand er allerdings überflüssig. Doch das sagte er besser nicht, zumindest nicht in Ullis Beisein.

Eine knappe halbe Stunde später saßen die drei einträchtig am Frühstückstisch, den Ulli gedeckt hatte. Hannahs Haare waren nach dem Duschen noch ein wenig feucht, sie wollte sie gleich draußen im Garten an der Sonne trocknen lassen.

»Was liest du denn da?« Ulli griff über den Tisch hinweg nach dem schmalen Heft, das Hannah neben sich gelegt hatte. »Wow, *Romeo und Julia*!« Er sah sie grinsend an. »Du weißt schon, dass die Story ziemlich traurig geendet hat?«

Hannah trank einen Schluck Kaffee, statt zu antworten.

»Nimm dir nur kein Beispiel an der schönen Julia.« Er grinste. »Zum Glück haben wir ja keinen Dolch im Haus.«

»Sei vorsichtig, die meisten Frauen bevorzugen Gift. Auch heutzutage noch«, parierte sie. »Außerdem hab ich keinen Grund, mich aus Kummer umzubringen. Es geht mir zurzeit richtig gut.« Sie lehnte sich ein wenig zurück. »Übrigens, bald seid ihr mich los. Ich kann jetzt doch schon zwei Wochen früher als vereinbart in meine Wohnung.«

»Na prima!«

»Ich wusste, dass dich das freut.« Unbekümmert zwinkerte sie Ulli zu.

»Aber das ist wirklich unnötig.« Bastian schüttelte den Kopf. »Du hast hier im Haus Wohnrecht.«

Hannah streckte die Hand nach ihm aus. »Es ist lieb, dass

du das nicht vergisst. Aber es ist besser, wenn ich mir wieder ein eigenes Reich schaffe. Ihr habt mich lange genug hier geduldet.«

»So schlimm war's nun auch nicht«, meinte Ulli.

»Also – mir wirst du fehlen.« Bastian kraulte Bens Fell. »Und dem Hund sowieso.«

»Wann immer ich Zeit hab, komm ich rüber und geh mit ihm spazieren.« Hannah zögerte. »Du, Basti, auf dem Speicher stehen doch noch Möbel von den Großeltern. Ob ich mir da ein paar Sachen aussuchen kann?«

»Aber klar doch! Nimm dir, was dir gefällt. Die Sachen gehören ja auch dir. Wir wollen nichts davon, der Ulli und ich.«

Hannah zuckte mit den Schultern. »Wenn's dir wirklich nichts ausmacht, dann gern.« Sie stand auf. »Dann fang ich gleich mal mit der Suche an. Zur Arbeit muss ich erst am Nachmittag.«

»Ich muss leider jetzt schon los.« Bastian erhob sich. »Bei dem Wetter boomt der Laden, und ich will den Schorschi und die beiden jungen Leute nicht zu lang allein lassen. Der Schorschi hat's mal wieder arg im Kreuz und kann die Boote nicht ins Wasser schleppen.«

»Freu dich drüber, dass so viel zu tun ist. Wenn's nicht läuft, ist es ganz schrecklich«, meinte Hannah.

»Da hast du auch recht. Ich beschwer mich ja auch nicht.« Er strich ihr kurz über die Schulter. »Viel Spaß beim Kramen auf dem Speicher.« Dann wandte er sich an Ulli. »Kommst du auf eine Stunde mit?«

»Ich komme nach. Drüben in der Praxis warten zwei Katzen und ein Papagei auf Futter. Und die Hündin, die ich gestern sterilisiert hab, muss noch mal verbunden werden.«

Kaum hatte er es ausgesprochen, klingelte sein Handy. Ulli hörte stirnrunzelnd zu, dann sagte er knapp: »Bin schon unterwegs, Gerhard. Keine Panik.« Dann wandte er sich an Bastian: »Die Liesi vom Zellerbauern kriegt Zwillinge, das ist seine beste Kuh. Und eines der Kälber steckt jetzt schon fest. Ich muss los.«

»Schönen Sonntag«, murmelte Bastian lakonisch.

Der Dachboden lag im Halbdunkel, als Hannah die Tür aufstieß und die letzten beiden Stufen der schmalen Leiter hinter sich brachte. Staubkörner flirrten im schmalen Streifen Sonnenlicht, das durch die beiden schmalen Fenster in der Dachschräge hereindrang.

Hannah sah sich um. Drüben neben dem halbhohen Vitrinenschrank, dessen Scheiben ganz blind waren, hing eine Neonröhre an der Decke. Schnell fand sie auch den Lichtschalter. Das kalte Licht war nicht angenehm, und der übermütige Tanz der Staubteilchen brach jäh ab. Doch die längliche Neonröhre erhellte den Raum und erleichterte Hannah die Suche nach brauchbaren Gegenständen.

Da war, zum Beispiel, ein Nähschränkchen mit gedrechseltem Fuß, dessen Intarsienplatte ausgesprochen hübsch war. Und auch die grüne Truhe mit der Blumenmalerei konnte sie brauchen, darin ließ sich einiges verstauen.

Ganz hinten, verborgen hinter einem wackeligen Schrank, in den Bastian alte Decken und Kissen geräumt hatte, fand sich eine Kommode, an die sich Hannah noch gut erinnern konnte. Die Großmutter hatte darin ihre ganz persönlichen Dinge verwahrt, Bücher, Alben, die von ihr so geliebten Seidentücher und den Granatschmuck, den sie von ihrem Mann zur Hochzeit erhalten hatte.

Vorsichtig zog Hannah die breite Schublade auf, doch sie war leer. Und auch im unteren Teil der Kommode fand sich, außer einer alten geblümten Decke, gar nichts.

Schon wollte Hannah die Tür wieder schließen, da bemerkte sie, dass etwas in die Decke eingeschlagen war. Vorsichtig zog sie das weiche Tuch heraus und faltete es auseinander.

»Bilder«, murmelte sie enttäuscht. Vor ihr lagen, in hellgraue Rahmen gefasst, drei Bilder. Das oberste war die gut ausgearbeitete Skizze eines Stilllebens, es zeigte Äpfel und Narzissen. Ganz deutlich waren die Blumen und Früchte zu erkennen. Darunter war eine Fotografie eingerahmt, ein zweistöckiges Haus inmitten eines blühenden Gartens war zu sehen. Das dritte Bild, separat eingeschlagen in dünnes Seidenpapier, war ein Gewirr von Kreisen und Quadraten vor einem stahlblauen Hintergrund.

»Die nehme ich schon mal mit«, sagte Hannah, wickelte die Bilder wieder ein und brachte sie in ihr Zimmer. Morgen wollte sie mit Bastian besprechen, was sie sich gern vom Speicher holen würde.

Um die Bilder genauer betrachten zu können, ging sie zum Fenster – und zuckte zusammen. Unten auf der Straße stand ein Mann in dunkler Motorradkluft.

»Jo!« Sie riss das Fenster auf. »Jo, du verdammter Mistkerl! Bleib stehen! Wir müssen reden!«

Doch es war niemand mehr zu sehen. Nur das satte Brummen eines Harley-Motors war zu hören.

»Sissi, mein schwarzer Engel, sei nicht sauer, ich bin ja wieder da.« Jo wollte Sissi an sich ziehen, doch sie stemmte beide Hände gegen seine Brust und stieß ihn gegen die Hecke, hinter der er ihr aufgelauert hatte. Sissi war auf dem Weg nach Hause gewesen, ein langer Tag lag hinter ihr, und sie war ebenso müde wie wütend, denn schon wieder hatte Hannah den ganzen Tag im *Kastanienhof* verbracht. Ihr Dienst im Hotel war am frühen Nachmittag zu Ende gegangen, gleich darauf war sie hinüber ins Wohnhaus gekommen und hatte mit Timmy gespielt.

Etwas von dem Zorn, den Sissi gegen die Rivalin hegte, übertrug sich jetzt auf Jo, der sie mit dem unschuldigsten Gesicht der Welt ansah.

»Zwei Wochen warst du unterwegs! Kein Wort hast du gesagt, dass du wegfahren musst.« Sissis Augen waren dunkel vor Zorn. »Was glaubst du eigentlich, wer du bist, dass du so mit mir umspringen kannst, hä?« Sie wollte weitergehen, hinüber zur Bushaltestelle, doch Jo hielt sie zurück.

Er gab den Zerknirschten. »Ich musste dringend weg. Geschäfte. Sissi-Darling, es war wirklich wichtig!« Wieder versuchte er, sie an sich zu ziehen, und diesmal zeigte sie sich schon nicht mehr ganz so spröde.

»Ihr seid alle gleich, ihr Männer, egoistisch und hartherzig. Glaubt, dass ihr mit uns spielen könnt, und dass wir gerade auf euch gewartet haben. Aber da hast du dich geschnitten, Jo, hundertprozentig!«

»Ich weiß, ich weiß, ich bin in deinen Augen nicht besser als alle anderen Männer. Aber da irrst du dich. Ich bin besser!« Er zwinkerte ihr zu. »Du, ich hab ein tolles Geschäft gemacht. Viel verdient. Und dir was mitgebracht.«

Er spürte, dass Sissis Widerstand immer mehr erlahmte. Na also, geht doch, grinste Jo still vor sich hin. Man muss sie nur ködern, die Weiber!

»Du hättest dich zumindest mal melden können. Ich hab schon gedacht, ich hör gar nichts mehr von dir.« Ganz so leicht war Sissi nun doch nicht zu besänftigen.

»Der Anruf meines Geschäftsfreundes kam ganz plötzlich. Sorry. Ich war wirklich total im Stress. Aber hier … für dich.« Er zog einen dünnen Armreif aus der Jackentasche. »Das ist Platin mit ein paar netten Steinchen drin. Ich hoffe, du magst das.« Und wenn nicht, scheiß ich drauf, fügte er still für sich hinzu. Den Armreif hatte er vor drei Tagen in Inzell in einer Villa gestohlen. Immer weiter dehnte er seine Diebestouren aus, fuhr in einen Ort, machte, wenn's gut lief, zwei, drei Brüche – und verzog sich.

Bisher war er noch nicht erwischt worden, aber ihm war bewusst, dass er vorsichtig sein musste. Die Zeitungen waren inzwischen voll von Berichten über die dreisten Diebstähle, die sich im Chiemgau auffällig häuften.

Jos Taktik war ebenso einfach wie erfolgreich: Er lauerte den weiblichen Angestellten der Villen auf, die er »besuchen« wollte, flirtete ein wenig mit den Frauen und versuchte bei ein, zwei Treffen so viel wie möglich von ihnen über die Gepflogenheiten der Hausbesitzer zu erfahren.

Noch war der Polizei nicht aufgefallen, dass es diese Parallelen gab. Aber Jo war klar, dass es über kurz oder lang so weit kommen würde, daher baute er vor.

»Den Ring, der zum Armreif passt, bekommst du später«, sagte er jetzt und küsste Sissi noch einmal. »Den muss der Juwelier noch anfertigen.«

»Jo, du bist süß! Danke!«

»Schon gut.« Er zog sie fester an sich. »Ich hab dich vermisst.« Seine Hand tastete unter ihr dünnes T-Shirt, während er sein linkes Knie zwischen ihre Beine schob.

Sie spürte seine Erregung, die gleich auf sie übersprang. »Nicht hier«, murmelte sie. »Komm mit zu mir.«

»Auf euren Hof?« Der Gedanke behagte ihm nicht. Je weniger Menschen ihn hier in der Gegend sahen, umso besser.

Sissi lachte. »Sei nicht so schüchtern, das passt überhaupt nicht zu dir.« Sie streichelte kurz über seine Brust. »Ich bin heute allein zu Hause. Mein Bruder und seine Familie sind bei einem befreundeten Pferdezüchter drüben in Bad Endorf eingeladen.«

Jo nickte. »Na gut.« Er grinste. »Wir haben also sturmfreie Bude. Hoffentlich kommt dein Bruder nicht früher als erwartet zurück.«

Sissi zuckte mit den Schultern. »Stell dich nicht so an, ich hab meine eigene Wohnung, und die liegt in einem Nebentrakt.«

»Dann los.« Jo legte den Arm um sie und führte sie eine Straßenecke weiter, wo er seine auffällige Maschine auf einem kleinen Parkplatz abgestellt hatte.

Während der Fahrt durch den frühen Abend schmiegte sich Sissi an seinen Rücken, und mit beiden Armen umklammerte sie seine Taille. Sie fuhren eine Weile am Seeufer entlang. Die Sonne stand schon tief im Westen, und in ihrem Schein schimmerte das Wasser des Chiemsees goldrot. Auch die vielen Segelboote, die in der leichten Abendbrise kreuzten, hatten auf einmal rotgoldene Segel.

Jo spürte Sissis Hände, die ihn immer wieder sacht streichelten, und er grinste unter seiner Motorradbrille vor sich hin. Sissi war ausgehungert nach Sex und Zärtlichkeiten. Mit ihr ins Bett zu gehen war ein Vergnügen – ganz abgesehen davon, dass es ihm nicht schwerfiel, ihr nach einer

Stunde voller Leidenschaft all die Informationen abzuluchsen, die er haben wollte.

Sissi kannte viele Leute in der Umgebung, sie wusste über deren Verhältnisse, ihre Vorlieben und ihre Arbeitsweisen Bescheid. Infos, die er sich bisher perfekt hatte zunutze machen können. Aber Vorsicht war geboten! Sissi war clever, sie hatte einen scharfen Verstand, der sich auch im Bett nicht vollkommen ausschalten ließ.

Als sie ihn jetzt durchs Haupthaus hinüber in ihre Wohnung im ersten Stockwerk des Nebentraktes führte, musste sich Jo einen anerkennenden Pfiff verkneifen. Von außen wirkte der Riedererhof zwar ganz ansehnlich, doch die gediegene Einrichtung innen verriet, wie wohlhabend die Bauern waren. Neben etlichen Geweihen an den Wänden sah Jo einige Vitrinen mit Jagdtrophäen und einen mit kleinen Buntglasscheiben verzierten Waffenschrank, in dem etliche seltene Gewehre aufbewahrt wurden.

»Die sind der Stolz meines Bruders«, meinte Sissi und wies auf den Schrank. »Schon mein Großvater hatte eine eigene Jagd, und mein Vater hat die Sammlung seltener Schießeisen noch ausgebaut.« Sie zuckte mit den Schultern. »Ich versteh zwar nicht, wieso es Spaß macht, Gewehre und alte Revolver zu sammeln, aber es soll mir recht sein, wenn hin und wieder ein guter Rehbraten auf den Tisch kommt.«

»Und das da … sind das Fotos von euren Pferden?«

»Ja, das ist Aladin, unser Zuchthengst. Mein Bruder ist sehr stolz auf ihn, er hat schon etliche Auszeichnungen gewonnen.« Sie zuckte mit den Schultern. »Ich hab's nicht so mit der Reiterei, deshalb will ich mit dem Hof und der Arbeit, die immer ansteht, auch nichts zu tun haben.«

»Aber deinen Erbanteil hast du doch gekriegt, oder?« Lauernd sah er sie an.

Sissi schüttelte den Kopf. »Das geht nicht. Ich bekomme eine kleine monatliche Rente, das ist alles. Wenn ich mein Erbe aus dem Besitz ziehen würde, wär mein Bruder bald pleite.«

»Ach so.« Jo sah sie kurz an. Fesch war sie zwar, doch wenn sie kein Geld hatte, war sie uninteressant für eine länger andauernde Beziehung. Aber noch brauchte er sie, und so legte er ihr den Arm um die Schultern und sagte: »Zeig mir dein Reich, Prinzessin.«

Sissi lachte und öffnete eine breite, in einen Halbbogen in der Mauer eingelassene Tür. »So, hier ist meine Wohnung.«

Jo sah sich nur flüchtig um. Hier gab es nichts Spektakuläres zu sehen, die Einrichtung war ordentlich, aber zeugte nicht von allzu großem Wohlstand. Wie denn auch, sagte er sich. Sie muss schließlich arbeiten, den Hof hat ja leider der Bruder allein geerbt. Spaß macht es sicher nicht, Tag für Tag den Haushalt für Fremde schmeißen zu müssen, wo man es doch besser haben könnte. Er verstand Sissis Frust immer besser. Sie waren sich ähnlich, er und sie, beide lebenshungrig, aber vom Schicksal benachteiligt.

»Komm, wir köpfen eine Flasche Sekt.«

»Mir wäre ein Wodka lieber.«

»Hab ich nicht. Einen selbstgebrannten Obstler kannst du haben.«

»Perfekt.« Er ließ sich einschenken und kippte das erste Glas in einem Zug hinunter.

»Noch einen?«

»Aber ja doch! Trink auch was, das bringt uns in die richtige Stimmung.« Er streckte die Arme nach ihr aus. »Bist ein tolles Weib. Ich versteh nicht, wieso das dein Chef nicht längst bemerkt und dich geheiratet hat.«

Sissi zuckte zusammen. Doch bevor sie antworten konnte, hob Jo sie hoch und trug sie zum Bett. »Jetzt hast du ja mich«, murmelte er. »Vergiss ihn einfach, diesen Hotelfuzzi.«

In der nächsten Stunde vergaß Sissi wirklich alles um sich herum. Jo verführte sie gekonnt, er ließ ihr kaum Zeit zum Denken, trieb sie zur höchsten Lust und gönnte ihr und sich kaum eine Pause.

Als Sissi schließlich erschöpft in seinen Armen lag, fragte er wie nebenbei: »Hast du einen Computer, Schatzi?«

»Nein, was soll ich damit?«

»Na ja, das wär einfach praktisch heute. Ich müsste nämlich mal was prüfen, und mein Notebook hab ich nicht dabei.«

Sissi räkelte sich schläfrig. »Der Christian, mein Neffe, hat einen Computer. Wenn du willst, kannst du ja da dran.«

»Kennst du das Passwort?«

Sie lachte. »Ja. Da ich das Gerät bezahlt hab, hat er meinen Namen genommen. Dann muss ich auch nicht nachdenken, wenn ich mal was checken will.«

Jo triumphierte. Genau das hatte er hören wollen! Er küsste Sissi und meinte: »Später, das hat noch Zeit. Das hier …« Er beugte sich wieder über sie und glitt mit den Lippen über die Wölbungen ihrer Brüste bis hinunter zu ihrer empfindlichsten Stelle, »das hier muss jetzt und hier sein.«

Doch bevor er Sissi erneut liebte, goss er ein Glas mit Obstler voll. »Trink, Sissi-Darling, ich hab das Gefühl, du wirst dann immer schärfer. Ich steh dann total auf dich.«

Sissi lachte. »Bin ich dir immer noch nicht wild genug?

Dann komm, du kriegst gleich noch viel mehr!« Sie trank das gut gefüllte Glas in einem Zug leer, stellte es auf den runden Nachttisch und beugte sich dann vor, um Jo zu küssen. Ihre langen Haare, die ihr bis zur Taille reichten, fielen auf seine Brust, und Sissi schob sie mit einer knappen Geste zur Seite, als sie begann, ihn zu küssen.

Jo schloss die Augen und seufzte unterdrückt auf. Himmel, das hatte er nicht erwartet!

»Und jetzt bin ich dran!« Sissi rollte sich von ihm fort und lag nun auf dem Rücken. Sie streckte die Arme nach ihm aus und zog ihn auf sich. »Los, Jo, ich will noch viel mehr von dir!«

Eine Viertelstunde lang musste sich Jo noch bemühen, dann schlief Sissi ein, so wie er es erhofft hatte. Er wartete noch einen Moment, spielte mit ihrem langen Haar, das wie ein schwarzer Fächer über das Kopfkissen ausgebreitet lag. Sissis Lippen waren leicht geöffnet, die Wangen noch gerötet.

Jo grinste. Es war zwar Berechnung, die ihn in Sissis Arme trieb, doch eine Strafe war es nicht. Im Gegenteil, sie war jung und leidenschaftlich, wusste ihn zu reizen und immer aufs Neue anzustacheln. Kurz beugte er sich über sie und küsste ihre linke Brust, die nur halb von dem dünnen Laken bedeckt war.

Sissi reagierte nicht.

Jetzt wagte es Jo, aufzustehen. Im Halbdunkel des Zimmers tastete er nach seiner Hose und nahm sich nicht die Zeit, mehr anzuziehen. Dann ging er hinaus auf den Flur, sah sich kurz um und betrat dann das Zimmer von Christian.

Der Computer stand auf dem Schreibtisch am Fenster,

halb verdeckt von zwei Schulbüchern, die Jo rasch zur Seite schob. Es gab auch einen Drucker, einen Scanner … perfekt!

Gut eine Stunde benötigte er, um seinen Plan auszuführen. Dann ging er zurück zu Sissi, legte sich neben sie und schlief höchst zufrieden ein.

11

Graue Wolken zogen über den Himmel, der heftige Westwind trieb sie voran und schickte einen Regenschauer nach dem anderen über den See. Die hellen Segelboote, die bei gutem Wetter in großer Zahl übers Wasser glitten, lagen vertäut am Ufer. Nur die Passagierdampfer fuhren ihre festgelegten Routen.

Hannah hatte an diesem unwirtlichen Morgen aufs Rad verzichtet, sie fuhr mit ihrem alten Wagen von Prien hinüber nach Gstadt zur Arbeit. An schönen Tagen war es ein Vergnügen, am Seeufer entlangzuradeln. Der Chiemsee-Rundweg verlockte nicht nur sie dazu, sich sportlich zu betätigen. Auch wenn sie Frühdienst hatte, traf Hannah schon viele Radsportler.

Heute jedoch war kaum jemand unterwegs, die Urlauber zogen es vor, länger zu schlafen und sich dann anderweitig zu beschäftigen. Es gab unendlich viel zu sehen, zu entdecken, zu bestaunen. Kunstfreunde kamen ebenso auf ihre Kosten wie Musikliebhaber oder Sportler.

Als aus einer Nebenstraße ein Krankenwagen heranraste, zuckte Hannah erschreckt zusammen und konzentrierte sich von nun an wieder ganz auf die Straße. Vor dem Hotel parkten nur zwei Wagen, doch der große Parkplatz linker Hand war voll. Gerade fuhr die Blumenhändlerin vor und brachte frische Dekorationsware. Als sie Hannah erkannte, hob sie kurz grüßend die Hand, in der sie einen großen Strauß zartroter Rosen hielt.

Hannah nickte lächelnd. Genau diese Rosensorte hatte sie bestellt. Zusammen mit Rittersporn, weißen Gerbera und zartem Schleierkraut würden die Rosen einen wundervollen Blickfang auf der Empfangstheke in der Halle bieten. Als Stefan sie vor einigen Tagen gebeten hatte, sich um die Dekoration in den Hotelräumen zu kümmern, hatte sie nur zu gern zugestimmt.

Noch bevor sie sich umziehen konnte, kam ein älterer Kollege mit leichtem Grinsen auf sie zu: »Du sollst sofort zum Chef kommen, Hannah.«

Hannah wurde verlegen. »Ist gut, danke.«

Der Hotelier erhob sich sofort hinter seinem Schreibtisch, als sie nach kurzem Anklopfen eintrat, und zog sie an sich. »Guten Morgen, Liebes.«

»Guten Morgen.« Hannah ließ sich küssen, doch schnell schob sie Stefan wieder von sich. »Du, so geht das nicht! Ich muss arbeiten. Und wir hatten vereinbart, dass es für mich keine Extrawürste gibt. Das führt doch nur zu Ärger mit den Kollegen!«

»Ach was. Die freuen sich alle für uns!« Wieder zog er sie an sich. »Außerdem bist du selber schuld, dass ich dich herbitten muss. Wenn du bei mir wohnen würdest, müsste ich dich nicht zu einem Begrüßungskuss in mein Büro zitieren.«

Hannah lachte. »Du bist unmöglich!«

»Nein, ich bin verliebt. Wahnsinnig verliebt!« Wieder

küsste er sie. »Du bist überall: in meinen Gedanken, in meinen Träumen, du steckst in jeder Faser meines Körpers.« Er strich ihr zärtlich übers Haar. »Du hast mich verhext. Ich brauche dich, Hannah. Und deshalb wird heute auch nicht gearbeitet. Wir zwei schwänzen.« Und ehe sie etwas einwenden konnte, fügte er hinzu: »Das ist ein Befehl!«

Hannah bog sich in seinem Arm zurück. »Ich werde wieder kündigen müssen. So eine Tyrannei kann ich nicht ertragen.«

»Wag es nur nicht!« Fest zog er sie an sich. »Komm, ich hab etwas arrangiert für uns.«

»Und Timmy?«

»Der ist heute noch im Kindergarten. Ab übermorgen sind Ferien, dann wird uns der junge Mann hier gehörig auf Trab halten. Deshalb gönn ich mir und dir heute eine lange Auszeit. Also – einverstanden?«

»Was bleibt mir anderes übrig?«

»Dann komm mit.«

»Meine Jacke … es ist kühl draußen.«

»Ja, die wirst du brauchen.« Stefan nahm ihre Hand und führte sie vom Hotel aus gleich hinüber zur Anlegestelle der Schiffe. Doch sie bestiegen keines der Ausflugsboote, sondern gingen ein paar Meter weiter. An einem Privatsteg ganz in der Nähe dümpelte ein blau-weiß gestrichenes, schnittiges Motorboot.

»So, hier ist unser Traumschiff.« Stefan lachte. »Keine Sorge, ein Freund hat es mir geliehen, aber ich hab einen Bootsführerschein und kann damit umgehen. Du kannst dich mir ruhig anvertrauen.«

Hannah griff nach seiner ausgestreckten Hand. »Und wohin entführt mich mein Kapitän?«

»Lass dich überraschen.« Stefan zwinkerte ihr zu, dann startete er den Motor. Eine Weile fuhren sie schweigend in südliche Richtung.

»Weißt du noch – als Schulkinder waren wir jedes Jahr einmal an der Mündung der Tiroler Ache, haben das Naturschutzgebiet erkundet, soweit es gestattet war …«

»… und es schrecklich langweilig gefunden«, fiel ihm Hannah lachend ins Wort. »Aber ich hab diesen Ausflug nur einmal mitgemacht, dann sind wir schon fortgezogen.«

»Dann kann ich dir ja etwas Neues zeigen.« Er wies hinüber zu dem Gebiet am Ufer, wo das Wasser des Flusses sich in einem breiten Delta in den See ergoss. »Von hier aus kann man halbwegs überblicken, wie groß das Einzugsgebiet ist«, sagte er. »Die Ache speist den See zu mehr als sechzig Prozent mit ihrem Wasser. Aber sie bringt auch viel Kies und andere Feinmaterialien mit sich, so dass der See jedes Jahr um fünf bis zehn Meter kleiner wird. Einige Wissenschaftler sprechen sogar von zwanzig Metern.«

»Das klingt nicht sehr viel, aber ich denke schon, dass es beachtlich ist.«

»Auf den ersten Blick scheint es auch nicht viel zu sein. Aber auf Dauer droht eine Versandung.« Er lachte. »Wir werden es allerdings nicht mehr erleben, dass sich das Ufergebiet gravierend verändert. Die Wissenschaftler geben dem See noch eine Lebensdauer von gut 10 000 Jahren. – Da, schau mal!« Er wies in die Luft, wo gerade vier Kormorane über die Baumwipfel schwebten, um gleich darauf im Sturzflug ins Wasser abzutauchen und Beute zu machen.

Langsam fuhr Stefan weiter, hinüber nach Chieming und Seebruck. Es regnete nicht mehr, doch noch immer trieb der Wind dunkle Wolken über den Himmel.

»Eigentlich wollte ich mit dir eine längere Bootsfahrt unternehmen, aber das Wetter spielt nun mal gar nicht mit.« Er legte Hannah den Arm um die Schultern. »Also ziehe ich Programmpunkt Nummer zwei vor, ehe wir noch in einen Sturm kommen.«

»Danach sieht es nicht aus.«

»Das kann man hier am See nie so genau wissen. Wir wollen nichts riskieren. Also biete ich dir gleich Punkt zwei.«

»Und der wäre?«

»Wart's ab, mein Schatz.« Er gab mehr Gas, und das schnittige Boot schoss in rascher Fahrt übers Wasser.

Nicht lange, dann tauchte die Herreninsel vor ihnen auf. Wie hinter einem dünnen Schleier verborgen lag das weitläufige Schloss da, umgeben von dem großen Park mit seinen berühmten Wasserspielen.

Hannah zog die Schultern ein wenig hoch. Ihr war kalt, und sie hatte nicht die geringste Lust auf einen Spaziergang. Doch ein solcher war auch nicht geplant. Kaum war das Boot vertäut, winkte Stefan eine Kutsche heran.

Der junge Mann auf dem Kutschbock lachte Hannah zu, dann griff er hinter sich und hob einen wundervollen Rosenstrauß vom Sitz.

Stefan nahm ihm die Blumen ab und gab sie Hannah. »Für dich.«

»Stefan! Wie wundervoll!« Sie roch an den samtigen Blüten, die einen zarten Duft verströmten.

»Komm, heute haben wir das Museum fast für uns allein. Du wolltest es dir doch mal in Ruhe anschauen, nicht wahr?«

»Das hast du nicht vergessen!«

»Ich vergesse nichts von dem, was du sagst.« Ein rascher Kuss, dann hob er sie in den Wagen.

Hannah lachte. »Meine Güte, ich komm mir vor wie Sissi, die ihren Vetter hier besucht.«

»Vergleich mich nur nicht mit unserem König Ludwig, der war ein zutiefst trauriger Mensch, ich aber bin unendlich glücklich.« Er zog sie noch fester an sich. »Und das ist allein dein Verdienst.«

Hannah schmiegte sich an ihn. »Ich bin auch glücklich mit dir«, gestand sie leise.

»Ich liebe dich.«

Viel zu kurz war die Fahrt, die beiden Braunen blieben dicht vor dem Eingang zum Museum im Königsschloss stehen.

Dort, wo sich normalerweise Menschenmassen drängten, war es an diesem trüben Tag recht ruhig. Ungestört konnten Hannah und Stefan durch die Räume schlendern, sich in Ruhe alles anschauen und dabei die leise im Hintergrund erklingenden Opernmelodien von Richard Wagner genießen.

Als sie das Schlafzimmer des Königs betraten, das einst in Schloss Linderhof gestanden hatte, zog Stefan eine kleine Schachtel aus der Tasche.

»Ich halt's einfach nicht mehr aus«, sagte er. »Eigentlich wollte ich warten, bis wir auf der Rückfahrt sind, aber …« Er nahm Hannahs Hand. »Ich liebe dich, und ich möchte mit dir leben, Hannah.« Er ließ die Schachtel aufschnappen. Auf dunkelblauem Samt glitzerte ein schmaler Ring mit einem herzförmigen Saphir.

Mit einem Ruck zog Hannah ihre Finger zurück. »Nicht«, murmelte sie. »Bitte, Stefan, es ist … ich kann nicht.«

»Aber …« Irritiert sah er sie an.

Hannah biss sich auf die Lippen. »Es ist zu früh«, murmelte sie schließlich. Sie legte die Arme um Stefans Hals und küsste ihn. »Ich liebe, liebe, liebe dich. Aber ich brauche noch Zeit. Bitte versteh.«

Kaum merklich schüttelte Stefan den Kopf. »Wenn du mich doch liebst, warum willst du mich dann nicht heiraten?«

Hannah verschloss ihm den Mund mit einem langen Kuss. »Es ist nicht so leicht, die Vergangenheit zu bewältigen. Wenn du mich liebst, musst du mir noch etwas Zeit lassen.«

Das Herz tat ihr weh, doch sie konnte sich noch nicht so fest binden, wie Stefan es sich wünschte. Er war ein wunderbarer Mann, aber sie selbst war einfach noch nicht bereit, von vorn anzufangen. Die Vergangenheit war noch nicht ganz bewältigt. Immer noch träumte sie nachts von Jo. Sie sah sich in seinen Armen liegen, sah ihn, wie er auf seiner Maschine saß und sie anlachte. Mit diesem leichtsinnigen, aber so betörenden Lachen, dem sie nie hatte widerstehen können.

Manchmal sah sie sich auch in ihrem kleinen Laden in Köln stehen, umgeben von unzähligen roten Rosen. Rosen, auf deren Blütenblättern glitzernde Tautropfen lagen. Tautropfen, die in Wahrheit ihre Tränen waren.

So glücklich sie hier am See auch war – immer wieder gab es diese Nächte, in denen sie von quälenden Alpträumen heimgesucht wurde. Sie sah ihr kleines Haus vor sich, sah es brennen, sah Jo, wie er davorstand, lachte und ein paar Bündel Geldscheine ins Feuer warf. Dann drehte er sich zu ihr um und rief: »Komm mit ins Feuer! Lauf hinein, Hannah, dann wird alles gut.«

Aber das waren Träume, die sie tief in sich verschloss. Niemand durfte davon wissen, vor allem Stefan nicht. Er war so offen und herzlich, doch sie, sie schleppte immer noch viel zu viele Altlasten mit sich herum. Und sie musste noch etliche wichtige Dinge regeln, ehe sie sich ganz auf eine neue Beziehung einlassen konnte.

Als sie sein trauriges Gesicht sah, strich sie ihm kurz über die Wange. »Was immer du jetzt denkst – ich liebe dich.«

»Meine Münzsammlung ist aufgetaucht!« Aufgeregt stürmte Ulli Reimann in die große Wohnküche, wo Hannah und Bastian sich gerade zu einer Vesper zusammengesetzt hatten. Auf dem Tisch stand duftendes dunkles Bauernbrot, dazu zwei Brezeln, auf einem Brett lagen Schinken, Dauerwurst, würziger Käse, ein paar Gurken und Streifen von gelber Paprika.

Seit dem frühen Mittag regnete es Bindfäden, und Ulli wischte sich das nasse Gesicht mit dem Hemdärmel ab.

Bastian legte die Gabel, mit der er sich gerade eine Gurke hatte nehmen wollen, wieder an den Tellerrand.

»Das ist ja irre! Wo denn?«

Kurz sah Ulli ihn an. »Wieso bist du denn schon daheim?«

Bastian zuckte mit den Schultern. »Bei dem Wetter ist doch nichts los, und die wenigen Boote, die jemand mieten will, kann auch der Schorsch ins Wasser lassen. Aber jetzt sag: Wo hat man die Münzen gefunden?«

»Die Polizei in Rosenheim hat einen Hehler festgenommen, der sie wohl gerade gekauft hatte. Der Typ hatte auch zwei Brillantringe und diverses anderes Diebesgut aufgekauft. Und eben einen Teil deiner Münzen.«

»Und – der Dieb?«

»Der ist der Polizei leider durch die Lappen gegangen. Der Hehler kannte ihn angeblich nicht.«

»Mist. Und was jetzt?«

Ulli nahm sich ein Stück Wurst. »Ich muss morgen früh nach Rosenheim und alles identifizieren. Zum Glück wussten alle Dienststellen in Bayern von dem Diebstahl. Die Münzen sind eben höchst selten.«

»Das ist eine wunderbare Nachricht.« Hannah stand auf und ging zur Kaffeemaschine. »Du trinkst doch eine Tasse mit uns?«

»Ich hab das Wartezimmer noch voller Patienten. Wollte nur schnell Bescheid geben.« Ulli nahm sich noch ein Stück Schinken und trank dann aus Bastians Tasse einen Schluck Kaffee. »Bis später. Macht's gut.« Schon war er wieder draußen.

»Jetzt hab ich ihm gar nicht gesagt, dass ich schon nächste Woche umziehe.« Hannah griff nach Bastians Hand. »Danke, dass du mir das Geld für die Handwerker vorgestreckt hast. Es wär mir nicht recht gewesen, wenn ich Stefan darum hätte bitten müssen.« Sie nahm sich noch etwas von dem delikaten Käse, der auf einer der umliegenden Almen hergestellt wurde und köstlich schmeckte. »Ich kann nur hoffen, dass der Immobilienmakler das Grundstück in Köln bald verkaufen kann. Möglichst mitsamt der Ruine.« Sie biss sich auf die Lippen. »Am liebsten würde ich gar nicht mehr dorthin zurückkehren. Es ist ein so trauriger Anblick …«

»Musst du ja auch nicht. Das hat sich doch bisher ganz gut telefonisch und übers Internet regeln lassen.« Er lächelte ihr aufmunternd zu. »Und jetzt helf ich dir, ein paar Sachen vom

Dachboden zu holen. Das schlechte Wetter können wir gut nutzen, um ein paar Kisten zu packen.«

Eine halbe Stunde arbeiteten sie zusammen, dann klingelte Bastians Handy, und eine aufgeregte Stimme rief immer wieder: »Du musst gleich kommen, Basti! Die Elli ist abgesoffen. Ich konnt nix mehr dagegen tun.«

»Und – waren Kunden drauf? Ist da was passiert?«

»Naa, die zwei Buben sind nur nass geworden.«

Hannah, die alles mit anhören konnte, zuckte zusammen. »Wer ist Elli?«

Bastian winkte ab. »Das älteste von meinen Tretbooten. Der Schorsch hat vor Jahren allen Booten Namen aufgepinselt. Und jetzt ist die Elli wohl gekentert.« Er sah sie bedauernd an. »Ich muss los, der Schorsch kriegt das Boot allein nicht mehr an Land gezogen, und den beiden anderen hab ich heute freigegeben.«

»Kein Problem. Ich seh mir noch ein paar von den Sachen droben an.«

Über eine Stunde stöberte Hannah noch auf dem Speicher herum, fand aber nichts mehr, das sie hätte mitnehmen mögen in die neue Wohnung. Aber die Bilder, die sie entdeckt hatte, waren wunderschön! Nur die grauen Rahmen waren scheußlich, die mussten erneuert werden.

Hannah ging in ihr Zimmer und nahm die Bilder noch einmal zur Hand. Die Skizze mit dem Stillleben von Äpfeln und Blumen gefiel ihr sehr gut. Vorsichtig versuchte sie, den Rahmen zu lösen, doch es gelang erst, nachdem sie vorsichtig zwei kleine Nägel entfernt hatte. Und jetzt konnte sie auch die Signatur am unteren rechten Bildrand erkennen – und zuckte zusammen.

»Das kann nicht sein«, murmelte sie, nahm das Blatt und

ging damit zum Fenster. Im helleren Licht war der Schriftzug ganz deutlich zu erkennen. »Münter«, las Hannah, und sie spürte, dass sie vor Erregung leicht zu zittern begann.

Als Nächstes nahm sie die Fotografie des Hauses zur Hand. »Es könnte es wirklich sein«, sagte sie laut vor sich hin, und die eigene Stimme klang ihr plötzlich hohl in den Ohren. »Das Russenhaus … es könnte tatsächlich das Russenhaus sein.«

Schon seit der Schulzeit interessierte sich Hannah für Malerei. Das war wohl ein Erbteil der Großmutter, die schon in der damaligen Zeit gern ins Museum gegangen war und sich an schönen Dingen hatte erfreuen können.

Hannah mochte vor allem die Impressionisten Claude Monet und Max Liebermann. Sie hatte in Köln zwei Kunstdrucke von Degas in ihrem Wohnzimmer hängen gehabt. Die Experimentierfreude dieser Künstler hatte sie stets fasziniert, und sie bewunderte die Maler, die es riskiert hatten, ganz neue Wege zu gehen.

Einer von ihnen, der Russe Wassily Kandinsky, hatte etliche Sommermonate hier in Bayern verbracht. Zusammen mit der Malerin Gabriele Münter, deren Haus auf dem vergilbten Foto abgebildet war.

Aber war es wirklich das sogenannte ›Russenhaus‹? Es stand in Murnau, eingebettet in einen prächtigen Garten, und war heutzutage ein viel besuchtes Museum. Vor allem die von Kandinsky bemalte Treppe und etliche Möbelstücke waren für die Kunstwelt von Bedeutung.

Hannahs Finger zitterten, als sie das dritte Bild aufnahm. Der kobaltblaue Fond beherrschte auf den ersten Blick das ganze Bild. Dann aber traten deutlich sichtbar Kreise und Quadrate hervor. Es waren nur flüchtige, mit Bleistift auf das tiefe Blau gemalte Striche, doch Hannah empfand es als eine sehr faszinierende Komposition.

Sie suchte nach einer Signatur, konnte jedoch nichts finden. Und auch, als sie den Rahmen behutsam auseinandernahm und das ganze Bild vor sich hatte, konnte sie nichts entdecken. Sie drehte die dünne Pappe um – und presste enttäuscht die Lippen aufeinander. Am linken unteren Rand war ein Haus aufgezeichnet. Daneben befanden sich ein paar der blauen Kleckse, mehr nicht.

»Tja, das bringt mich nicht viel weiter«, murmelte sie. Schon wollte sie alles wieder zusammenpacken, aber dann sah sie sich die Skizze des Stilllebens noch einmal an. Hübsch war das Bild, und sie beschloss, es auf jeden Fall neu zu rahmen und aufzuhängen.

Draußen krachte plötzlich ein einzelner Donnerschlag. Sofort kam Ben angerannt und presste sich zitternd an sie.

»Musst keine Angst haben«, murmelte Hannah und streichelte den inzwischen schon ziemlich wuchtigen Kopf des Hundes. »Dir kann gar nichts passieren.«

Ben verstand zwar kein Wort, doch die Frauenstimme klang beruhigend, und der Hund beschloss, es sich erst einmal auf Hannahs Bett gemütlich zu machen.

»Ben – nein!«

Ben hob nur kurz den Kopf und sah sie so treuherzig an, dass sie es einfach nicht fertigbrachte, ihn vom Kissen zu scheuchen. So wird das nie was mit seiner Erziehung, schmunzelte sie und räumte die Bilder wieder zusammen.

Gerade als sie sie wieder in das alte Tuch einschlagen wollte, segelte ein kleiner Zettel wie eine Feder vor ihren Füßen zu Boden. Hannah hob den schmalen Fetzen auf. *Für Gabriele von Wa* – mehr las sie nicht, doch die wenigen

Buchstaben reichten aus, um sie erneut zu elektrisieren. Ob die Bilder doch etwas mit Gabriele Münter und Wassily Kandinsky zu tun hatten?

Normalerweise wäre sie nie an Bastians Computer gegangen, doch sie fand kein Lexikon im Haus, erst recht keinen Kunstband.

»Bastian wird's verstehen«, murmelte sie, während sie im Internet nach dem Wohnhaus Gabriele Münters suchte. Schnell fand sie Bilder vom ›Russenhaus‹ und war nun sicher, dass die alte Fotografie tatsächlich das Gebäude in Murnau zeigte.

Wie im Fieber war Hannah mit einem Mal. Eine Zeichnung der bekannten Malerin hier im alten Haus der Großeltern ... Wie passte das zusammen?

Es dauerte lange, bis Hannah klar denken konnte. Als Bastian spätabends heimkam, müde und durchnässt, wollte sie ihm von dem Fund berichten, doch Bastian winkte ab.

»Sorry, Hannah, aber von Kunst versteh ich nix. Und, ehrlich gesagt, interessiert es mich auch nicht sehr. Mach mit dem alten Kram, was du willst, ich hab für die Kleckse nichts übrig. Außerdem bin ich hundemüde. Wir mussten noch bei einem Kollegen helfen, fünf von dessen Booten drohten abzudriften, einer seiner Helfer hatte sie nicht richtig vertäut.« Er seufzte auf. »Ich sag's ja immer: Am besten macht man alles selbst.«

»Sei nicht so pessimistisch, bei dir ist es doch glimpflich abgegangen, oder?«

»Ja, hast recht. Du, ich geh jetzt erst mal duschen.«

»Ich hab für morgen schon mal Kalbsbraten vorbereitet. Magst du ein Stück essen?«

Ein kleines Lächeln glitt über sein müdes Gesicht. »Das passt immer. Danke.«

In der Nacht träumte Hannah von einem alten Haus, das vollgestopft war mit blauen Bildern in grauen Rahmen. Nichts war auf den Bildern zu erkennen, nur dieses intensive Blau, das, so komprimiert, den Augen beinahe weh tat.

Plötzlich kam ein Mann in dieses Haus, entdeckte Hannah und vertrieb sie mit einem Strauß Narzissen. Als sie sich ducken wollte, tat sich die Erde auf und verschlang den Mann. Zurück blieben bunte Kreise und Rechtecke. Sie lagen auf einer Wiese, auf der nur blaue Blumen blühten.

Dann war plötzlich ein anderer Mann da, er sah die blauen Blumen, entdeckte Hannah in ihrem Erdloch und begann schallend zu lachen. Statt ihr zu helfen, zog er eine Packung Zündhölzer hervor, nahm die bunten Kreise hoch und zündete sie an. Als sie lichterloh brannten, warf er sie mit Schwung in das alte Haus.

Hannah schrie um Hilfe, doch der Mann beugte sich kopfschüttelnd über sie. »Nein. Das mach ich nicht«, lachte er. »Nicht für dich!«

Es war Jo.

Das war der Augenblick, in dem sie wach wurde.

12

Drückende Schwüle lastete über dem Chiemgau. Es war den meisten Touristen viel zu heiß, um Wanderungen zu unternehmen und sich die reizvolle Landschaft anzuschauen. Wer immer es konnte, suchte in den Schwimmbädern oder im See Abkühlung oder blieb im Haus.

In Bastians Bootsverleih herrschte nun wieder Hochbetrieb, und auch Ulli hatte viel zu tun, denn einige der Vierbeiner der Touristen kamen mit dem schwülen Klima ebenso wenig zurecht wie ihre Herrchen und Frauchen.

»Es ist fast schon Tradition, dass beim Reggae-Festival irgendwann mal ein Unwetter die Zuhörer heimsucht.« Stefan Trautberg sah sorgenvoll aus dem Fenster seines Büros. »Es gibt bestimmt bald ein Gewitter. Über den Bergspitzen türmen sich schon die ersten Wolken auf.«

»Das Gewitter bringt dann wenigstens Abkühlung.« Hannah trat kurz hinter ihn und legte für einen Moment den Kopf an seine Schulter. »Hoffen wir, dass dann die Leute draußen auf der Terrasse mit dem Kaffeetrinken fertig sind.«

»Das Geschirr ist schnell abgeräumt, da haben meine Leute schon Routine. Aber das Festival …« Er drehte sich um und zog Hannah an sich. »Ich wollte dich überraschen und nachher mit dir nach Übersee fahren, dann tritt Sista Gracy auf, unsere *Reggae-Queen*. Die musst du dir unbedingt anhören.«

»Reggae am Chiemsee, davon hatte ich noch nie was gehört. Aber im Moment hängen überall Plakate, die auf dieses Event aufmerksam machen. Muss ja irre sein.«

»Das Festival ist eine Institution und inzwischen weit über die Landesgrenzen hinaus bekannt. Im vorigen Jahr haben mehr als 25 000 Zuschauer auf den Wiesen entlang der Tiroler Ache kampiert.«

»Wahnsinn!«

Stefan lachte. »Stimmt. Und es ist ein mitreißendes Erlebnis, das einen wieder jung sein lässt.«

Hannah lachte. »Dann sollten wir unbedingt dorthin fahren, wenn das so ein Jungbrunnen ist.« Sie zwinkerte ihm zu.

»Du, reiz mich nicht!«

»Niemals, Herr Chef.« Lachend entzog sie sich ihm.

Ein paar Stunden später waren sie mitten im Festival-Trubel. Schon seit Stunden spielten die verschiedenen Bands und heizten den Zuschauern ein. Es war nicht leicht, sich einen Platz auf einer der weitläufigen Wiesenflächen zu erobern. Im Umkreis von einigen Kilometern kampierten begeisterte Fans auf dem Gelände, das ihnen die Bauern zur Verfügung gestellt hatten.

In Bühnennähe standen die Menschen dicht beieinander, es war nur gerade so viel Platz, dass man sich zu den heißen Rhythmen bewegen konnte.

Hannah sah sich fasziniert um. Diese brodelnde Stimmung hatte sie nicht erwartet. Alle feierten, tanzten und sangen begeistert mit, und man konnte den Eindruck gewinnen, auf Jamaika statt am Chiemsee zu sein.

»Na, was sagst du?« Stefan Trautberg, lässig in Jeans und einem offenen hellgrünen Hemd, klatschte den Rhythmus mit. Jung und unbeschwert sah er aus, die Augen strahlten, das normalerweise korrekt gescheitelte Haar fiel ihm in die Stirn.

»Toll! Das ist einmalig!«

Hannah war ehrlich begeistert. Als sie angekommen waren, hatte sie sich für einen Moment deplatziert gefühlt. Etliche der Zuschauer trugen die typischen Dreadlocks, aber der größte Anteil des Publikums war gemischt. Junge, Alte … es ging allen einfach darum, der rhythmischen Musik zuzuhören und die einzigartige Atmosphäre mitzuerleben.

Mit zärtlichem Lächeln sah sie Stefan an, der wie verwandelt schien. Unbekümmert tanzte und sang er mit, umarmte und küsste Hannah und lachte: »Hab ich dir zu viel versprochen?«

»Absolut nicht. Es ist wirklich super hier. Nur … einen Teil deines Versprechens musst du später noch erfüllen.«

Er lachte. »Mach ich mit Sicherheit, mein Schatz! Du wirst dich wundern!«

Eine knappe Stunde lang konnten sie die Veranstaltung unbekümmert genießen. Dann rückten von der Kampenwand her dunkle Gewitterwolken näher und näher. Bedrohlich dunkel wurde der Himmel, und vereinzelt zuckten bereits zwischen den Berggipfeln Blitze auf.

Die Zuschauer kümmerte das nicht im Geringsten. Sie bejubelten den nächsten Bühnen-Act und tanzten unbekümmert weiter.

»Wollen wir gehen? Das Unwetter geht sicher gleich los.« Hannah sah skeptisch zu der immer dichter werdenden Wolkenwand hinüber, die sich dem Chiemsee in größter Schnelligkeit näherte. Von ihrem Platz aus konnte sie sehen, dass die Segler ihre Boote in Sicherheit brachten, und auch die Elektro- und Tretboote verschwanden an den sicheren Liegeplätzen.

»Ach was.« Stefan legte von hinten beide Arme um sie und küsste sie aufs Ohrläppchen. »Der Regen gehört inzwischen schon dazu, so wie die Unwetter in den Tropen. Warte mal ab, was passiert, wenn es anfängt zu regnen.«

Hannah schüttelte den Kopf. »Das gibt eine Panik«, meinte sie.

Und kaum hatte sie es ausgesprochen, setzte der Regen auch schon ein – und die Festivalbesucher begrüßten ihn mit lauten Begeisterungsrufen und mit Applaus. So, wie sie jeden neuen Künstler begrüßt hatten. Dass ab jetzt beim Tanzen der Schlamm aufspritzte, kümmerte nicht, es gehörte mit zu diesem Event.

»Das gibt es nur hier bei uns!«, lachte Stefan und küsste Hannah übermütig. »Die Veranstalter versprechen stets ein Fest für alle Sinne – und einige nehmen das eben wörtlich. Ich find's gut. Die Leute feiern hier endlich mal ganz ausgelassen, ohne dass es zu irgendwelchen Ausschreitungen kommt.« Er war mitreißend in seiner Begeisterung, und Hannah ließ sich nur zu gern anstecken.

Nach einer Weile aber wurde es ihnen doch zu kalt.

»Komm mit.« Stefan zog sie an der Hand mit sich durch die weiterhin unbekümmert Feiernden. »Drüben ist die Hütte eines alten Freundes. Da können wir uns unterstellen und das Unwetter abwarten.«

»Und wie kommen wir rein?«

Er zog ein Schlüsselbund aus der Hosentasche. »Der kluge Mann baut vor! Komm, du wolltest doch noch wissen, wie jung man sich auch mit vierzig fühlen kann!«

Sissi spürte seine Lippen auf ihrem Mund, sie fühlte noch seine Wärme neben sich. Doch als sie die Hände nach ihm ausstrecken wollte, wich Jo zurück. »Ich muss los.«

»Aber ... es ist Sonntag! Ich brauch heute nicht zu arbeiten, der Stefan will wohl mit seiner Hannah allein sein.«

Jos Lippen pressten sich zu einem schmalen Strich zusammen. Verdammt, wenn Hannah heute wieder nicht daheim war, ging sein Plan nicht auf! Langsam ließ er sich wieder neben Sissi gleiten. »Darling, ich hab aber zu tun. Mein Geschäftspartner wartet nicht gern.«

»Nur noch eine halbe Stunde.« Sissi beugte sich über ihn. »Ich will dich. Jetzt. Du machst mich so scharf ... Jo, komm zu mir.« Sie küsste ihn. Das lange dunkle Haar fiel wie ein Schleier über sie beide, verbarg, dass sich ihre Lippen tiefer und tiefer bewegten. So lange, bis sie gefunden hatten, was sie suchten.

Jo seufzte auf. Sissi war ein Biest. Sie wusste genau, wie sie ihn rumkriegen konnte. Scharf war sie, das hatte er gleich gespürt. Und sie hatte offensichtlich einiges nachzuholen, denn sie konnte nicht genug kriegen! Mir soll's recht sein, grinste er vor sich hin, griff in Sissis Haarfülle und verschlang die Finger darin.

Im Hof erklang Hufgetrappel, eine dunkle Männerstimme rief etwas, das Jo nicht verstehen konnte. Jemand antwortete, dann klopfte es an die Tür.

»Sissi, wir fahren zum Gottesdienst und anschließend

zum Kunsthandwerkermarkt in Grabenstätt. Kommst du mit?« Das war die Bäuerin.

»Naa … fahrt allein.« Nur kurz hob Sissi den Kopf, sie lachte Jo an und raunte: »Ich hab Besseres zu tun, nicht wahr?«

»Das will ich meinen.« Jo richtete sich auf und setzte sie auf seinen Schoß. »Beten kannst du, wenn du alt und grau bist. Jetzt ist keine Zeit dazu.«

Sissi warf den Kopf in den Nacken. Jo war ein toller Typ, mit ihm machte das Leben Spaß. Probleme schien er nicht zu kennen. Und wenn es welche gab, war Jo ganz offensichtlich in der Lage, sie rasch zu lösen.

Nur eins störte: Er schien kein festes Einkommen zu haben. Mal war er großzügig, dann machte er ihr Geschenke, die im Grunde viel zu wertvoll waren. Doch es war auch schon vorgekommen, dass er nicht mal einen Zwanziger in der Geldbörse gehabt hatte und sie ihm Geld zum Tanken hatte leihen müssen.

So etwas wäre bei Stefan nie vorgekommen! Er war souverän, seriös, zuverlässig. Aber er war auch viel langweiliger als Jo.

Und außerdem hatte er Hannah!

Sissi seufzte auf.

»Hast du noch nicht genug?« Jo richtete sich auf und strich sich das Haar aus der Stirn. Seine Wangen brannten, und Sissi sah fasziniert auf den schwarzroten Adler, der auf seine linke Brust tätowiert war. »Du bist ein schwarzer Teufel, schöne Sissi. Aber ich muss jetzt los.« Schon stand er auf und ging hinüber in das kleine Bad, das sich gleich an Sissis Schlafzimmer anschloss.

Eine Weile blieb Sissi liegen. Durch die nur halb geschlossenen Vorhänge drang das Sonnenlicht. Vom Regen des vergangenen Tages war nichts mehr zu merken. Der Himmel strahlte in Postkartenblau, und die Sonne malte kleine Kringel auf Sissis weinrote Bettwäsche. Es war herrliches Wetter, und Sissi überlegte, wohin sie mit Jo fahren könnte. Es war ein irres Gefühl, hinter ihm auf dem schweren Motorrad zu sitzen, sich an Jo zu lehnen und dennoch etwas vom Fahrtwind zu spüren.

Als das Wasserrauschen im Bad verklang, stand Sissi auf und ging, nackt, wie sie war, hinüber.

Jo stand vor Waschbecken und Spiegel und trocknete sich ab. Als Sissi sich hinter ihn stellte und die Arme um ihn schlingen wollte, wehrte er sie brüsk ab. »Meine Güte, reicht es denn nicht mal?«, herrschte er sie an.

»Aber Jo …«

»Aber Jo, aber Jo«, äffte er sie nach. »Verdammt, Sissi, geh mir nicht auf den Geist. Ich hab einen Termin, und ich bin schon zu spät.«

»Aber Jo …« Sie hatte es noch nicht ganz ausgesprochen, als er sich umdrehte, kurz ausholte und ihr eine Ohrfeige verpasste, dass sie taumelte.

»Du blöde Kuh, verstehst du's jetzt?«

Sissi lehnte an den weißen Kacheln, Blut sickerte aus ihrem linken Mundwinkel, und fassungslos sah sie Jo an. Sie weinte nicht, zu groß war der Schock, das Entsetzen. Es machte sie stumm und regungslos.

Jo ignorierte sie völlig. Er wandte sich ab, ohne ihr einen Blick zu gönnen. Schweigend zog er sich an. Bevor er ging, kontrollierte er, ob in seiner Lederjacke noch der große braune Umschlag steckte, den er gestern in einem Fotogeschäft abgeholt hatte.

Ein hämisches Grinsen spielte um seine Lippen, als er auf seine Maschine stieg.

Als er an Bastian Scheifarts Bootsverleih vorüberkam, drosselte er die Geschwindigkeit für einen Moment und sah sich um. Es herrschte reger Betrieb, viele Touristen wollten auf den See. Sowohl die Tretboote als auch die vier Elektroboote, die Bastian Scheifart vermietete, waren auf dem Wasser. Gerade kam eines der Tretboote näher, und Jo kniff die Augen zusammen, als er sah, dass eine blonde Frau ausstieg. Doch es war nicht Hannah. Von ihr war keine Spur zu entdecken.

Sie ist wahrscheinlich wieder bei ihrem neuen Lover, dachte Jo, und das Blut schoss ihm ins Gesicht. Verdammt, es wurde allerhöchste Zeit, dass er etwas unternahm, ehe er Hannah ganz verlor. Und damit einen schönen Batzen Geld!

Der Motor seiner schweren Harley dröhnte laut auf, als Jo Gas gab und viel zu schnell weiterfuhr.

Erst als er den Ortsrand von Gstadt erreichte, drosselte er die Geschwindigkeit. Hier durfte er nicht auffallen, das hätte seinen Plan gefährdet. Er stellte die Maschine auf dem Parkplatz eines Supermarktes ab und ging den Rest des Weges zu Fuß.

Ein paar Meter vom Hotel *Kastanienhof* entfernt standen zwei Reisebusse, ihre Insassen strömten hinüber zur Schiffsanlegestelle. Einige Touristen gingen hinüber zur Hotelterrasse und genossen dort das herrliche Sommerwetter.

Perfektes Timing, grinste Jo und ging hinüber zum Hoteleingang. Niemand beobachtete ihn, als er den braunen Umschlag aus der Lederjacke holte und ihn in den Briefkasten warf.

»Wenn du meine Stiefmutter wirst, bist du dann immer böse mit mir?«

Hannah zuckte nur kurz zusammen, dann schüttelte sie den Kopf. »Aber nein! Wie kommst du denn auf so etwas?« Sie setzte sich zu Timmy ans Bett.

Der kleine Junge verzog leicht die Lippen. »In den Märchen, die Sissi mir vorgelesen hat, ist die Stiefmutter immer ganz böse.«

Hannah nahm seine Hand. »Du magst mich doch, oder?«

Timmy nickte.

»Siehst du. Und ich mag dich auch. Sehr sogar. Ich hab dich richtig lieb, Timmy. Aber ob ich mal deine Stiefmutter werde, steht noch nicht fest. Dazu müssten dein Papa und ich ja erst mal heiraten.«

»Dann mach das doch! Der Papa ist ganz lieb.« Treuherzig sah er sie an. »Und ich hab dich auch lieb. Viel lieber als die Sissi. Dabei will die meine Mama sein, das hat sie gesagt.«

Hannah zuckte zusammen. »Wann hat sie das gesagt?«

Timmy zog einen Flunsch. »Weiß ich nicht mehr. Aber sie hat mal telefoniert, da hab ich das gehört.« Er drückte seinen Schmuseteddy fester an sich. »Ich will eigentlich gar keine neue Mama. Ich hab doch eine. Aber die ist im Himmel.« Tränen schimmerten plötzlich in seinen Augen. »Du kannst mich doch auch so liebhaben, oder?«

Liebevoll zog Hannah den Jungen an sich. »Natürlich hab ich dich auch so lieb. Ich bin deine Hannah, das genügt doch, oder?«

Ein Lächeln glitt über das braungebrannte kleine Gesicht. »Au ja, das ist geil.« Jetzt grinste er schon wieder frech.

Hannah lachte. »So muss man es nicht gerade sagen«, meinte sie. »Schlaf jetzt. Gute Nacht.«

»Kommt Papa noch?«

»Bestimmt. Er hat nur noch sehr viel im Hotel zu tun. Aber er kommt sicher rüber, sobald er ein bisschen Zeit hat.«

»Dann schlaf ich schon mal vor.« Timmy drehte den Kopf zur Seite, drückte den Teddy fester an sich und war im nächsten Moment auch schon eingeschlafen.

Eine Weile blieb Hannah an seinem Bett sitzen. Timmy war ein lieber kleiner Kerl! Was hatte Sissi ihm da nur von einer bösen Stiefmutter eingeredet?

Hannah überlegte, ob sie mit Stefan darüber sprechen sollte. Nein, lieber nicht, es würde dann sicher neuen Ärger geben, und daran wollte sie nicht schuld sein. Das Verhältnis zu Sissi war immer noch angespannt, und vor allem, wenn Stefan nicht in der Nähe war, gab sich die Haushälterin ausgesprochen unfreundlich. Sie verbarg nicht, dass sie Hannah als Eindringling empfand.

Ich kann's nicht ändern, dachte Hannah, als sie in der Küche aufräumte und Timmys Sachen zusammenlas. Wenn sie auf Dauer ein Problem mit mir hat, wird sie wohl gehen müssen.

Stefan ließ keinen Zweifel daran, dass er an eine gemeinsame Zukunft dachte. Und auch Hannah konnte sich ein Leben an seiner Seite gut vorstellen.

Aber noch brauche ich Zeit, sagte sie sich. Erst wenn ich keine materiellen Sorgen mehr hab, wenn ich nicht den Eindruck erwecke, ich hätte es auf sein Vermögen abgesehen, kann ich mich ganz zu ihm bekennen.

Sie hatte inzwischen ein Maklerbüro in Köln beauftragt, ihr Grundstück und das marode alte Haus zu verkaufen. Die Lage sei nicht schlecht, hatte ihr der Immobilienmakler versichert. Allerdings müsse sie mit leichten Verlusten rechnen, da ja die Brandruine abgetragen werden müsse.

Das war Hannah inzwischen egal. Sie wollte einen Neubeginn. Hier. Am Chiemsee. Mit Stefan und Timmy.

Die Gedanken an eine Zukunft mit den beiden ließ sie lächeln. Und eine Spur von diesem zärtlichen Lächeln war noch auf ihren Lippen, als Stefan Trautberg spät am Abend aus dem Hotel herüberkam.

»Bin ich geschafft!« Mit einem Seufzer ließ er sich in den breiten Ledersessel am Fenster sinken und streckte die Beine weit von sich. »Heute war's mal wieder besonders hektisch.« Er streckte den Arm aus. »Komm her, Liebes.«

Hannah ließ sich lächelnd auf der Sessellehne nieder. »Soll ich dir jetzt die Pantoffeln holen und einen Drink servieren?«

»Wäre ganz nett. Aber fürs Erste begnüge ich mich mit einem Kuss.«

Der dauerte dann wesentlich länger als normal, und auf einmal war von Stefans Müdigkeit nichts mehr zu spüren.

Der Morgen zog schon mit hellem Licht herauf, als Hannah leise aufstand und sich im Bad anzog. Die Nacht war viel zu kurz gewesen, aber wunderschön! Mit Stefan erlebte sie die Liebe neu, es war ein fantastisches Gefühl! Ganz jung fühlte sie sich, wenn er sie liebte und ihr zärtliche, verrückte Liebesworte zuflüsterte.

Nein, es war keine Gelegenheit gewesen, ihm von Sissis kleinen gemeinen Spitzen zu erzählen. Und auch jetzt schwieg sie. Stefan gähnte verhalten, als sie sich noch einmal über ihn beugte und ihn küsste.

»Schlaf weiter«, sagte sie. »Ich muss los, Schatz. Schlaf ruhig weiter.«

»Was machst du?« Er öffnete die Augen nur einen Spaltbreit.

»Ich hab dir doch von den Bildern erzählt, die ich gefunden hab. Ich will heute nach Murnau fahren, da gibt es einen Galeristen, der sich mit den Münter-Werken besonders gut auskennt, hat mir sein Kollege hier aus Prien gesagt. Er war sich ja nicht sicher, ob die Signatur echt ist oder nicht.«

»Hmm ... ja, ich weiß es wieder.« Stefan streckte kurz die Hand nach ihr aus, dann drehte er sich um und schlief weiter.

Hoffentlich erinnert er sich daran, was ich ihm gesagt habe, dachte Hannah, als sie das Haus verließ. Als ich ihm von den drei Bildern erzählt hab, hat er auch nicht richtig reagiert. Es scheint ihn nicht sehr zu interessieren.

Das war einer der wenigen Wermutstropfen in ihrer Beziehung: Stefan interessierte sich nicht für Kunst, das gab er offen zu. Und so sagte ihm auch das Münter-Haus nicht viel, und mit dem Begriff »Blauer Reiter« konnte er auch kaum etwas anfangen.

Hannah akzeptierte das, Stefan hatte so viel zu tun mit dem Hotel und der Erziehung von Klein Timmy, dass er für solche Dinge keinen Sinn hatte. Aus diesem Grund hatte sie ihm auch nur wenig über ihren Fund erzählt und nicht gesagt, welche Konsequenzen es haben könnte, wenn die Bilder tatsächlich echt wären. Sie wollte weder Hoffnungen wecken noch sich lächerlich machen.

Kurz hatte sie auch überlegt, ob sie nicht gemeinsam den Ausflug nach Murnau machen könnten, doch dann hatte Stefan von diversen Schwierigkeiten im Wellnessbereich erzählt und von einem Hoteltester, der sich gerade jetzt, da etliche Probleme aufgetreten waren, angesagt hatte. Hannah hatte es daraufhin gar nicht erst gewagt, ihn zu fragen, ob er sie vielleicht begleiten wolle.

Vielleicht war es auch besser, sie fuhr allein. Wenn der Galerist sie auslachte, musste sie nicht unbedingt Zeugen für diese Blamage haben.

Dünne Nebelfäden zogen über den See, ein zartes Morgenrot erhellte den Himmel im Osten. Drei Enten, die im Vorgarten des Hotels die Nacht verbracht hatten, stoben, erschrocken über die viel zu frühe Störung, auf und brachten sich am Seeufer in Sicherheit.

Noch war kaum jemand unterwegs, nur drei Jogger kamen Hannah entgegen, als sie hinüber zum Parkplatz ging.

Auch in Prien war noch alles ruhig. Ben bellte erfreut, als sie die Haustür aufschloss.

»Hannah, bist du's?« Schlaftrunken beugte sich Ulli übers Treppengeländer im ersten Stock. »Meine Güte, bist du unter die Schlafwandler gegangen?«

»Tut mir leid, ich wollte euch nicht wecken, ich wollte mich nur umziehen, die Bilder holen und dann mit Bastians Wagen losfahren. Das haben wir besprochen«, fügte sie hinzu und streichelte Ben, der immer wieder versuchte, an ihr hochzuspringen. Dann lief er zur Garderobe, wo seine Leine hing, und bellte auffordernd.

»Wenn du dich beliebt machen willst, geh eine Viertelstunde mit Ben raus.« Ulli gähnte ungeniert. »Ich bin total geschafft. Gleich drei Pferde hatten schwere Koliken. Ich war bis vor drei Stunden unterwegs.«

»Natürlich geh ich noch schnell mit Ben. Schlaf weiter.«

»Du sollst schlafen, hat sie gesagt«, grinste Bastian, als Ulli zurück ins Bett kam und sich dicht neben ihn legte.

»Mach ich ja auch. Später.« Ulli grinste. »Im Moment find ich es klasse, dass Hannah mal wieder Hundesitterin spielt.«

»Nicht mehr lange. Sie zieht in fünf Tagen um.«

»Ja, ja, du musst mich nicht immerzu dran erinnern. Ich werd euch schon beim Umzug helfen. Und ich tu's wirklich gern.« Er grinste. »Mich nerven Frauen im Haus, ich steh dazu. Und ich sag auch offen, dass ich es kaum erwarten kann, wieder mit dir allein zu sein.«

»Egoistische Diva«, grinste Bastian. Und ehe Ulli lautstark protestieren konnte, nahm er ihn in den Arm.

Der Spaziergang war viel zu kurz gewesen, fand Ben und machte keinerlei Anstalten, ins Haus zu gehen. Mit schräg gelegtem Kopf sah er Hannah an.

»Ich weiß, das war dir nicht genug.« Lächelnd tätschelte sie ihm den Kopf. »Aber ich muss jetzt los. Schau mich doch nicht so an!« Es war schwer, dem Blick der großen dunklen Hundeaugen zu widerstehen, aber diesmal blieb Hannah energisch. Sie schob den Hund in den Hausflur, nahm ihm das Halsband ab und hängte die Leine auf. Dann ging sie rasch wieder hinaus.

Bastians Wagen stand in der Einfahrt. Gerade als sie den Schlüssel ins Zündschloss stecken wollte, tauchte Jo neben ihr auf und öffnete die Wagentür.

»Hallo, Hannah.«

»Jo!« Für eine Sekunde stockte ihr der Atem. »Was … was soll das? Warum lauerst du mir hier auf?«

Er grinste. »So würde ich das nicht nennen. Ich übe mich in Rücksichtnahme oder Vorsicht – das klingt besser, meinst du nicht auch? Oder willst du, dass ich mich deinem Hotelier vorstelle?« Er streckte die Hand aus. »Wollen wir ein Stück am See entlanggehen? Noch ist es ruhig, wir sind sicher ungestört.« Als sie den Kopf schüttelte, meinte er nur: »Oder du bittest mich ins Haus. Es wäre gar nicht übel, deinen Vetter mal näher kennenzulernen.«

»Jo, was willst du? Sag es und verschwinde wieder.«

»Steig wenigstens aus. Ich hab was für dich.«

»Und das wäre?« Hannah machte keine Anstalten auszusteigen. Im Wagen fühlte sie sich sicherer. Sie sah zu Jo auf. Wie fremd er ihr geworden war! Sie sah sein Gesicht, das sie oft gestreichelt hatte, und bemerkte plötzlich die Falten, die sich von der Nase zum Kinn hin zogen, sie sah die tiefen Ringe unter den Augen, die von einem unsteten, ungesunden Leben zeugten. Und sie sah seinen Blick, der kalt und prüfend war. Wenn er sich auch um ein charmantes Lächeln bemühte, es erreichte seine Augen nicht.

Ich weiß erst jetzt, was wirkliche Liebe ist, dachte sie. Und wie sich wahres, tiefes Glück anfühlt. Stefan schenkt mir dieses Glück. Es ist gepaart mit Sicherheit, Vertrauen, Ehrlichkeit.

»Also, schieß los, ich hab keine Zeit.«

»Wohin soll's denn gehen?« Neugierig sah er auf die große Tasche, die Hannah auf den Rücksitz gelegt hatte. »Gibt's noch einen Lover? Genügt dir der feine Hotelier nicht?« Er lachte bösartig. »Bist von mir eben was besonders Gutes gewöhnt, nicht? Da kann er wahrscheinlich nicht mithalten, dieser Lackaffe.«

Hannah drehte den Zündschlüssel. »Hau ab, Jo.«

»Nein, warte!«

»Ich hab's eilig.«

»Wohin willst du denn so früh?« Neugierig spähte er ins Wageninnere.

»Das geht dich gar nichts an. Also – lass mich fahren.«

»Ich hab was für dich.« Mit wenigen Schritten umrundete er den Wagen und machte Anstalten, sich neben sie zu setzen. Schnell drückte Hannah die Verriegelung nieder.

»Was soll das?« In Jos Augen blitzte es gefährlich auf, nur in der letzten Sekunde konnte er sich beherrschen. Hannah noch mehr zu verärgern war das Letzte, was er sich erlauben konnte. Er kam zurück zu ihrem Wagenfenster und griff in die Innentasche der Lederjacke. »Damit du siehst, dass ich mich geändert hab. Hier.« Er streckte ihr einen braunen Umschlag entgegen.

Skeptisch sah Hannah auf das Kuvert, das schon ein paar Knitterfalten und Fettspuren zeigte.

»Dein Geld.« Er grinste und zuckte verlegen mit den Schultern. »Es ist nicht die volle Summe, aber eine Anzahlung.« Schnell griff er ins Wageninnere und streichelte Hannahs Wange. »Du weißt doch, dass ich dich liebe, meine Süße. Und ich will alles tun, damit du zu mir zurückkommst.« Seine Hand umfasste jetzt fast schmerzhaft fest ihre Schulter. »Hannah, ich liebe dich. Und du liebst mich doch auch! Alles andere ... das, was du hier treibst mit diesem Hotelier ... das ist doch nichts von Bedeutung. Du flüchtest dich in eine Beziehung, weil wir Zoff hatten. Aber das ist doch vorbei. Wir können noch mal ganz von vorn anfangen. Hannah, ich hab jetzt Geld, und es gibt bald noch viel mehr. Ich schwöre, ich werde dich nicht mehr anpumpen. Du kannst dein Haus renovieren, wenn dir so viel daran liegt. Wir gehen nach Köln zurück und ...«

»Du hast sie ja wohl nicht mehr alle!«, fiel Hannah ihm ins Wort.

»Wie redest du mit mir?« Jos Gesicht rötete sich gefährlich.

Hannah drehte den Zündschlüssel. »So, wie du es verdienst. Glaub nicht, dass ich noch einmal auf dich reinfalle, Jo. Mir kannst du von mir aus den Himmel auf Erden versprechen – ich glaub dir kein Wort!« Sie sah kurz auf das Kuvert, das sie neben sich auf den Beifahrersitz gelegt hatte. »Ich will nicht wissen, woher du das Geld hast.«

»Verdient, was denn sonst?«

»Und womit? Mit ehrlicher Arbeit?« Sie schüttelte den Kopf. »Es ist vorbei, Jo. Mir machst du nichts mehr vor. Und mich kannst du auch nicht mehr einlullen. Also versuch's nicht noch einmal.« Sie sah ihn kühl an. »Nimm die Hände vom Wagen.«

Im nächsten Moment gab sie Gas und fuhr los.

Erst als sie außer Sichtweite war, verminderte sie das Tempo. Sie zitterte am ganzen Leib, und ihre Hände umkrampften das Lenkrad so fest, dass die Fingerknöchel weiß hervortraten.

Als sie an einem Supermarkt vorüberkam, fuhr sie auf den Parkplatz, schaltete den Motor aus und legte den Kopf aufs Lenkrad. Tränen liefen ihr übers Gesicht, und sie brauchte eine Weile, ehe sie sich wieder beruhigt hatte. Jo schaffte es auch jetzt noch, sie aus der Fassung zu bringen. Doch es war nur gesunde Wut, die sie zittern ließ. Wut über seine Dreistigkeit, seine Unverfrorenheit, die ihn dazu bewogen hatte, ihr an den Chiemsee nachzufahren.

Was wollte er? Was führte er im Schilde? Dass er ihr das Geld aus Reue oder gar Anstand zurückgegeben hatte, glaubte sie nicht einen Augenblick.

Jo bezweckte etwas mit dieser Aktion. Nur – was?

Sie griff nach dem Kuvert. Etliche Scheine steckten darin – fast dreitausend Euro. Das war nicht mal ein Zehntel der Summe, die er ihr schuldete. Bitter lachte sie auf. »Welches Spiel spielst du jetzt wieder, Jo?«, murmelte sie und knüllte die Scheine zusammen.

13

»Und Sie haben die Bilder tatsächlich auf einem Dachboden entdeckt?« Der weißhaarige alte Herr mit dem gepflegten Vollbart sah Hannah skeptisch an. Immer wieder kam es vor, dass man ihm Hehlerware anbot. Er hatte gelernt, vorsichtig zu sein.

»Ja. Im Haus meiner Großeltern am Chiemsee.«

»Es ist schwierig, etwas Konkretes zu sagen.« Heribert Wegener nahm noch einmal die Lupe zur Hand. Er hatte Hannah, nachdem sie ihm die Bilder gezeigt hatte, in sein Büro im hinteren Bereich der Galerie gebeten. Dort saßen sie jetzt an einem ovalen Tisch, und auf einem grünen Filztuch lagen die drei von Hannah mitgebrachten Bilder. »Bei der Skizze bin ich mir fast sicher, dass sie tatsächlich von Gabriele Münter stammt. Zumindest stimmen alle Maße genau mit dem Originalbild überein, das habe ich als Erstes geprüft. Und auch die Signatur sieht authentisch aus.«

»Und das Foto zeigt das Russenhaus, das konnte selbst ich als Laie nachschauen«, warf Hannah ein. »Man sieht das Haus, das hier in Murnau steht, immer wieder auf Katalogen oder im Internet, sobald man die Malerin oder ihren

Lebensgefährten, Wassily Kandinsky, anklickt. Meinen Sie nicht auch, dass auch dieses Foto dafür spricht, dass es sich bei der Skizze um ein Original handelt?«

Bedächtig nickte der Galerist. »Ja, ich kann Ihnen nur beipflichten – obwohl ich Ihnen dringend raten möchte, nicht allzu euphorisch zu sein. Es kommt leider viel zu häufig vor, dass gerade die Expressionisten kopiert werden. Zur Sicherheit möchte ich noch einen oder zwei Kollegen hinzuziehen. Vor allem, was dieses dritte Bild betrifft, das leider nicht signiert ist.«

»Auf der Rückseite kann man ein großes *M* und *er* entziffern, wenn man mit der Lupe genau hinsieht.«

»Ja, ja, und gerade das ist ja irritierend.« Der Galerist schüttelte den Kopf. »Das passt einfach nicht.«

Hannah nickte. »Ich weiß, und ich mache mir auch keine großen Hoffnungen. Ich würde mir die Bilder allerdings auch aufhängen, wenn sie von einem unbekannten Künstler stammten, denn sie gefallen mir einfach. Und es sind Erinnerungsstücke an meine Großeltern.«

»Recht so.« Heribert Wegener erhob sich. »Wenn Sie einverstanden sind, telefoniere ich mit einem Kollegen aus München. Er ist ein ausgesprochener Kandinsky-Experte und hat schon viele Gutachten verfasst.«

Hannah nickte zustimmend.

»Dann müssten Sie mir die Bilder allerdings anvertrauen.« Er ging zum Schreibtisch und nahm den Telefonhörer auf.

Für ein, zwei Sekunden zögerte Hannah. Sollte sie auf sein Angebot eingehen? Sie kannte Herrn Wegener nicht, doch sein Geschäft war groß, der Galerist wirkte ausgesprochen seriös. Zudem stand ja gar nicht fest, dass sie wirklich zwei echte Kunstwerke besaß, die einen gewissen Wert darstellten.

Der Galerist bemerkte ihr Zögern und lächelte verhalten. »Ich werde Ihnen eine Quittung ausstellen. Und wenn Sie mögen, können Sie sich gern über mich erkundigen.«

Hannah wurde verlegen. »Nein, nein, das ist nicht notwendig. Ich vertraue Ihnen.«

»Gut. Ich schreibe Ihnen dennoch eine Quittung. Und das Foto nehmen Sie wieder mit, ja?«

»Ja. Und – danke für Ihre Mühe.«

»Es ist keine Mühe. Im Gegenteil, sollte sich wirklich herausstellen, dass Sie einen echten Kandinsky entdeckt haben – auch wenn er nicht signiert ist –, dann bin ich stolz, ein wenig dazu beigetragen zu haben.« Er reichte ihr die Hand. »Schauen Sie sich noch das Münter-Haus an, ehe Sie nach Hause fahren?«

Hannah nickte. »Sicher. Ich hab mir für heute freigenommen und noch ein paar Stunden Zeit. Am liebsten würde ich auch zur Zugspitze hochfahren, aber dazu reicht die Zeit nicht.«

»Dann schauen Sie sich unseren schönen Berg wenigstens in Ruhe von hier unten an.« Er wies hinüber zum Wettersteingebirge, das sich im Sonnenschein in ganz besonderer Schönheit präsentierte.

»Das mache ich. Danke nochmals.«

Die Kottmüllerallee, in der das sogenannte »Russenhaus« stand, war schnell gefunden. Zunächst bewunderte Hannah den herrlich blühenden Garten und schlenderte durch die Beete, die in perfekter Farbharmonie angelegt waren. Dann endlich wurde das Museum geöffnet und sie hatte Gelegenheit, ins Innere des Hauses zu gehen.

So wie alle anderen Besucher bestaunte sie die von Kandinsky bemalte Treppe und die diversen Möbelstücke, die der berühmte Maler verschönert hatte.

Es war schon später Nachmittag, als sie die Heimfahrt antrat. Auf den Straßen herrschte reger Verkehr, etliche Bauern brachten schon das Korn ein, und auch die Zwetschgenernte war in vollem Gang, wie sie sehen konnte, als sie von der Autobahn abbog und den Rest der Strecke über Land fuhr. Leise schnurrte der Motor, und aus dem Radio klang Musik.

Sobald ich das Grundstück in Köln verkauft habe, werde ich mir einen Kleinwagen zulegen, sinnierte Hannah. Ich muss unabhängiger werden, zu oft sollte ich Bastians Gutmütigkeit nicht in Anspruch nehmen. Es wäre wahrscheinlich besser gewesen, ich hätte mich gleich nach dem Brand von allem getrennt, dann hätte ich mir einige Sorgen erspart.

Doch es war müßig, darüber noch nachzugrübeln. Zu vieles war auf sie eingestürmt nach der Trennung von Jo. Wie immer, wenn sie an ihn dachte, beschleunigte sich ihr Puls, und sie musste sich zwingen, ruhiger zu atmen.

Die Straße wurde schmaler, kurviger. Tief stand die Sonne im Westen, und einige der Autos, die ihr entgegenkamen, hatten die Sonnenblende herabgeklappt.

Etwa dreißig Kilometer von Prien entfernt geschah es: Ein chromglänzendes Milchfahrzeug kam viel zu schnell aus einer Nebenstraße und raste fast ungebremst auf die vier Autos zu, die sich gerade auf der Landstraße befanden.

»Nein!« Hannah schrie auf, sie riss das Steuer herum und versuchte auszuweichen. Auch der Fahrer des kleinen grünen Zweisitzers vor ihr scherte aus, doch zu spät – der Milchwagen erfasste ihn, schleuderte ihn wie einen grünen Ball durch die Luft.

Hannah biss sich die Lippen blutig, in letzter Sekunde gelang ihr ein Ausweichmanöver. Ihr Wagen neigte sich nach links, Gras und Geäst spritzten auf. Blech knirschte, und das Glas der Fahrertür splitterte, als der Wagen im Graben landete.

Hannah spürte nur noch einen dumpfen Schlag, der Airbag platzte auf – dann wurde es dunkel um sie.

Die Bestellungen für den nächsten Tag waren fertig, mit dem Bierlieferanten hatte er gerade telefoniert, das Problem mit der defekten Eismaschine konnte gelöst werden, und auch die Buchungsbestätigungen für die nächsten Wochen und Monate waren rechtzeitig erfolgt. Stefan ließ es sich nicht nehmen, langjährigen Gästen zu der Bestätigung ein paar persönliche Worte zu schreiben.

Ein wenig müde strich er sich über die Stirn, trank einen Schluck Kaffee und griff nach dem Korb mit der Eingangspost, die schon früh am Morgen gekommen war. Die Schreiben, die allein das Hotel betrafen, waren schon aussortiert worden und wurden von zwei Angestellten bearbeitet.

Gerade wollte er den ersten Brief öffnen, als es kurz klopfte und Sissi hereinkam.

»Möchtest du heute Mittag mit Timmy und mir essen?«, fragte sie. »Ich hab Kalbsgeschnetzeltes gemacht, das mag Timmy besonders gern. Hinterher gibt's Pfirsichkompott und Vanillesauce.«

Stefan sah kurz auf. Sissi trug ein schlichtes rotes Dirndl, das Haar hatte sie wieder zu der dicken Zopfkrone aufgesteckt, die an die Frisur der österreichischen Kaiserin erinnerte. »Dank dir, Sissi, aber ich werd's wohl nicht schaffen. Ich lass mir eine Kleinigkeit aus der Hotelküche bringen.«

»Schade.«

»Tut mir auch leid.« Er nahm den Brief und schlitzte ihn auf. »Ich hab dir doch so oft gesagt, dass du dir nicht so viel Arbeit mit dem Kochen machen sollst. Wir können ohne weiteres das Personalessen mitessen, das ist sehr gut. Oder es gibt eine andere Kleinigkeit.«

»Ich mach's aber gern für euch.« Sissi drehte sich um. »Aber ganz wie du willst.«

Stefan ersparte sich eine Antwort. Er merkte genau, dass Sissi alles versuchte, um auf sich aufmerksam zu machen. Natürlich bemerkte er das, doch er reagierte nicht, um sie nicht doch noch zu ermutigen. Sissi musste begreifen, dass sie ihn als Frau nicht interessierte, dass sein Herz Hannah gehörte. Wenn sie damit auf Dauer nicht zurechtkam, musste sie sich eine neue Stellung suchen.

Er widmete sich erneut der Post, sortierte ein paar Rechnungen aus und legte die zwei ganz privaten Schreiben von Freunden aus London und Mailand zur Seite.

Den braunen Umschlag, der keinen Absender trug, nahm er ganz zuletzt in die Hand. Im Grunde widerstrebte es ihm, anonyme Post überhaupt zur Kenntnis zu nehmen. Zögernd nur schlitzte er den Umschlag auf.

Einige Fotos fielen heraus.

Fotos von Hannah. Hannah, die einen Mann in Lederkluft anlachte. Hannah, die auf dem Beifahrersitz eines Motorrads saß und den Fahrer von hinten umarmte. Hannah, die diesen Mann küsste. Hannah auf einer Parkbank am See, neben sich einen Rosenstrauß. Und Hannah halb nackt im Bett … der dunkelhaarige Mann stand an einem Fenster und sah lächelnd auf sie herab. Man sah ihr Gesicht nicht, doch das blonde Haar fiel ihr in weichen Wellen bis auf den Rücken. Neben ihr auf dem Bett lagen schwarze Dessous.

Stefan seufzte auf. Es war ein dumpfes, qualvolles Stöhnen, das all den Schmerz, den er empfand, ausdrückte.

Wieder und wieder nahm er die Fotos zur Hand, starrte sie an, als könne er nicht glauben, was er vor sich sah. Aber die Bilder blieben, brannten sich in seine Netzhaut ein.

»Nein, nein, nein!« Er nahm das Bild der halbnackten Hannah und zerriss es in kleine Fetzen. Zwei weitere Fotos folgten.

Als es klopfte und Ricarda, eine der Azubis aus dem Restaurant, etwas fragen wollte, fauchte er nur: »Raus!« Verschreckt zog sich das Mädchen zurück.

Über ihr ein graublauer Himmel, über den sich kleine weiße Wolken mit rotem Rand zogen. Hannah wollte sich bewegen, doch da war jemand, der sie sanft, aber energisch davon abhielt.

»Ganz ruhig liegen bleiben. Sie sollten sich nicht bewegen, bevor der Arzt Sie nicht untersucht hat.«

»Was … was ist denn passiert?« Nur leicht drehte sie den Kopf und stöhnte unterdrückt auf. Nur ein paar Meter von ihr entfernt lag Bastians Wagen – beziehungsweise das, was von ihm übrig war. Er lag auf dem Dach, die Räder drehten sich in der Luft. Dahinter lag ein grüner Blechhaufen, als der Sportwagen, der eine Weile vor ihr hergefahren war, kaum noch zu erkennen.

Hannah spürte, wie Brechreiz in ihr hochstieg. Als sie

den Kopf hob und sich zur Seite drehen wollte, schwanden ihr erneut die Sinne.

Ein fremdes Bett. Eine hellgrün gestrichene Wand mit einem Blumenbild genau in der Mitte. Davor ein Tisch, zwei Stühle … langsam glitt ihr Blick weiter, hin zum hohen Fenster, das eine ganze Wandbreite einnahm.

Irgendetwas neben ihr machte ein leises, monotones Geräusch, das sie nervös machte. Sie wollte die linke Hand heben und das, was da so störte, verscheuchen, doch es ging nicht, irgendetwas hielt ihren Arm auf der Bettdecke fest.

Es dauerte ein paar Sekunden, bis Hannah registrierte, dass es ein Infusionsständer war, der neben ihrem Bett stand. Und eine Flüssigkeit tropfte langsam, aber stetig in ihre Armvene.

»Was ist passiert? Wo bin ich?« Sie stellte die Fragen, die fast alle Unfallpatienten stellen, wenn sie aus einer Ohnmacht erwachen.

»In der Klinik. Sie hatten einen Unfall.« Die Frau im Nebenbett stand vorsichtig auf und kam zu ihr. »Hallo, ich bin Iris Hallhuber. Wie geht's Ihnen?«

Hannah zögerte. Wie ging es ihr? »Keine Ahnung«, antwortete sie wahrheitsgemäß. »Mir ist … irgendwie komisch.«

»Kein Wunder. Der Doktor sagt, Sie hätten eine schwere Gehirnerschütterung. Außerdem ist Ihr Schlüsselbein angebrochen, hab ich eben mitgekriegt. Sie sollten still liegen bleiben. Ich rufe jetzt erst mal eine Schwester.«

»Danke.« Hannah empfand es als ausgesprochen mühsam, mehr zu sagen. Auch das Denken fiel ihr schwer, in ihrem Kopf herrschte ein dumpfes Dröhnen, das es schier unmöglich machte, einen klaren Gedanken zu fassen.

Erst als eine Schwester an ihr Bett trat, routinemäßig ihren Puls fühlte und die Tropfenfolge der Infusion etwas höher stellte, war sie in der Lage zu fragen: »In welcher Klinik bin ich?«

»In den Städtischen Kliniken von Prien.« Die Pflegerin, knapp dreißig Jahre alt, dunkelhaarig und zierlich, lächelte aufmunternd. »Machen Sie sich keine Sorgen, es ist Ihnen nicht allzu viel passiert. In ein paar Tagen können Sie bestimmt schon wieder nach Hause.«

»Der Wagen ... da war ein großer Wagen ...« Hannah überlegte krampfhaft, was geschehen war, doch genau konnte sie sich an den Unfallhergang nicht mehr erinnern. Es war, als hätte jemand einen Teil ihres Gedächtnisses blockiert.

»Strengen Sie sich nicht an, das bekommt Ihnen nicht.« Die Schwester drückte kurz ihre Hand. »Sie hatten mit Ihrem Auto einen Zusammenstoß mit einem Milchwagen. Der Fahrer des Milchwagens hat, soweit ich weiß, einen Herzinfarkt erlitten und deshalb die Kontrolle über das Fahrzeug verloren. Aber Näheres werden Sie bestimmt später von der Polizei erfahren. Schlafen Sie jetzt noch ein bisschen, in einer Stunde kommt ein Arzt und schaut nach Ihnen.«

Die junge Schwester war schon wieder an der Tür, als ihr noch etwas einfiel. »Ihren Namen ... wir haben mit dem Rettungswagen weder Ihre Handtasche noch irgendwelche Ausweise mitbekommen und wissen gar nicht, wie Sie heißen.«

Hannah runzelte die Stirn. »Ich ... ich kann mich nicht erinnern ...« Panik glomm in ihren Augen auf. »Ich weiß es nicht!«

Die Schwester kam zurück und drückte beruhigend ihren Arm. »Das ist kein Problem, das passiert Patienten mit einer Gehirnerschütterung oft. Aber keine Sorge, Ihre Erinnerung kommt bald wieder. Ganz sicher.«

Hannah nickte, eine Bewegung, die in ihrem Kopf gleich ein schmerzhaftes Feuerwerk auslöste. Sie stöhnte auf.

»Ruhig. Ganz ruhig liegen bleiben, gleich kommt Frau Doktor Riehler und schaut nach Ihnen. Sie kann auch entscheiden, ob Sie noch stärkere Schmerzmittel bekommen dürfen.«

»Ja, danke«, sagte Hannah leise, dann fielen ihr die Augen wieder zu.

»Verdammt noch mal, Sissi, wer ist der Kerl, den du mit hierhergeschleppt hast? Was weißt du von ihm?« Wütend sah der Riederer-Bauer seine Schwester an.

»Jo ist ein Freund. Er und ich … na ja, vielleicht wird das was.« Trotzig presste Sissi die Lippen aufeinander. »Was dagegen?«

»Im Grunde gar nix. Es ist sowieso illusorisch, auf den Stefan zu hoffen. Der interessiert sich nicht für dich, für den bist du eine gute Haushälterin, weiter nix.«

»Deshalb hab ich mich ja auch mit dem Jo eingelassen. Er sagt, er liebt mich. Das ist doch was, oder?« Sie sah ihren Bruder nicht an, der am großen Küchentisch saß und nervös mit seiner Serviette spielte. Seine Frau stand am Spültisch, Christian war schon aufgestanden und in sein Zimmer gegangen. Es war Sonntagnachmittag, und wie immer, wenn sie nicht arbeiten musste, aß Sissi mit der Familie des Bruders zu Mittag.

Draußen hörte man das Wiehern eines Pferdes, ein zweites antwortete.

»Das wäre okay, wenn nicht plötzlich Geld fehlen

würde. Und der Maria ihr Silberschmuck, den sie von ihrer Tante Anni geerbt hat, ist auch nicht mehr da.«

»Was hab denn ich damit zu tun?«

»Du nix. Aber vielleicht dieser Jo.«

Sissis Wangen röteten sich. »Du bist gemein«, schluchzte sie auf. »Das sagst du nur, weil du mir mein Glück nicht gönnst.«

»Spinn net so«, kam es vom Spültisch her. Maria Riederer, die bislang nichts gesagt hatte, trat hinter Sissi und legte ihr die Hand auf die Schulter. »Glaub mir, Sissi, der Kerl taugt nix«, sagte sie. »Er hat ungute Augen. Außerdem … ich hab ihn erwischt, als er im Büro stand. Er meinte, er hätte nur nach einem Telefonbuch gesucht.«

Heftig schüttelte Sissi den Kopf. »Jo ist grundehrlich, glaubt mir. Außerdem braucht er net zu stehlen. Er hat einen tollen Job, deshalb ist er ja auch schon seit vorgestern unterwegs. Wenn das alles klappt, dann ist er für lange Zeit saniert, das hat er mir selbst gesagt.«

»Also ist er jetzt noch ziemlich klamm«, konstatierte der Bauer.

»Und er traut sich vielleicht nimmer her, weil ich ihn erwischt hab«, murmelte die Bäuerin. Sie sah Sissi forschend an. »Hat er dich mal um Geld angepumpt?«

»Nein!«, log Sissi.

»Es fehlen uns mehr als fünfhundert Euro.« Matthias Riederer stand auf und ging zur Tür. »Das ist kein Pappenstiel, Sissi. Und deshalb: Wenn dieser Jo noch mal hier auftaucht, dann nimm ihn gleich mit zu dir rüber. Bei uns hat er nix verloren, ich will ihn hier nimmer sehn.«

»Mach ich. Und vielleicht geh ich ja gleich mit ihm. Dann seid ihr mich auch los.«

Ihr Bruder schüttelte den Kopf. »Der Kerl hat dir nicht nur den Kopf verdreht, der hat dir den Verstand geraubt.«

Sissi gab keine Antwort. Wütend stand sie vom sonntäglichen Mittagstisch auf und ging hinüber in ihre eigenen Zimmer. Dort warf sie sich schluchzend aufs Bett.

Alles lief schief! Stefan war total verliebt in Hannah, die immer häufiger bei ihm übernachtete. Ich weiß gar nicht, warum die sich noch eine eigene Wohnung einrichtet, sinnierte Sissi. Soll sie doch von einem warmen Nest gleich ins nächste ziehen! Stefan kann's doch kaum erwarten, sie für immer bei sich zu haben. Und auch Timmy redet immer häufiger von ihr! Dabei hatte Sissy wirklich alles getan, um ein möglichst schwarzes Bild von der bösen Stiefmutter zu malen. Vergeblich.

Wütend schlug Sissy auf ihre Bettdecke. Das Leben war so ungerecht! Hannah war älter als sie selbst, und dennoch hatte sich Stefan gleich in sie verliebt.

Ihr Blick ging zu dem Foto, das Stefan vor seinem Hotel zeigte und das sie in einem kleinen Silberrahmen neben dem Bett stehen hatte. Seit Jo unterwegs war, hatte sie das Bild wieder aufgestellt. Es war so vertraut. Seit beinahe zwei Jahren stand es da, immer wieder schaute sie es an und träumte von einem Leben mit diesem Mann …

Jetzt erst kam ihr in den Sinn, dass sie von Jo gar nichts Persönliches besaß. Und dass sie kaum etwas von ihm wusste. Er kam aus dem Rheinland, das hatte er ganz nebenbei mal erwähnt. Er machte bundesweit Geschäfte und hatte hier in Bayern etliche Freunde, die er besuchte und mit denen er auch in geschäftlichen Kontakten stand. Das zumindest hatte er ihr erzählt. Aber – was arbeitete er konkret? Womit verdiente er sein Geld? Und wer waren diese

Freunde? Sissi hatte einmal gefragt, ob er sie nicht mitnehmen könnte zu einem Treffen mit einem Geschäftspartner, der angeblich in Rosenheim wohnte. Schroff hatte Jo abgelehnt.

Sissi begann leise zu schluchzen. Jo konnte manchmal recht brutal sein. Wenn ihm etwas nicht passte, geriet er in Rage, und schon zweimal hatte Sissi zu spüren bekommen, dass es besser war, ihn nicht zu reizen.

Er ist im Stress, er macht sich Sorgen wegen der Geschäfte, die wohl nicht so laufen, wie er es sich vorgestellt hat. An und für sich ist er doch ein toller Typ. Und wirklich schlecht geht es ihm nicht, sonst hätte er mir nicht das Armband und vor einigen Tagen auch den dazu passenden Ring geschenkt, redete sie sich gut zu.

Aber – wo war er jetzt? Und wo war das Geld, das ihrem Bruder plötzlich fehlte?

Noch einmal versuchte sie ihn anzurufen – nicht mal die Mailbox war eingeschaltet. Jo war nicht zu erreichen.

Sissi fühlte sich hundeelend.

Bastians Verzweiflung wuchs von Stunde zu Stunde. Wo war Hannah? Gestern war sie nach Murnau gefahren, seither hatten sie nichts mehr von ihr gehört. An ihr Handy ging sie nicht, und auch sein Wagen war verschwunden.

»Es ist ihr etwas passiert. Ich rufe jetzt bei der Polizei an.«

»Warte lieber noch. Hannah ist erwachsen, sie kann sich doch ruhig mal eine Auszeit nehmen.« Ulli streichelte Ben, der neben ihm auf dem Sofa lag, den schweren Kopf auf seinen Knien. Der Berner Sennhund verteilte seine Liebe inzwischen gerecht auf beide Herrchen, und Ulli wollte ihn inzwischen auch nicht mehr missen.

»Unsinn! Sie würde nie so lange wegbleiben, ohne Bescheid zu geben. Ich hab bei Stefan Trautberg angerufen, der weiß auch nicht, wo sie ist.« Nervös ging Bastian zum Fenster und schaute in die beginnende Dämmerung hinaus. »Komisch war der«, sinnierte er. »Richtig barsch hat er mich abgefertigt. So, als sei es ihm völlig egal, was mit Hannah ist.«

»Die beiden hatten sicher Streit, das soll auch bei frisch Verliebten vorkommen.«

»Aber sie ist verschwunden!« Bastian griff zum tragbaren Telefon, das auf dem Esstisch lag. Vorgestern noch hatte Hannah einen hellblauen Tonkrug mit den ersten Dahlien, Margeriten und Zinnien in die Mitte gestellt. Gerade als er die Nummer der Polizei wählen wollte, klingelte das Telefon und Klaus Burgstaller meldete sich.

»Hallo, Bastian, ich bin's«, sagte er. »Ich rufe an, um euch zu sagen, dass Hannah in der Klinik liegt. Sie hatte einen Unfall.«

Mit zitternden Knien ließ sich Bastian auf einen Stuhl sinken. »Ich hab's gewusst«, murmelte er.

»Sie ist verletzt, aber nicht lebensgefährlich. Ich hab gedacht, ich sag's euch lieber selber.«

»Ja, ja, danke.« Bastian biss sich auf die Lippen. »Warum erst jetzt?«, fragte er dann.

»Wir haben ihre Papiere erst vor anderthalb Stunden bekommen. Ihre Handtasche wurde versehentlich einem der anderen Unfallopfer mitgegeben. Und deshalb ...« Er brach ab, am Telefon wollte er nicht erklären, dass in dem Sportwagen, der vor Hannah hergefahren war, ein junges Pärchen gesessen hatte. Der Fahrer war tot, seine Beifahrerin ebenfalls. Irrtümlich hatte man angenommen, die Handtasche gehöre dieser jungen Frau, und hatte sie mit zum Beerdigungsinstitut gegeben. Der Irrtum war erst am Morgen aufgefallen, als alle Unfallspuren zusammengetragen worden waren und ein Mitarbeiter des Bestattungshauses die Handtasche nach Personalpapieren durchgesehen hatte. Erst als er das Foto auf dem Personalausweis mit dem Gesicht der Toten verglich, wurde klar, dass eine Verwechslung vorlag.

»Wo ist Hannah?«

»In der Städtischen Klinik.« Klaus zögerte einen Moment, dann sagte er: »Wusstest du, dass sie mit viel Geld unterwegs war? In ihrer Handtasche sind einige Tausender gefunden worden.«

»Nein, keine Ahnung. Aber das ist doch auch nicht wichtig.« Bastian stand auf. »Ich fahre gleich los. Danke, Klaus.«

»Dafür nicht.« Klaus räusperte sich. »Ich komme auch in die Klinik. Vielleicht ist Hannah schon ansprechbar, sie muss eine Aussage zum Unfallhergang machen.«

Eine knappe halbe Stunde später trafen sich die beiden Männer in der Klinik.

»Ich möchte meine Kusine sehen«, bat Bastian.

»Und ich muss ihr ein paar Fragen stellen«, fügte Klaus hinzu.

»Nein, tut mir leid, die Patientin braucht absolute Ruhe. Sie können nicht zu ihr.« Entschieden schüttelte der Stationsarzt den Kopf. »Eben hat unsere Oberärztin eine umfangreiche Untersuchung vorgenommen und angeordnet, dass Frau Scheifart auf Intensiv gelegt wird.«

Bastian zuckte zusammen. »Warum das denn?«

Der Stationsarzt zuckte bedauernd mit den Schultern. »Tut mir leid, das kann ich Ihnen nicht sagen.«

»Aber ich bin ihr einziger Verwandter!«, stieß Bastian erregt hervor. »Ich habe ein Recht darauf, informiert zu werden!«

»Und ich brauche dringend ein paar Angaben fürs Protokoll«, fügte der Polizeibeamte hinzu.

»Das ist schon mal ganz unmöglich. Eine Vernehmung kommt nicht in Frage.«

Klaus Burgstaller schüttelte den Kopf. »Ich will sie ja auch nicht vernehmen. Aber sie kann sicher wichtige Angaben machen. Und ich habe ihre Tasche hier.« Er wies auf eine große braune Umhängetasche.

»Nein. Auf keinen Fall!« Der Arzt ließ keine weitere Diskussion zu. »Die Tasche können Sie mir geben, ich nehme sie in Verwahrung. Auf der Intensivstation kann die Patientin damit sowieso nichts anfangen.«

Er gestattete Bastian dann doch einen kurzen Blick auf Hannah, die in einer Kabine auf der Intensivstation lag, angeschlossen an leise zischende Instrumente, die ihre Lebensfunktionen überwachten.

»Was ist denn mit ihr? Warum muss sie hier liegen?«

Eine schlanke Ärztin mit kurzen schwarzen Haaren trat neben ihn. »Ich bin Dr. Riehler«, stellte sie sich vor, »die leitende Oberärztin. Leider hat sich bei der Patientin ein Blutgerinnsel unter der Schädeldecke gebildet«, erklärte sie. »Die äußere Verletzung ist so gering, dass wir ihr zunächst keine Bedeutung beigemessen haben. Frau Scheifart hat eine Gehirnerschütterung, das war sofort klar. Und ein angebrochenes Schlüsselbein. Das jedoch ist nebensächlich, davon wird sie in zwei Wochen kaum noch etwas spüren.«

»Aber das Blutgerinnsel ist gefährlich, nicht wahr?«

»Ja. Wir haben entsprechende Medikamente verabreicht. Wenn sie nicht kurzfristig greifen, müssen wir operieren.«

»Ich verstehe«, murmelte Bastian. Er sah zu Hannah hin, die still und blass in den Kissen lag. Ihre Atmung war ganz flach, es war kaum zu sehen, dass sich ihr Brustkorb bewegte.

»Sie sind zwar kein naher Angehöriger, doch ich möchte Sie trotzdem um Ihr Einverständnis zu einer eventuellen Operation bitten.«

Bastian zögerte. »Sie machen ihr dann den Kopf auf, nicht wahr?«

»Nur bedingt. Es handelt sich ja nur um ein recht kleines Gerinnsel, das sich vielleicht sogar durch die Medikamente von allein auflöst. Wenn nicht, greift die Kathetermethode. Das ist recht unblutig.«

Bastian sah die Ärztin an. »Ich vertraue Ihnen. Tun Sie, was getan werden muss.« Er schluckte schwer. »Sie hat einen Freund«, sagte er nach einer Weile. »Sie war so glücklich mit ihm …«

»Das kann sie bald wieder sein«, meinte Dr. Riehler. »Ist dieser Mann denn schon informiert?«

Bastian zuckte mit den Schultern. »Keine Ahnung. Wahrscheinlich nicht. Wir haben bis eben ja auch nicht gewusst, wo sie ist. Ich rufe ihn gleich an.«

»Tun Sie das.« Die Ärztin wollte schon zum nächsten Bett gehen, als ihr noch etwas einfiel. »Ach ja, wissen Sie zufällig, wer Münter ist? Der Bekannte Ihrer Kusine vielleicht?«

Bastian schüttelte den Kopf. »Nein, der heißt Trautberg. Münter …« Er dachte kurz nach. »Das Bild«, murmelte er dann. »Hannah hat auf unserem Dachboden ein Bild gefunden und vermutet, es wäre von einer bekannten Malerin. Deshalb war sie auch in Murnau.«

»Gabriele Münter.« Die Ärztin nickte. »Jetzt versteh ich, warum sie immer den Namen murmelt und nach ihrer Tasche fragt.«

»Schauen wir doch mal nach.« Bastian sah den jüngeren Arzt auffordernd an.

»Gut, aber bitte draußen.«

Die drei verließen die Intensivstation. In dem kleinen Warteraum, in dem nur zwei Tische und sechs hellgraue Plastikstühle standen, reichte der Arzt Bastian die Tasche.

»Schauen Sie nach.«

Bastian zögerte kurz, dann kam er der Aufforderung nach. »Da ist kein Bild«, stellte er fest. »Nur dieses Foto.« Er drehte das alte Foto, das Hannah in eine Klarsichthülle gesteckt hatte, hin und her. »Das ist das Münterhaus in Murnau«, meinte er dann. »Ich war vor Jahren mal dort.«

»Stimmt.« Dr. Riehler nickte. »Dann hat sie wohl dieses Foto gemeint.«

Auf der Intensivstation gab es Alarm, der schrille Ton war bis hierher zu hören.

Die Ärztin sprang auf. »Ich muss wieder hinein.« Noch bevor sie die Tür erreicht hatte, öffnete eine Schwester von innen die Milchglastür.

»Schnell, Frau Doktor. Die Patientin Scheifart kollabiert!«

14

Wie eine undurchdringliche graue Nebelwand hing der Zigarettenqualm in der Luft und brannte in den Augen.

Die vier Männer am Tisch störte das nicht, angespannt sahen sie auf die Karten, die sie in den Händen hielten. Zwei weitere Männer hielten sich im hinteren Teil des Zimmers auf, der im Halbdunkel lag. Der ältere von ihnen, schwarz gekleidet und mit Glatze, kaute nervös auf einem Zahnstocher herum, während der zweite Mann immer wieder einen Schluck aus seiner Bierflasche nahm.

»Was ist, Jo, gehst du jetzt mit oder nicht?« Einer der Kartenspieler, schmal und mit strähnigem grauem Haar, lehnte sich lässig zurück und sah Jo auffordernd an.

»Er ist blank«, grinste ein anderer. »Man soll eben nicht mit den großen Hunden pinkeln, wenn man das Bein nicht hochkriegt.«

Jo biss sich auf die Lippen. Sein Blatt war mies. Erbärmlich mies. »Ich erhöhe auf zweihundert«, murmelte er und warf lässig ein paar Geldscheine in die Tischmitte.

»Na also, geht doch.« Der Grauhaarige grinste und legte seinerseits einen Fünfhundert-Euro-Schein auf den Tisch.

Jo spürte, dass seine Hände feucht wurden. Seit fast fünf Stunden saß er mit diesen Männern, die er vor einigen Tagen kennengelernt hatte, im Hinterzimmer einer Bar in Traunstein und pokerte. Und verlor.

Neuntausend Euro hatte er in den Sand gesetzt. Er biss sich auf die Lippen. Verflucht, das Geld hatte er gestern erst von seinem Hehler bekommen. Viel zu wenig für all das Zeug, das er bei diversen Einbrüchen erbeutet hatte. Aber mehr hatte der Typ einfach nicht rausgerückt.

Eigentlich hatte er Hannah dieses Geld auch noch geben wollen, um sie doch noch umzustimmen. Sie war ein gutmütiges Schaf, sicher würde sie ihm verzeihen und wieder mit ihm leben wollen, wenn er gut Wetter machte. Dass sie sich vorgestern noch geziert hatte, passte zu ihr. Erst gab sie sich spröde, wollte ihren Kopf durchsetzen und die Starke markieren, aber letztendlich gab sie dann doch klein bei. Das kannte er nur zu gut von ihr!

Und spekulierte darauf!

Ich krieg dich schon wieder rum, dachte er. Hab ich doch noch immer geschafft. Und dann verkaufen wir dein Grundstück und fahren erst mal nach Ibiza. Ein bisschen Sonne, blaues Meer, von mir aus auch ein romantisches Stündchen bei Sonnenuntergang … Er wusste, wie man Frauen wie Hannah rumkriegte.

»He, wir sind zum Spielen hier und nicht, um dir beim Schlafen zuzusehen.« Der Typ links neben ihm stieß ihn in die Seite. »Was ist, gehst du mit?«

Jo schüttelte den Kopf und warf seine Karten auf den Tisch.

»Das war's dann ja wohl.« Der Grauhaarige grinste und strich das Geld ein.

»Nimm das hier, dann spiel ich weiter.« Jo griff in seine Jackentasche und zog eine mit Brillanten besetzte Rolex und eine alte Silberkette heraus. Die Uhr war Beute aus einem Bruch in Frasdorf, er hätte sie gern für sich behalten, aber jetzt legte er sie auf den Tisch.

Der Grauhaarige nahm sie prüfend auf. »Na gut, die nehm ich als Pfand«, meinte er. »Den alten Plunder da steck wieder ein.« Er wies auf die Silberkette, die mit dunklen Granaten und kleinen Diamantrosen besetzt war. Er hatte sie bei den Riederers mitgehen lassen und gedacht, das antike Stück sei wertvoll. Aber keiner interessierte sich dafür, mehr als zwei Hunderter hatte ihm der Hehler nicht geben wollen.

Noch drei Stunden ging das Spiel weiter. Jo gewann ein paar Mal, bekam seine Uhr zurück und wurde regelrecht euphorisch. Und leichtsinnig.

Am Ende blieb ihm nichts. Nicht mal dic Silberkette, die ihm der Grauhaarige letztendlich doch abnahm.

»Komm her, wenn du wieder flüssig bist.« Einer der Männer, die sich im Hintergrund gehalten hatten, brachte ihn zur Tür. »Oder gib mir die Schlüssel für deine Maschine, dann kannst du weiterspielen.«

Jo schüttelte den Kopf. Nein, seine Harley würde er nicht verpfänden, niemals! Mit einem knappen Gruß stand er auf und verließ das Hinterzimmer.

In der Bar herrschte nur noch wenig Betrieb. Zwei Mädchen saßen gelangweilt an der Theke und sahen nur kurz auf, als Jo an ihnen vorüberging. Drei Tische waren noch besetzt, an einem saß ein Pärchen, das mit sich selbst beschäftigt war, an den anderen beiden unterhielten eine Thailänderin und eine viel zu grell geschminkte Blondine zwei ältere Herren, deren feiste Gesichter glänzten.

Eines der Mädchen, das an der Bar saß, streckte die Hand nach ihm aus. »Was ist denn – brauchst du nicht ein bisschen Trost?«

Jo grinste. »Wenn du ihn verschenken willst, dann ja.«

»Spinner«, meinte die zierliche dunkelhaarige Frau nur.

»Na dann …« Er hob kurz die Hand und ging. Draußen war es noch warm, ein leichter Wind kühlte Jos erhitztes Gesicht. Was jetzt? Er hatte keinen Cent mehr in der Tasche.

»Sissi.« Er ging langsam zu seinem Motorrad. »Ich muss wohl zurück zu Sissi.«

»Was willst denn du mit einer Kaiserin, wenn du mich haben kannst?« Das Barmädchen, das ihn vor zwei Minuten angesprochen hatte, kam aus der Tür. Sie hatte sich eine blaue Strickjacke über die knappe schwarze Korsage geworfen. »Ich hab's mir überlegt, ich mache Schluss für heute.«

»Schön für dich.«

»Aber ich bin noch nicht müde.«

»Ich bin pleite, vergessen?«

Sie nahm seinen Arm. »Macht nichts. Ich hab heute meinen karitativen Abend.«

Jo grinste. »Und wohin gehen wir?«

»Zu mir.« Sie ging auf seine Maschine zu. »Ich wohne am Ortsende. Ich zeig dir den Weg.«

»Zu Diensten.« Jo legte den Arm um ihre schmalen Schultern und zog sie an sich. Sein Kuss war rau und hart, doch das Mädchen lachte und meinte:

»Mal sehen, ob du im Bett besser bist als im Pokern.«

»Lass dich überraschen.«

»Heut haben wir wieder ein rechtes Kaiserwetter, Chef«, sagte der alte Oberkellner Kurt und sah hinaus auf den See, auf den die Sonne Tausende von Glanzlichtern setzte. Segelboote kreuzten im leichten Wind, der allerdings viel zu schwach war, um rasch voranzukommen. Da hatten es die Kajaks und Tretboote schon besser, die sich jedoch mehr in Ufernähe aufhielten.

»Ja, ja, schon gut, Kurt.« Stefan Trautberg klopfte dem langjährigen Mitarbeiter kurz auf die Schulter. »Ich fahre gleich los, muss noch ein paar Dinge für die Küche besorgen.«

»Ist recht.« Kurt sah ihm nach, als er mit hängenden Schultern und viel zu ernster Miene durch die Hotelhalle zurück in sein Büro ging. Die Gäste, die sich in der Halle aufhielten, grüßte er nur knapp. Normalerweise blieb er kurz stehen und plauderte mit den Leuten, heute ging er mit langen Schritten an ihnen vorbei.

O mei, dachte Kurt, da hat's einem aber gehörig die Petersilie verhagelt. Was mag ihm die Hannah nur getan haben? Es muss mehr sein als ein normaler Streit unter Liebesleuten, sie ist ja nicht mal zur Arbeit gekommen!

Stefan hatte gerade hinter seinem Schreibtisch Platz genommen, als das Telefon klingelte.

»Hier ist Bastian Scheifart. Ich rufe wegen Hannah an. Sie ist …«

»Es interessiert mich nicht mehr, was mit Hannah ist.« Grußlos legte Stefan auf.

Schon zwei Minuten später klingelte es erneut – Stefan nahm das Gespräch gar nicht erst an. »Lasst mich in Ruhe«, murmelte er und barg das Gesicht in den Händen. Seit er die Fotos von Hannah und diesem anderen Mann gesehen hatte, fand er keine Ruhe mehr. Sogar mit geschlossenen Augen sah er die Bilder vor sich: Hannah und dieser andere, mit dem sie so vertraut war!

Gestern hatte er versucht sie anzurufen, doch ihr Telefon war tot. Auch eine Möglichkeit, sich einer Aussprache zu entziehen!

Gewaltsam riss er sich zusammen, schaute in seinen Computer und vervollständigte die Liste der Einkäufe, die unbedingt noch an diesem Morgen getätigt werden mussten. Anschließend telefonierte er mit dem Fischhändler, orderte neue Bettwäsche und sprach kurz mit dem Buchhalter.

Gerade als er aufstehen und losfahren wollte, kam nach kurzem Anklopfen ein Mann ins Büro gestürmt.

»Ich bin Bastian Scheifart«, sagte er schwer atmend. »Was fällt Ihnen ein, einfach aufzulegen? Es geht um Hannah!«

»Genau. Und deshalb interessiert es mich nicht, was Sie zu sagen haben.«

Bastian sah ihn kopfschüttelnd an. »Hannah ist verunglückt!«

Stefan zuckte zusammen. »Was ... was ist denn passiert?«

»Ein Autounfall. Sie liegt in der Klinik.«

»Und – ist es schlimm?«

Bastian maß ihn kühl. »Glauben Sie wirklich, ich wäre hierher gerast, wenn sie sich nur einen Fuß verstaucht hätte?« Er ließ sich auf den Stuhl vor Stefans Schreibtisch sinken und barg das Gesicht in den Händen. »Hannah hat eine schwere Gehirnerschütterung – und Blutungen im Gehirn. Wenn ... wenn sie nicht ganz viel Glück hat und die Medikamente greifen, müssen die Ärzte operieren.«

»Nein!« Alles Blut wich aus Stefans Gesicht.

»Doch.« Bastian stand auf. »Ich dachte, Sie und Hannah ... ihr wärt ein Paar und Sie müssten unbedingt Bescheid wissen. War wohl ein Irrtum.«

»Ja. Meiner.« Stefan griff in eine Schreibtischschublade. Seine Finger zitterten, und zwei der Bilder, die er auf den Schreibtisch warf, segelten zu Boden. »Sie hat einen anderen«, presste er hervor, während Tränen in seine Augen stiegen.

»Nein! Nie und nimmer.« Bastian warf einen kurzen Blick auf die Bilder und schüttelte vehement den Kopf. »Das ist – ein Irrtum.« Er schluckte. »Und selbst wenn ... das zählt doch in dieser Situation nicht. Hannah ist krank und braucht Sie – braucht uns.«

Stefan hob die Fotos auf. »Ich hab Hannah so geliebt«, murmelte er.

»Pah!« Bastian sah ihn verächtlich an. »Sie sind ja schnell bereit, einen Menschen aufzugeben.« Er nahm ein paar der Fotos in die Hand und sah sie genauer an. »Das ist doch ... Himmel noch mal, das ist doch eine ganz plumpe Fälschung! Haben Sie das nicht gesehen?«

»Was?« Stefan nahm zwei, drei Fotos zur Hand und sah sie an. So, wie er sie schon mindestens hundert Mal angesehen hatte. Doch wie zuvor sah er immer nur Hannahs Gesicht. Er schüttelte den Kopf. »Nein, das ist Hannah – mit diesem Fremden.«

»Das ist Jo, ihr Ex.« Leichtes Grollen schwang in Bastians Stimme mit. »Und ich verwette meinen ganzen Bootsverleih, dass dieser Mistkerl die Fotos manipuliert hat. Mit einem guten Computer und etwas Geschick ist das heutzutage ja nun wirklich keine Kunst! Und wenn man genau hinsieht, erkennt man doch, dass es eine Fälschung ist.«

»Warum sollte er das tun?«

»Weil er Hannah schaden will, könnte ich mir vorstellen, warum sonst?«

»Aber … er wohnt doch in Köln und …«

»Himmel noch mal, die Eifersucht hat dir, glaub ich, das Gehirn vernagelt.« In seinem Zorn ging Bastian zum Du über. Er rüttelte den Hotelier, den er bisher nur flüchtig kannte, am Arm. »Die Hannah ist viel zu gutmütig, sie hat ihn nie angezeigt, obwohl er sie um alles betrogen hat, was sie besessen hat. Geblieben ist ihr nur das Haus und das Grundstück.«

»Und … du meinst, deshalb macht er so einen Aufstand?«

Bastian nickte. »Ich trau es ihm zu. Er will Hannah zurück. Und deshalb muss er euch irgendwie trennen.« Er sah Stefan kopfschüttelnd an. »Was ihm ja auch gelungen ist, wie mir scheint. Bist voll auf den Trick reingefallen.«

Stefan wollte es immer noch nicht glauben. Er starrte auf die drei Bilder in seiner Hand – und bemerkte erst jetzt die kleinen Schatten, eine feine Linie, eine Unstimmigkeit in den Proportionen … jetzt, da er kritisch auf die Fotos schaute, musste er Bastian recht geben.

»Ich Idiot«, murmelte er.

Bastian grinste knapp. »Da will ich nicht widersprechen. Also, kommst du jetzt mit? Ich denke, Hannah braucht dich im Moment viel mehr als mich.«

Jo erwachte mit einem schalen Geschmack im Mund. Er sah sich um, alles in diesem Zimmer war ihm fremd. Hellrosa waren die Wände gestrichen, eine rote Lampe hing von der Decke, auf einer Kommode neben dem Fenster mit ebenfalls hellroten Gardinen saß eine Ansammlung von Stofftieren, so wie in einem liebevoll eingerichteten Kinderzimmer.

Leises Seufzen neben ihm brachte die Erinnerung zurück, dass er sich keineswegs in einem Kinderzimmer befand. Vivians dunkler Haarschopf war jedoch von der roten Seidendecke fast völlig verdeckt.

Vorsichtig schob Jo die Decke ein wenig zur Seite, und beinahe überrascht sah er in das zarte Gesicht des Barmädchens Vivian. Jetzt, da sie ungeschminkt war, sah man erst, wie jung sie noch sein musste. Jung und verletzlich.

»Du bist ja schon wach, du Pokergenie.« Sie streckte die Hand nach ihm aus und zog ihn neben sich. »Ausgeschlafen?«

»Hmm.« Jo strich ihr kurz über die schlafwarme Wange. »Sag mal, bist du überhaupt schon volljährig?«

Sie lachte. »Angst?«

»Ich will nur keinen unnötigen Ärger.«

»Davon hast du sicher schon genug.« Ihre Augen sahen ihn ernst an. Dunkle, unergründlich tiefe Augen, die schon viel mehr gesehen hatten, als gut war für ein so junges Mädchen.

Jo spürte beinahe so etwas wie eine zärtliche Regung in sich aufsteigen. Als er Vivian küsste, war es ein liebevoller, zarter Kuss.

Sekundenlang hielt Vivian die Augen geschlossen, so, als koste sie diese ungewohnte Zärtlichkeit noch ein bisschen aus. Dann lachte sie kehlig. »Du, ich bin dreiundzwanzig.« Sie tastete unter die Bettdecke. »Was hältst du von einem Frühstück der Extraklasse?«

»Vorher oder nachher?«

»Anstatt.« Sie lachte und warf mit einem Ruck die Bettdecke zur Seite.

Durch die zugezogenen roten Vorhänge drang gedämpftes Sonnenlicht. Draußen wurden Stimmen laut, eine Frau schrie kurz auf, dann war es wieder still.

Vivian seufzte auf. »Ich hätte so gern eine bessere Wohnung«, murmelte sie und legte den Kopf auf Jos Brust. »Das hier ist eine Absteige, eine Übergangslösung, bis ich so viel Geld zusammenhab, dass ich mir ein Blumengeschäft leisten kann. Und dazu natürlich eine Wohnung.«

Jo zuckte zusammen. »Jetzt sag nur, du bist Floristin.«

Vivian nickte. »Hab ich gelernt. Und ich war sogar gut. Aber dann ...« Sie verzog den Mund. »Dann starb mein Vater, der den Laden hatte, und ich hab irgendwie die Kurve nicht mehr gekriegt.« Sie sah Jo an. »Du erinnerst mich an ihn.«

»Soll ich das als Kompliment nehmen?« Jo verzog den Mund.

Vivian schüttelte den Kopf. »Nur nicht. Er war ein Schläger und Säufer, hat meine Mutter ausgenutzt bis zu ihrem letzten Tag – und dann mich.« Ihr Gesicht wurde hart. »Jetzt ist es umgekehrt, jetzt nutze ich die Männer aus. So lange, bis ich genug gespart hab.«

»Mich hast du nicht ausgenutzt. Bei mir ist absolut nichts zu holen.«

»Du fährst eine Harley«, wandte Vivian ein.

»Stimmt. Und ich zocke. Aber deshalb bin ich noch lange kein Millionär. Mach dir also keine Hoffnungen, Täubchen.« Er stand auf. »Ich muss los.«

»Schon? Was ist mit Kaffee?«

»Meinetwegen. Auf einen Kaffee bleib ich noch.« Er grinste. »Aber versuch nur nicht, mich auch noch zu einem Mittagessen der ganz speziellen Art zu verführen. Ich bin nicht mehr der Jüngste.«

Vivian lachte. »Warum eigentlich nicht? Im Bett bist du jedenfalls um Klassen besser als am Pokertisch.«

Hannah merkte, dass sie langsam das Bewusstsein wiedererlangte. Wie durch eine dicke Watteschicht gefiltert drangen Geräusche an ihr Ohr, die sie jedoch nicht definieren konnte. Sie wollte die Augen öffnen, doch aus einem unerfindlichen Grund waren ihre Lider unendlich schwer, und es gelang ihr nicht. Voller Panik wollte sie sich aufrichten, aber auch das ging nicht. Sie wollte rufen – kein Ton kam aus ihrer Kehle. Sie hatte fürchterliche Kopfschmerzen, es war, als presse ihr irgendetwas den Schädel in einem Schraubstock zusammen.

Ich verliere die Kontrolle, dachte sie. Ich weiß nicht mehr, wo ich bin, was mit mir geschieht … Ich kenne nicht mal mehr meinen Namen.

Krampfhaft versuchte sie die Erinnerung an das, was bisher ihr Leben ausgemacht hatte, zurückzurufen, doch ohne Erfolg.

Irgendwann, sie hatte kein Zeitgefühl mehr, hörte sie einen schrillen Ton, dann einen unterdrückten Ruf: »Sie sackt uns weg. Schnell, ruf …« Schluss. Aus. Nichts mehr war zu spüren oder zu hören.

Hannah merkte nichts davon, dass sich etliche Ärzte um sie bemühten, dass man alles versuchte, um sie ins Leben zurückzuholen.

Draußen, im kleinen Warteraum vor der Intensivstation, saßen Bastian und Stefan und sahen immer wieder zu der breiten Milchglastür, hinter der vor einer Viertelstunde drei Ärzte verschwunden waren.

»Musst du nicht im Hotel Bescheid sagen, dass es länger dauert?«, fragte Bastian irgendwann. Wie selbstverständlich waren die Männer beim Du geblieben.

Stefan schüttelte den Kopf. »Nicht wichtig«, murmelte er. »Die kommen ohne mich klar.« Er knetete an seinen Fingern, dass die Gelenke knackten. »Und du?«

Bastian zuckte mit den Schultern. »Ich hab einen alten Mann, der mich vertritt, mit dem hab ich eben telefoniert. Es muss heut ohne mich gehen. Hannah ist wichtiger.«

»Du magst sie wohl sehr.«

»Ja. Sie ist ein so lieber, ehrlicher Mensch. Es tut mir leid für sie, dass sie so viel Pech gehabt hat in den letzten Jahren. Wenn ich das gewusst hätte …« Er zuckte mit den Schultern. »Wir hatten uns lange aus den Augen verloren. Aber jetzt ist es so wie in unseren Kindertagen, wir mögen uns sehr.«

»Ich mag Hannah auch. Nein, ich liebe sie.« Stefan sah wieder zur Tür, hinter der Dinge geschahen, die er nicht beeinflussen konnte. »Wenn sie stirbt …«

»Red nicht so einen Unsinn!« Bastian ballte die Hände zu Fäusten.

Stefan schluchzte auf. »Wenn ich doch nur mit ihr gefahren wäre! Aber ich hatte zu tun, es ist Hauptsaison. Und die Sache mit den Bildern hab ich auch gar nicht ernst genommen.«

Bastian nickte. »Ich erst auch nicht. Aber dann ist mir eingefallen, dass unsere Großmutter gern gezeichnet hat. Ich hab heute noch ein Bilderbuch von ihr.« Er seufzte auf. »Genau weiß ich es nicht mehr, aber ich glaub, dass wir einmal, ich muss noch ein kleiner Bub gewesen sein, an den Staffelsee gefahren sind.«

»Ja – und?«

»In Murnau am Staffelsee haben diese Maler eine Weile gewohnt. Und wenn sich Großmutter und Gabriele Münter wirklich gekannt haben, ergibt es einen Sinn, dann ist das Bild, das Hannah gefunden hat, eventuell tatsächlich von dieser Malerin – oder ihrem Freund.«

»Mir egal.« Stefan stand auf und ging nervös ein paar Schritte auf und ab. »Ich will nur, dass Hannah wieder gesund wird.«

Es dauerte noch eine quälend lange Viertelstunde, bis ein älterer Arzt und die Oberärztin zu ihnen kamen.

Julia Riehler lächelte den beiden Männern beruhigend zu. »Sie ist wieder stabil.«

»Aber – was ist denn passiert?«, wollte Stefan wissen.

Die Ärztin sah fragend von ihm zu Bastian. »Wer sind Sie, wenn ich fragen darf?«

»Trautberg. Stefan Trautberg. Ich bin – Hannahs Verlobter.«

»Ach ja.« Die Ärztin presste kurz die Lippen aufeinander. Und erst als Bastian zustimmend nickte, meinte sie: »Wir mussten das Blutgerinnsel punktieren. Danach kam es leider zu einer Komplikation. Aber die ist jetzt behoben.« Sie wandte sich an ihren Kollegen. »Sie sagten eben, Herr Professor Bender, dass Frau Scheifart morgen schon auf Station zurückverlegt werden kann, nicht wahr?«

Der Neurologe nickte. »Ja. Und es wäre wünschenswert, wenn Sie Ihren Besuch bis dahin aufschieben könnten. Die Patientin braucht jetzt absolute Ruhe.« Er nickte Stefan und Bastian kurz zu und ging dann mit wehendem Kittel davon.

Die Oberärztin blieb noch bei den beiden Männern stehen. »Einen Blick kann ich erlauben«, sagte sie. »Aber bitte nur kurz. Und Sie müssen sich sterile Kleidung anziehen.«

»Geh du«, meinte Bastian und schob Stefan einen Schritt nach vorn. »Ich warte hier.«

Stefan konnte nichts erwidern, seine Kehle war wie zugeschnürt. Und auch, als er dann an Hannahs Bett stand und auf die blasse, leblose Gestalt sah, konnte er nichts sagen. Nur ein unterdrücktes Schluchzen kam aus seiner Kehle, während er sich vorsichtig über Hannah beugte und einen zarten Kuss auf ihre Lippen hauchte.

»Ich liebe dich«, flüsterte er, während eine Träne auf Hannahs Wange fiel.

15

Der Chiemgau hatte sich in ein Regenkleid gehüllt. Tief hingen die Wolken über dem See, die Berggipfel, gestern noch in strahlendes Sonnenlicht getaucht, waren nicht mehr zu sehen. Alles war von tristem, feuchtem Grau umgeben.

Die Touristen waren entweder in Lokale, Museen oder in eines der großen Schwimmbäder geflüchtet, dort ließ sich herrlich relaxen.

Als Dr. Ulli Reimann an dem großen Erlebnisbad in Prien vorüberkam, sah er mit einem Blick, dass hier Hochbetrieb herrschte, im Gegensatz zu Bastians Bootsverleih. Dort war es ruhig, niemand hatte Lust, bei dem schlechten Wetter mit einem Boot unterwegs zu sein. Nur der alte Schorsch saß vor der Hütte, geschützt durch das weit vorstehende Dach, und rauchte seine Pfeife. Den grünen Jägerhut mit dem Gamsbart, ohne den man ihn nie sah, hatte er sich tief ins Gesicht gezogen.

Ulli machte einen kurzen Umweg ans Ortsende, um nach dem kranken alten Kater einer Bekannten zu sehen, danach fuhr er weiter zum Riederer-Hof.

Matthias Riederer war im Pferdestall bei einem Wallach, der an starken Zahnschmerzen litt. Schon vor drei Tagen hatte der Tierarzt zum ersten Mal nach dem Pferd gesehen, ihm Schmerzmittel und Antibiotika verabreicht.

»Und? Wie sieht's aus?« Die Männer begrüßten sich mit einem knappen Kopfnicken. »Eitert der Zahn immer noch?«

Der Riederer schüttelte den Kopf. »Nein, dem alten Burschen geht's schon wieder ganz gut.« Er sah Ulli skeptisch an. »Willst du ihm wirklich hier den Zahn ziehen?«

»Das muss sein. Dass er jetzt schmerzfrei ist, liegt nur an den Medikamenten, die ich ihm gespritzt habe.«

»Und du machst das gleich hier?«

»Klar doch. Oder willst du ihn in eine Tierklinik bringen?«

Der Bauer hob die Hände. »Um Himmels willen, nur nicht! Das kostet dann sicher ein Vermögen!«

Ulli grinste. »Bild dir nicht ein, ich würd's für eine Seite Speck oder einen Schinken machen.«

»Geh, du weißt, dass du immer dein Geld gekriegt hast. Aber du bist sicher net so teuer wie deine Kollegen in der Klinik.«

»Es passt schon, keine Sorge.« Ulli sedierte das Pferd, und nachdem die Injektion wirkte, setzte er eine Maulsperre. Es war mühsam, den gespaltenen Zahn aus dem Kiefer zu arbeiten, und der Schweiß lief Ulli in die Augen.

»Wisch mir mal die Stirn ab«, sagte er zum Riederer. Doch der lehnte ziemlich blass an einem Pfosten.

»Ich kann kein Blut sehen«, murmelte er.

»Ach du liebes bisschen.« Ulli grinste und fuhr sich mit dem Jackenärmel übers Gesicht. »Da ist er ja schon!« Er hielt den großen Zahn mit der Zange hoch. »Jetzt kann das Pferd wieder ungehindert fressen.«

Der Riederer kniff die Augen zusammen. »Tu das weg«, murmelte er.

Erst als Ulli sein Werkzeug einräumte, ging er zu dem Wallach, der ruhig atmete, und klopfte ihm leicht den Hals.

»Lass ihn in Ruhe«, meinte Ulli. »Er braucht noch eine Weile, um wieder ganz wach zu werden.«

»Der Rodrigo ist der Liebling von der Maria«, erzählte der Bauer. »Sie ist früher gern mit ihm durch den Wald geritten. Er ist lammfromm und total trittsicher.«

»Deine Frau könnte mir einen starken Kaffee machen«, sagte Ulli. »Ich muss noch eine Weile über Land fahren.«

»Klar doch.« Der Bauer zögerte. »Sag amal, die Hannah … ist das wirklich was Festes mit ihr und dem Wirt vom *Kastanienhof*?«

»Ich denke schon.«

»Dann muss ihn sich die Sissi endgültig aus dem Kopf schlagen.« Matthias Riederer zuckte mit den Schultern. »Schad eigentlich. Der hätt mir als Schwager gefallen. Dieser Jo hingegen, mit dem sie jetzt was angefangen hat, das ist ein rechter Windhund.«

Ulli hielt ihn am Arm zurück. »Wie heißt der Typ?«

»Jo. Keine Ahnung, wie der Nachname ist. Mir ist der Kerl unsympathisch. Ich glaub sogar, dass er uns bestohlen hat. Leider kann ich's nicht beweisen, sonst hätt ich ihn mir schon vorgeknöpft.«

»Das würde mich nicht wundern – wenn es der Jo ist, an den ich denke.« Ulli schloss seine Tasche und hob sie in den Geländewagen. Langsam ging er mit dem Riederer auf das gepflegte Bauernhaus zu. »Dieser Jo, fährt der ein Auto?«

»Nein. Ein Motorrad. Eine Harley sogar!« Der Riederer

pfiff durch die Zähne. »Irres Gerät, sag ich dir. Aber das ist auch das einzig Gescheite an ihm.«

Ulli nickte. »Tu mir einen Gefallen«, bat er. »Wenn sich dieser Jo noch mal bei euch blicken lässt, dann ruf mich an.«

Der Bauer runzelte die Stirn. »Jetzt sag nur, bei euch ist auch eingebrochen worden.«

Ulli nickte.

»Und – du denkst, es war ein und derselbe Dieb?«

»Wenn es der Jo ist, an den ich denke, trau ich es ihm zu. Er kennt die Hannah schon lange, hat sie ausgenutzt und sie um all ihr Geld gebracht. Das ist ein richtiger Verbrecher.«

Der Riederer nickte. »Ganz mein Eindruck. Du, die Sissi müsste gleich heimkommen, sie hat heute nur bis Mittag beim Stefan Trautberg zu tun.« Er holte eine Flasche Obstler aus dem Schrank und zwei Gläser.

Doch Ulli wehrte ab. »Für mich nicht. Ich muss noch fahren.«

»Aber ich brauch einen. Selbst gebrannt von meinem Nachbarn.« Der Riederer grinste, kippte das erste Glas weg und goss sich nach, ehe seine Frau mit dem Kaffee aus der Küche kam.

Ulli wartete eine Viertelstunde, doch Sissi ließ sich nicht blicken. »Ich muss los, muss noch rüber nach Rimsting.« Er stand auf. »Wenn dieser Jo wieder hier auftaucht, sag Bescheid, ja?«

»Das soll er nicht wagen!« Matthias Riederer ballte die schwieligen Hände zu Fäusten. »Ich jag den Kerl eigenhändig vom Hof. Und wenn's mit der Peitsche ist.«

»Mach das lieber nicht. Ruf bei mir an – oder gleich bei der Polizei.«

Von den Männern unbemerkt war Sissi hereingekommen. »Von wem sprecht ihr?« Sie zog die Regenjacke aus und hängte sie sich über den Arm.

»Von diesem Typen, den du uns angeschleppt hast und der uns bestohlen hat«, polterte der Riederer los.

»Jo ist kein Dieb!«

»Das steht noch nicht fest«, knurrte ihr Bruder.

»Du gönnst mir mein Glück nicht.« Sissi begann zu weinen. »Jo ist …«

»Weg. Oder?« Maria Riederer legte der Schwägerin den Arm um die Schultern. »Sieh es ein, er hat dich reingelegt und ausgenutzt.«

»Aber …«

»Wie sieht er denn aus, dieser Jo?« Ulli stand auf und zog sich seine Wachsjacke an. »Etwa eins achtzig groß, braunhaarig und mit einer albernen Tätowierung am linken Oberarm?«

Sissi sah ihn aus großen Augen an. »Woher weißt du das?«

Er zuckte mit den Schultern. »Es soll ein großes rotes Herz mit einem Pfeil sein.«

Sissi presste die Lippen zusammen – was den anderen Antwort genug war.

Vier Tage dauerte es, dann hatte Jo herausgefunden, was mit Hannah passiert war und wo sie sich jetzt aufhielt.

Nervös tigerte er im schäbigen Zimmer der kleinen Pension, in der er sich vor einigen Tagen eingemietet hatte, auf und ab. Es war eine miese Bleibe, doch mehr konnte er sich nicht leisten. Zu Sissi auf den Riederer-Hof wollte er auf keinen Fall, es schien ihm zu gefährlich, zumal der Bauer keinen Hehl daraus gemacht hatte, dass er ihn lieber gehen als kommen sah.

In dem kleinen Hinterzimmer war es eng und stickig. Die alten Möbel und der abgeschabte Teppich widerten ihn an, aber er konnte sicher sein, dass der versoffene Vermieter, der im Haupthaus wohnte und den Tag verschlief, ihn nicht verraten würde. Einen neuen Bruch, um an Geld zu kommen, wollte Jo im Moment nicht riskieren, die Regionalzeitungen waren voll von Artikeln über den Serien-Einbrecher, der den Chiemgau unsicher machte. Da war es gescheiter, erst mal unterzutauchen.

Er dachte an die Tausender, die er Hannah gegeben hatte. Verdammt, warum hatte er es nicht bei ein paar Hundertern belassen?

Jo drückte die Zigarette auf einer angeschlagenen Untertasse aus. Es brachte alles nichts – er musste in die Klinik. Er musste mit Hannah sprechen! Wäre doch gelacht, wenn er sie in der Situation, in der sie war, nicht rumkriegen könnte! Sie war ein Seelchen, und sicher würde es ihr guttun, ihn zu sehen, seine Anteilnahme zu spüren.

Diesen aufgeblasenen Typen, mit dem sie sich eingelassen hatte, hatte er hoffentlich mit den manipulierten Fotos ausgetrickst. Der würde sich bestimmt nicht mehr um Hannah bemühen. So reich, wie der war, konnte er ganz andere Frauen haben!

Jo war sich sicher, dass alle Männer so tickten wie er selbst.

In der Klinikhalle herrschte reger Betrieb. Es war Besuchszeit, und die drei Lifte fuhren ohne Unterlass.

Jo sah die junge Frau mit den schwarzen kurzen Locken, die am Empfang saß, mit seinem strahlendsten Lächeln an, als er sich nach der Patientin Hannah Scheifart erkundigte.

»Moment bitte, da muss ich nachsehen.« Es dauerte nur

wenige Sekunden, dann wusste Jo, auf welchem Stockwerk und in welchem Zimmer Hannah lag.

Er zog es vor, die Treppe in den dritten Stock hinauf zu nehmen, wo sich die Neurochirurgische Station befand. Vorsichtig sah er sich um, als er die breiten Türen aufstieß, doch niemand nahm Notiz von ihm.

Zimmer 8 lag dem Schwesternzimmer schräg gegenüber, und Jo zögerte, als er sah, dass soeben eine Ärztin und eine Pflegerin herauskamen.

»Ich bin sicher, die retrograde Amnesie wird sich bald geben«, meinte die Ärztin.

»Es wäre zu wünschen.« Die Krankenschwester, klein und mollig, mit kurzem grauem Haar, klemmte sich eine Akte unter den Arm, dann sah sie Jo fragend an. »Kann ich Ihnen helfen? Suchen Sie jemanden?«

»Frau Scheifart. Hannah Scheifart.« Jo lächelte erst die Pflegerin, dann die Ärztin an. »Ich bin ihr Verlobter.«

»Der Verlobte. Aha.« Die Ärztin nickte ihm zu. »Dann gehen Sie mal zu ihr. Aber bitte … keinerlei Aufregungen!«

»Natürlich nicht.«

»Denken Sie bitte dran, dass die Patientin ihr Erinnerungsvermögen immer noch nicht zurückgewonnen hat. Bedrängen Sie sie nicht, das wäre grundfalsch.« Die Ärztin sah ihn mahnend an. »Bleiben Sie ruhig und gelassen, erzählen Sie ihr etwas von früher … Na, Sie machen das schon, nicht wahr?«

»Aber klar doch!«

Die beiden Frauen gingen ins Schwesternzimmer, und Jo öffnete vorsichtig die Tür. Hannah lag mit offenen Augen im Bett und sah zum Fenster hinaus. Jo bemerkte die beiden Blumensträuße auf der Fensterbank. Einer war bunt, in seiner Mitte steckte ein roter Luftballon. Der zweite Strauß war kleiner, rote Rosen und zartes Schleierkraut waren darin geschmackvoll arrangiert.

»Hallo, Hannah.« Er kam zögernd näher, doch sie reagierte kaum. Nur kurz sah sie zu ihm hin, doch in ihrer Miene regte sich nichts. Mit keinem Wimpernzucken zeigte sie an, dass sie ihn erkannt hatte.

»Hannah … Darling, weißt du nicht mehr, wer ich bin?« Er wollte sie küssen, doch sie wandte den Kopf ab. »Zicke«, murmelte er.

Von Hannah kam keine Reaktion.

»Ich wollte nach dir sehen.« Er nahm ihre Hand, die sie ihm überließ. »Wie geht es denn?«

»Danke. Gut.« Jetzt sah sie ihn offen an. »Wer sind Sie? Ich … ich weiß nicht … Ich kann mich nicht erinnern.« Die kleinen Falten auf ihrer Stirn wurden tiefer, sie presste die Lippen aufeinander.

»Du kannst dich nicht erinnern? Gar nicht?«

»Nein.«

In Jos Kopf überschlugen sich die Gedanken. Wenn Hannah nicht mehr wusste, wer er war, dann wusste sie auch nicht, was passiert war. Dass sie sich gestritten, getrennt hatten … Ungeahnte Möglichkeiten taten sich auf!

»Liebes, wir sind verlobt! Wir wollen noch in diesem Jahr heiraten!« Er streichelte ihre Wange. »Darling, das kannst du doch nicht vergessen haben!«

»Heiraten?« Hannah schüttelte kaum merklich den Kopf. Noch immer schmerzte jede Bewegung.

»Doch, doch, so ist es. Du bist nur hergekommen, um deinen Vetter persönlich einzuladen und dir aus dem Haus deiner Großeltern ein paar Sachen zu holen.«

»Ich ... ich weiß nicht ...« Hannah presste die Lippen zusammen. In ihrem Kopf war jetzt wieder ein dumpfer, recht starker Schmerz. Ein Schmerz, der jedes Denken unmöglich machte.

»Hannah, mein Engel, sieh mich an! Du musst dich doch erinnern! Wir waren so glücklich zusammen!«

Er saß eine ganze Weile an ihrem Bett und versuchte mit ihr zu reden, doch Hannah reagierte immer weniger. Als ihr die Augen zufielen, stieß Jo einen unterdrückten Fluch aus und ging zur Tür. Doch bevor er den Raum verließ, ging er noch mal zurück zum Bett. Vorsichtig öffnete er den schmalen Nachtschrank – nichts. Und auch im schmalen Spind fand er nicht das, was er suchte, nämlich Hannahs Handtasche.

»Vertane Zeit«, murmelte Jo, warf noch einen geringschätzigen Blick auf Hannah und ging endgültig hinaus.

Auf dem Flur kam ihm die grauhaarige Schwester entgegen. Sie musterte ihn so kritisch, dass Jo knurrte: »Is was?«

»Bei mir ist alles in Ordnung«, erwiderte sie doppeldeutig, blieb stehen und sah ihm so lange nach, bis er die Station verlassen hatte. Dann hastete sie zurück ins Schwesternzimmer und wählte den Anschluss der Polizeistation.

»Du, Klaus, ich glaub, das geht dich was an.« Der junge blonde Polizeibeamte hielt dem Kollegen den Hörer entgegen. »Eine Krankenschwester aus der Städtischen Klinik.«

»Ich übernehme.« Klaus Burgstaller meldete sich und hörte sich dann an, was Schwester Ingeborg zu sagen hatte.

»Eben war ein merkwürdiger Typ hier«, sagte sie. »Er behauptet, er sei mit der Patientin Hannah Scheifart verlobt.«

»Und? Was ist falsch daran?«

»Na ja, der Hotelier vom *Kastanienhof*, der Stefan Trautberg, hat das auch behauptet. Und – ich vertrau ihm, ehrlich gesagt, mehr als diesem Typen, der eben hier war.«

»Gibt's einen konkreten Grund für Ihr Misstrauen?«

Die Schwester zögerte. »Na ja, es ist eigentlich mehr ein Gefühl. Aber ich mein, wenn jemand seine schwerkranke Verlobte erst nach vier Tagen besucht und dann noch nicht mal Blumen mitbringt … Das ist doch ungewöhnlich, oder?«

»Find ich auch«, stimmte ihr Klaus Burgstaller bei. Dann ließ er sich eine Beschreibung des Mannes geben, die ihm aber nichts sagte. Erst als Schwester Ingeborg berichtete, der Mann hätte eine schwarze Motorradjacke mit auffälligen Harley-Davidson-Emblemen getragen, zuckte er zusammen.

»Ich komme morgen mit einem Kollegen vorbei«, sagte er. »Und – rufen Sie sofort an, sollte dieser Mann die Patientin vorher noch mal aufsuchen. Er darf nicht zu ihr.«

»Danke. Ich sag meinen Kolleginnen Bescheid, dass sie besonders gut auf Frau Scheifart achten.«

»Gut. Bis morgen dann.« Klaus Burgstaller legte auf, doch schon nach zwei Sekunden griff er wieder zum Hörer.

Durch die nur halb zugezogenen Gardinen drang helles Sonnenlicht und wärmte Hannahs Gesicht. Es war Mittagszeit, draußen auf dem Klinikflur war es unruhig, die Schwestern teilten das Essen aus. Türen klapperten, einzelne Gesprächsfetzen klangen auf.

Hannah blinzelte und zuckte leicht zusammen, als eine Schiffssirene ertönte. Drei Mal erklang das Signal. Das ist das Mittagsschiff hinüber nach Herrenchiemsee, schoss es

Hannah durch den Kopf. Im gleichen Moment dachte sie: Woher weiß ich das?

Ihr Herz schlug rascher. Einzelne, leicht verschwommene Bilder schossen ihr durch den Kopf. Sie sah sich auf Herrenchiemsee, sah sich durch die prunkvoll ausgestatteten Räume schlendern und die unzähligen Kostbarkeiten bewundern, die König Ludwig II. zusammengetragen hatte.

Und sie sah einen Mann neben sich stehen. Er war groß und dunkelhaarig, doch sein Gesicht war wie hinter einem Schleier verborgen.

Hannah stöhnte auf. Wenn sie doch nur endlich wüsste, wer sie war, wie sie bisher gelebt hatte – und wer dieser Mann war, dessen Bild immer wieder vor ihrem geistigen Auge auftauchte, ohne dass sie ihn wirklich erkennen konnte.

Sie dachte an die beiden Männer, die gestern und vorgestern hier gewesen waren. Der eine hatte erklärt, er sei ihr Vetter Bastian. Sie fand ihn nett, und die Vorstellung, mit ihm verwandt zu sein, gefiel ihr. Der zweite Mann war ihr sehr sympathisch, der zärtliche Blick, mit dem er sie ansah, ging ihr unter die Haut. Nur … dass er ihre große Liebe war, daran konnte sie sich nicht erinnern! Wenn er ihre Hand nahm und sie küsste, war ihr das angenehm. Doch dass sie ihn liebte, dass sie ihn heiraten wollte, das wusste sie einfach nicht mehr!

Sie wollte sich zur Seite drehen, doch noch schmerzte die bandagierte Schulter, und so blieb sie auf dem Rücken liegen.

Nach kurzem Anklopfen kam eine Schwester mit dem Mittagessen herein. »Guten Appetit, Frau Scheifart. Ich hoffe, Sie mögen Hähnchenbrust und Blattspinat.« Die junge Pflegerin lächelte ihr zu. »Ich hab Ihnen noch Orangensaft mitgebracht, in Ordnung?«

Hannah runzelte die Stirn. »Nein, den vertrag ich nicht.« Sie sah die Krankenschwester irritiert an. »Woher …«

»Ganz ruhig. Sie sehen ja, nach und nach kommt die Erinnerung wieder. Wenn Sie keinen Orangensaft mögen, dann vielleicht lieber Apfelsaft?«

»Apfelschorle wäre toll.«

»Kommt gleich. Aber das Hähnchen wird Ihnen hoffentlich schmecken.« Die junge Pflegerin half ihr, sich im Bett aufzurichten, und legte ihr das Besteck zurecht.

»Danke.« Hannah musste sich zwingen, ruhig zu bleiben und zu essen. Es war alles zu verwirrend. Da wusste sie, dass sie keinen Orangensaft vertrug, doch den eigenen Namen kannte sie nicht. Verrückt!

Kaum war sie mit dem Essen fertig, schlief sie wieder ein. Die schwere Gehirnerschütterung, der Eingriff am Kopf und die Schmerzmittel, die sie immer noch bekam, machten sie schlapp und müde.

»Hallo, Frau Scheifart, Besuch für Sie. Ihr Verlobter.« Eine Lernschwester öffnete kurz die Tür und ließ den Mann eintreten, der schon gestern bei ihr gewesen war.

Hannah drehte den Kopf weg, als dieser Mann sie wieder zur Begrüßung küssen wollte.

»Meine Güte, sei doch nicht so zickig!« Jo konnte sich kaum beherrschen. »Es nervt, wenn du so tust, als wären wir uns fremd.«

»Ich … ich weiß wirklich nicht, wer Sie … wer du bist.«

»Dein Verlobter, verdammt noch mal! Das hab ich dir doch schon gesagt!« Jo drückte ihre Finger so fest, dass es weh tat. »Wir wollen heiraten, noch in diesem Sommer. So was kann man doch nicht vergessen!«

Hannah biss sich auf die Lippen, in ihren Augen sammelten sich Tränen. »Ich weiß es nicht mehr.«

»Macht nichts. Ich zeige dir schon, dass ich der Mann bin, mit dem du leben willst.« Er grinste. »Wir zwei hatten eine tolle Zeit bisher, und es wird wieder so werden. Versprochen.«

»Aber …«

»Mach dir keinen Kopf, Darling. Wenn du dich nicht mehr an unsere gemeinsame Zeit erinnerst, ist das auch nicht schlimm. Dann fangen wir einfach von vorn an.«

»Das glaube ich nicht.« Die dunkle Stimme kam von der Tür her.

Mit einem Ruck drehte sich Jo um. »Was soll das?«

»Ganz einfach: Hannah und ich sind miteinander verlobt.« Stefan Trautberg ging an die andere Seite von Hannahs Bett und nahm zärtlich ihre Hand in seine. »Sie weiß es im Moment vielleicht nicht mehr, aber sie wird sich erinnern.« Er lächelte Hannah zu. »Ich bin sicher, du wirst es schon bald spüren.«

»So ein Quatsch! Hannah und ich gehören zusammen!« Jo konnte sich nur mit Mühe beherrschen. »Hannah, so sag doch mal was! Stell dich doch nicht so an!«

»Ich … ich weiß doch nicht …« Hannah zog ihre Finger aus Stefans Hand und griff sich an den Kopf. Ein dumpfer Schmerz breitete sich immer mehr aus. Vor ihren Augen flimmerten tausend kleine Blitze auf. Sie hatte das Gefühl, als stecke ihr Kopf in einem Schraubstock und würde gleich explodieren. »Nein … nicht!« Sie wimmerte nur noch leise vor sich hin.

»Raus!« Stefan machte drei Schritte auf Jo zu. »Sehen Sie nicht, was Sie angerichtet haben?«

»Ich? Bei mir war Hannah ganz ruhig.« Er wollte sich wieder über Hannah beugen, doch Stefan zog ihn mit einem harten Griff vom Bett.

»Finger weg, du Idiot!« Jo holte aus.

»Nein …« Hannah schloss die Augen.

»Auseinander! Beide!« Unbemerkt waren die Oberärztin und Klaus Burgstaller eingetreten. Der Polizeibeamte hastete auf Jo zu, fasste den schon erhobenen Arm und drehte ihn Jo mit gekonntem Griff auf den Rücken. »Hier wird sich nicht geprügelt.«

»Bitte gehen Sie. Alle.« Die Oberärztin wies zur Tür.

»Aber ich bin …« Stefan sah verzweifelt von Hannah zu der Ärztin.

»Sie gehen. Sofort. – Schwester Ingeborg, kommen Sie bitte her!«

Die ältere grauhaarige Pflegerin musste direkt hinter der Tür gewartet haben. Sie warf Jo einen geringschätzigen Blick zu, dann kümmerte sie sich, gemeinsam mit der Ärztin, um Hannah, die ohnmächtig geworden war.

»Was soll das? Lass mich los, verdammter Bulle!« Jo versuchte sich aus dem festen Griff des Polizeibeamten zu befreien.

»Halt still.« Klaus Burgstaller tastete nach den Handschellen, und ehe Jo es sich versah, hatten sich die Eisenspangen um seine Handgelenke geschlossen. »Johannes Bergmeister, Sie sind verhaftet.«

»Und weshalb? Darf ich das erfahren?« Jo spielte den Arroganten, auch wenn ihm mies zumute war.

»Einbruch, Diebstahl, Rauschgiftkonsum ... fürs Erste wird das reichen, denke ich. Alles Weitere ist Arbeit der Staatsanwaltschaft.« Klaus wandte sich an die grauhaarige Schwester, die gerade das Krankenzimmer wieder verließ. »Danke, Schwester.«

»Gern geschehen.« Schwester Ingeborg maß Jo mit einem langen Blick. »Zwei Verlobte waren einfach einer zu viel.«

»Blöde Kuh«, zischte Jo.

Schwester Ingeborg ignorierte die Bemerkung, sie hastete weiter, um die Medikamente zu holen, die die Oberärztin angefordert hatte.

Hannah spürte den Einstich der Injektionsnadel kaum. Sie achtete auch nur flüchtig auf die Stimmen, die direkt neben ihrem Bett erklangen. All ihre Konzentration war nach innen gerichtet. Auf die Bilder, die in rasender Schnelligkeit vor ihrem inneren Auge auftauchten: Bilder von einem kleinen, halb abgebrannten Haus in einem großen Garten. Bilder von einem Blumengeschäft. Bilder vom See, von einem Hund, einem Hotel ...

Hannah seufzte auf. Sie wusste es wieder: Es war ihr Haus, das so zerstört war, dass sie nicht mehr darin wohnen konnte. Und es war ihr vor Jahren mit viel Liebe eingerichteter Blumenladen, den sie hatte aufgeben müssen – wegen Jo!

Alles, alles kam wieder. Zunächst noch bruchstückhaft, doch in immer rascherer Folge fügten sich die Erinnerungsfetzen zu einem ganzen Bild zusammen.

»Nun, Frau Scheifart, geht es Ihnen wieder besser?«

Hannah öffnete die Augen. »Ja, danke, Frau Doktor. Ich ... ich weiß wieder, wer ich bin. Und noch vieles mehr.«

Beruhigend drückte die Ärztin ihre Hand. »Strengen Sie sich nicht zu sehr an, alles kommt zurück, glauben Sie mir.«

Suchend sah sich Hannah um. Außer der Ärztin und Schwester Ingeborg war niemand im Raum.

Die Oberärztin schmunzelte. »Er ist draußen und wartet.«

»Stefan?«

»Ja.«

Leichte Röte stieg in Hannahs Wangen. Sie wollte sich aufrichten, sank aber mit einem kleinen Schmerzenslaut zurück. Ihr Kopf tat bei heftigen Bewegungen immer noch weh.

Schwester Ingeborg öffnete die Tür und winkte Stefan Trautberg herein, dann verließen sie und die Oberärztin Hannahs Zimmer.

»Stefan …« Hannah streckte die Hand aus.

»Liebling!« Mit drei langen Schritten war Stefan an ihrem Bett. »Mein armer, armer Liebling.« Vorsichtig küsste er sie. »Ist alles in Ordnung? Hat der Kerl dir was getan?«

»Nein.« Hannah presste kurz die Lippen zusammen. »Jetzt nicht mehr.« Sie sah Stefan in die Augen. »Ich weiß wieder, was passiert ist. Ich war in Murnau wegen der Bilder, die ich auf dem Dachboden gefunden habe. Der Galerist war sehr nett, er will die Bilder prüfen lassen. Ich wollte schnell wieder zu dir zurück, um dir alles zu erzählen.« Sie biss sich kurz auf die Lippen. »Es passierte kurz vor Prien. Die Sonne stand ziemlich tief, vor mir war ein Sportwagen. Und dann war da auf einmal dieser große Milchwagen … Er kam einfach auf uns zugerast, ich konnte nicht mehr vollständig ausweichen.« Tränen traten ihr in die Augen. »Es war schrecklich! Ich hab nur in Richtung Wiese gelenkt, dann weiß ich nichts mehr.«

Stefan nahm sie behutsam in die Arme. »Es ist vorbei«, murmelte er. »Der Fahrer des Milchwagens hat am Steuer einen schweren Herzinfarkt erlitten und hatte wohl das Fahrzeug nicht mehr unter Kontrolle.«

»Der arme Mann.« Tränen liefen über Hannahs Wangen.

»Und – Jo? Was wollte er hier?«

Stefan zuckte mit den Schultern. »Unfrieden stiften. Aber das ist unwichtig jetzt. Denk einfach nicht mehr an ihn.«

»Ich versuch's«, flüsterte Hannah, dann fielen ihr von einer Sekunde auf die andere die Augen zu.

»Um Himmels willen, Ulli, wo kommst du denn her?« Klaus Burgstaller zog seine akkurat sitzende Uniform demonstrativ noch etwas glatter.

»Sorry, aber in einem Schweinestall riecht es nun mal nicht nach Eau de Cologne. Und du hattest es ja dringend gemacht.« Ulli grinste. Es machte ihm sichtlich Spaß, den Polizeibeamten zu provozieren.

Bastian schüttelte nur den Kopf, die anderen, die bereits in Klaus Burgstallers Dienstzimmer Platz genommen hatten, mussten sich zwingen, ernst zu bleiben. Ullis Eifersucht auf den gutaussehenden Klaus ließ sich wohl niemals eindämmen!

»Beeil dich, Klaus, sonst verpestet dir Ulli noch mehr die Luft.« Bastian ging zum Fenster und öffnete es weit.

»Bittschön, mir wär's auch recht.« Der Riederer-Bauer sah angespannt auf den Schreibtisch des Beamten. »Ich muss noch das letzte Heu reinholen heut, morgen soll das Wetter umschlagen.«

»Na dann, dann fang ich einfach an.« Der Polizeibeamte

öffnete eine Mappe und las vor: »Bei dem Festgenommenen Johannes Bergmeister wurden die folgenden Gegenstände zwar nicht beschlagnahmt, doch er hat uns den Namen seiner beiden Hehler verraten, und die sitzen jetzt ebenfalls in U-Haft. Das Trio kann sich später im Knast Gesellschaft leisten.« Er räusperte sich kurz, dann fuhr er fort: »Einige Dinge haben wir noch rechtzeitig sicherstellen können: eine silberne Taschenuhr, diverse Goldmünzen, eine silberne Kette mit dunkelroten Steinen, zwei Perlenketten und eine graue Brieftasche mit gut einem Dutzend Fotos ...« Er sah kurz zu Stefan hin. »Die Brieftasche hatte der Festgenommene bei sich. Sie enthielt Fotos, die sich bei etwas intensiverer Betrachtung als Kollagen beziehungsweise gemeine Fälschungen entpuppt haben.«

»Die graue Brieftasche könnte meine sein«, meinte der Riederer und stand auf. »Allerdings waren keine Fotos drin, sondern circa 250 Euro.«

»Das Geld ist nicht mehr vorhanden. Und die Fotos ...« Klaus Burgstaller sah Stefan Trautberg lange an, »ich denke, die kann man vernichten.« Er zerriss die Bilder und warf die Schnipsel mit Schwung in den Papierkorb, der neben seinem alten Holzschreibtisch stand. »Und jetzt kommt her, schaut euch die Sachen hier genau an. Ich unterstell euch, dass keiner was nimmt, was ihm nicht gehört.«

Rasch stellte sich heraus, dass Ullis Münzsammlung immer noch nicht komplett war, doch einige weitere Stücke bekam er jetzt zurück. Und auch die Riederer-Bäuerin konnte sich über den alten Familienschmuck freuen, so wie Bastian über die Taschenuhr seines Großvaters.

»Und auf diesen Mistkerl bist du reingefallen«, raunte Matthias Riederer seiner Schwester zu.

Sissi, in einem einfachen grauen Leinenkostüm mit hellroter Bluse, presste die Lippen zusammen, dass sie einen schmalen Strich bildeten. So eine Blamage! Sissi wäre am liebsten gar nicht mit zur Polizeiwache gekommen, doch ihr Bruder hatte sie dazu gezwungen.

»Ich will, dass du dir anhörst, was für einen Verbrecher du uns auf den Hof geholt hast. Am End glaubst es mir sonst immer noch nicht«, hatte er gesagt.

Sissi hatte sich weigern wollen, doch ihr Bruder blieb unerbittlich. Und so saß sie jetzt neben ihm, und schräg gegenüber, genau in ihrem Blickfeld, hatten Stefan und Hannah Platz genommen.

Sissi warf immer wieder verstohlene Blicke zu den beiden hinüber. Wie unverschämt glücklich sie wirkten! Hannah trug einen Arm immer noch in der Schlinge, doch das schien sie nicht zu stören. Ich werde gleich morgen kündigen, nahm Sissi sich vor. Die beiden zusammen zu sehen ertrag ich auf Dauer nicht. Sie verschlang die Finger so fest ineinander, dass es schmerzte.

»So, das war's dann«, sagte der Polizeibeamte in diesem Moment. »Ich brauch noch eure Unterschriften unter die Empfangsbestätigungen.« Er sah Ulli grinsend an. »Fangen wir am besten mit dir an, damit du rasch an die frische Luft kommst.«

»Blödmann«, grinste Ulli nur, dann quittierte er den Erhalt seiner Münzsammlung. »Wenn du demnächst einen Schweinsbraten isst, dann denk dran, dass so ein Tier, das von einem Bio-Bauernhof kommt, sich oft im Dreck gesuhlt hat. Guten Appetit jetzt schon.«

Stefan lachte. »Wisst ihr was, kommt heut Abend alle zu mir in den *Kastanienhof*. Ich hab einen hervorragenden Roten, dazu gibt's dann Hirschwurst und Käse. Der riecht zwar auch, aber dagegen wird ja wohl keiner was haben.«

Der Vorschlag wurde von allen begeistert aufgenommen, und so trafen sie sich schon wenige Stunden später wieder.

»Welch ein Duft«, schmunzelte Hannah, als sie sich zu Ulli und Bastian in den Leihwagen setzte, den Bastian sich besorgt hatte.

»Der ist neu«, meinte Ulli. »Wir haben endlich ein Rasierwasser entdeckt, das wir beide mögen.«

»Na also, noch eine Gemeinsamkeit.« Hannah zwinkerte ihm zu. »Dann kann ich ja mein Parfüm wieder aufstellen, bis ich umziehe.«

»Willst du wirklich schon nächste Woche weg?« Bastian sah sie bedrückt an.

»Natürlich. Ich hab eure Zweisamkeit lange genug gestört, nicht, Ulli?«

»Ach was, so schlimm war's nun auch nicht.«

Hannah lachte. »Aber schlimm genug, gib's zu.«

»Quatsch!« Ulli wurde verlegen. »Es ist nur ... weil ...«

Hannah legte ihm kurz die Hand auf den Arm. »Ich versteh dich, ehrlich. – Aber jetzt lasst uns reingehen, Stefan wartet schon.«

Bastian stoppte den Wagen und meinte: »Und du freust dich wirklich auf deine eigene Wohnung? Unsinn ist das. Kompletter Unsinn! Mach dir nichts vor, Hannah, hier ist dein Zuhause, hier bei Stefan.«

»Aber ...«

»Kein Aber. Das Leben ist viel zu kurz, um auch nur auf eine Stunde Glück zu verzichten. Du hast doch gesehen, wie rasch sich alles ändern kann. Also, sei mutig und steh zu deinen Gefühlen.«

An die Worte ihres Vetters musste Hannah denken, als sie Stunden später mit Stefan allein war und sie hinüber ins Privathaus gingen.

Die Stunden in der Weinstube mit den Freunden waren wunderschön gewesen, sie hatten gelacht, gescherzt, diskutiert und Pläne geschmiedet. Über Jo hatten sie nur am Anfang gesprochen, danach waren er und seine Gaunereien kein Thema mehr gewesen. Und so sollte es für Hannah auch bleiben. Dieser Teil ihres Lebens war Vergangenheit.

»Ich schau noch mal schnell nach Timmy«, sagte Stefan. »Danach machen wir es uns noch ein Stündchen vor dem Kamin gemütlich, ja?«

Hannah nickte. »Das kann ich doch machen. Zünd du schon mal das Feuer an.« Sie stand auf und ging in den ersten Stock, wo die Schlafräume und das Kinderzimmer waren. Seit Sissi nicht mehr kam, kümmerte sich Rosi, eines der Zimmermädchen, um Timmy. Rosi war zwanzig, lieb und anstellig. Timmy und sie kamen blendend miteinander aus, nicht ein einziges Mal hatte der Junge anklingen lassen, dass er Sissi vermisste.

Leise öffnete Hannah die Tür und sah auf den kleinen Schläfer, der bis zur Nasenspitze zugedeckt war. Auf dem Nachttisch brannte eine Lampe in Form eines gelben Bärchens. Davor standen ein Feuerwehrauto und ein Krieger aus *Star Wars*. Gegenüber, in einer Zimmerecke, befand sich Jimmys Stall. Das Kaninchen kratzte kurz an den Stäben, knabberte dann aber hingebungsvoll an dem Apfelstück, das ihm Timmy vor dem Schlafengehen gegeben hatte.

Timmy hielt den weichen Berner Sennhund, den Hannah ihm geschenkt hatte, fest im Arm. Kurz strich Hannah über die Decke, dann ging sie leise hinaus.

Das Feuer im Kamin flackerte schon, und Stefan kam mit einer eisgekühlten Flasche Champagner und zwei hohen Gläsern aus der Küche. Er goss ein und trank Hannah zu.

»Auf dich – auf unser gemeinsames Leben.«

Sie hob lächelnd ihr Glas. »Auf uns.«

Stefan trank einen Schluck, dann holte er den Saphirring aus seiner Hosentasche, den er Hannah schon einmal hatte schenken wollen. »Nimmst du ihn jetzt?« Er nahm ihre Hand und machte Anstalten, ihr den Ring an den Finger zu stecken.

Hannah nickte. »Ja. Jetzt nehm ich ihn gern!«

»Na endlich!« Stefan schob ihr den Ring auf den Finger, dann zog er sie innig in die Arme. »Jetzt musst du nur noch den Mietvertrag bei Frau Gerber kündigen, dann bin ich wunschlos glücklich.«

»Das werde ich wohl müssen.« Hannah bog den Kopf nach hinten und sah ihn schelmisch lächelnd an. »Schade eigentlich. Die Vermieterin war so nett – und die Wohnung wunderschön.«

»Du kannst alles hier verändern, wenn du magst. Was dir nicht gefällt, wird rausgeräumt, und du richtest alles so ein, dass du dich wohl fühlst.«

»Ich mag eigentlich alles, wie es ist.« Hannah zögerte, dann gestand sie: »Allerdings hätte ich schon gern ein neues Schlafzimmer. Du verstehst?«

»Natürlich.«

»Und Timmy? Meinst du, er freut sich ein bisschen?«

Stefan nickte. »Ganz sicher. Er hat inzwischen eingesehen, dass es die bösen Stiefmütter nur in alten Märchen gibt.«

Hannah sah ihn skeptisch an. »Das stimmt leider nur bedingt. Aber ich verspreche dir, dass ich Timmy genauso liebhaben werde wie ein eigenes Kind.«

Stefans Umarmung wurde fester. »Das ja auch noch kommen könnte«, raunte er.

»Eins nach dem anderen, mein Schatz. Erst mal lass uns heiraten.«

»Von mir aus gleich morgen.«

»Einverstanden.« Hannah lachte laut auf, als sie sein überraschtes Gesicht sah. »Hab ich dir jetzt Angst gemacht?«

»Im Gegenteil! Wenn ich könnte, würde ich dich glatt beim Wort nehmen. Andererseits freu ich mich auf ein großes Fest. Alle sollen sehen, dass ich meine Traumfrau gefunden habe.«

16

Ein kühler Wind wehte von den Bergen herüber, die täglich längere Schatten warfen. Auf dem Chiemsee waren so viele Segler mit ihren Booten unterwegs wie nie zuvor, die Wassersportler nutzten das ideale Wetter. Noch hatte die Sonne genügend Kraft, doch die Stunden, in denen sie die Menschen mit ihrem strahlenden Licht verwöhnte, wurden weniger.

Die Bauern pflügten ihre Felder, nachdem das letzte Korn eingefahren war, und auch die Maisernte stand bevor. Auf den Obstplantagen wurde ebenfalls emsig gearbeitet, Äpfel, Birnen, Pfirsiche und Zwetschgen waren reif und mussten gepflückt werden.

Der Sommer neigte sich endgültig dem Ende zu, und an den Bäumen zeigte sich schon das erste bunt gefärbte Laub.

»Hallo Hannah! Grüß dich!« Ulli bremste seinen roten Porsche kurz ab und winkte Hannah zu.

»Du bist aber schon früh unterwegs. Was machst du hier in der Gegend?« Hannah machte ein paar Schritte auf den Tierarzt zu.

»Ich vertrete den hiesigen Kollegen, der vorgestern einen

Unfall hatte und jetzt mit einem doppelten Beinbruch in der Klinik liegt. Noch vor Sonnenaufgang war ich auf dem Riederer-Hof. Das Fohlen der besten Zuchtstute lag quer, das musste ich holen, sonst wär es im Mutterleib erstickt.« Ulli beugte sich vor. »Meine Güte, Ben, bleib unten liegen, sonst gibt's noch Ärger mit der Polizei.« Der Hund machte Anstalten, sich durchs Fenster zu zwängen, er wollte unbedingt zu Hannah.

»Ich komm ja schon!« Hannah lachte und öffnete die Tür. Mit einem Satz war der Berner Sennhund, der schon fast seine volle Größe erreicht hatte, bei ihr und begrüßte sie überschwänglich.

»Magst du einen Kaffee, Ulli?«

»Danke, den hat mir die Maria Riederer schon gekocht.« Er stellte den Motor ab und stieg aus dem Wagen. »Weißt du eigentlich, dass die Sissi fortgezogen ist? Sie hat eine Anstellung in München gefunden.«

»Nein, das wusste ich nicht.« Hannah kraulte Bens Kopf. »Vielleicht findet sie da ihr Glück. Ich wünsch es ihr jedenfalls.« Sie strich sich eine Haarsträhne, die der Wind ihr ins Gesicht geweht hatte, aus der Stirn. »Ich weiß, dass es eine Weile dauert, bis man Jo vergessen kann. Er hat irgendwas an sich … Ob es sein Charme ist, der so verführerisch ist, oder seine Begeisterungsfähigkeit für gewisse Dinge … Es dauert eine Weile, ehe man erkennt, dass er ein gemeiner, gewissenloser Windhund ist, der über Leichen geht, um die eigenen Interessen durchzusetzen.«

»Jetzt sitzt er erst mal im Gefängnis, vielleicht bekommst du etwas von dem Geld, das er veruntreut hat, zurück.«

»Wovon denn? Er ist chronisch pleite.«

»Die Harley bringt aber schon ein paar Tausender, wenn

man sie verkauft. Und das wird das Gericht anordnen, denke ich.«

»Mal sehen. Ich bin, ehrlich gesagt, froh, wenn ich dieses Kapitel ganz abschließen kann.«

»Hannah! Hannah, du musst dich beeilen, sonst komm ich noch zu spät zur Schule!« Timmy, den neuen Ranzen auf dem Rücken, lief auf Hannah zu. »Hey, Onkel Ulli!« Seit Timmy zwei neue »Onkel« hatte, ließ er keine Gelegenheit aus, Ulli und Bastian so zu nennen. Er fand es super, endlich ein paar Verwandte in der Nähe zu haben.

»Hallo, mein Großer. Na, macht die Schule immer noch Spaß?«

»Total. Ich kann schon schreiben. Willste mal sehen?« Er zog ein zerknittertes Stück Papier aus der Hosentasche.

Ulli nahm ihm den Zettel ab und lächelte gerührt. Timmy hatte zwei Personen gezeichnet, einen Mann und eine Frau vor einer Kirche. *Hana und Papa*, hatte er dazu geschrieben.

»Toll gemacht.«

»Ja. Aber das ist nur ein … Wurf.« Er runzelte die Stirn. »Wie heißt das, wenn man was übt?«

»Du meinst einen Entwurf.«

»Ja. Aber nicht verraten.« Er sah zu Hannah hin, die sich demonstrativ mit Ben beschäftigte, um Timmy die Überraschung nicht zu verderben.

»Natürlich nicht.« Ulli strich ihm kurz übers Haar, dann rief er nach Ben. »Wir müssen los, ich muss die Wagen tauschen, Bastian hat den Rover hoffentlich schon aus der Werkstatt geholt.«

»Was war denn dran?«

»Der Steffler ist mir mit dem Heuwagen reingefahren. Hatte wohl ein paar Maß zu viel, der Alte.«

»Ach du liebes bisschen.«

Ulli winkte ab. »Kein Problem. Seine Tochter und ich waren zusammen in der Schule, wir regeln das unter uns.« Er hob die Hand. »Bis bald, ihr zwei. Ich muss los.«

»Und wir müssen in die Schule. Sonst kommt Timmy wirklich noch zu spät.«

Ulli war noch nicht um die nächste Ecke gebogen, als ein weiterer Wagen vor dem *Kastanienhof* hielt. Zwei distinguiert aussehende Herren stiegen aus. In einem erkannte Hannah Heribert Wegener, den Murnauer Galeristen, der zweite war ihr fremd.

Mit ausgestreckter Hand kam Herr Wegener auf sie zu. »Wie schön, dass ich Sie gleich antreffe, Frau Scheifart. Wir müssen uns dringend unterhalten. Zum Glück haben Sie mir gesagt, dass ich Sie eventuell auch hier finden kann.« Er wies auf seinen Begleiter. »Das ist übrigens Herr Günzler. Er arbeitet in der Städtischen Galerie im Lenbachhaus.«

Hannah zuckte zusammen. Sie wusste, dass im Lenbachhaus besonders viele Kandinsky-Exponate ausgestellt wurden. Herr Günzler war ein schmaler Mann von etwa vierzig Jahren, dessen Haar sich bereits stark lichtete. Doch er hatte kluge dunkle Augen, die sofort für ihn einnahmen.

»Ich muss in die Schule!« Timmy zupfte an Hannahs Jacke.

Bedauernd sah Hannah die beiden Herren an. »Tut mir leid, aber ich muss ihn schnell fahren. Gehen Sie doch bitte schon ins Restaurant, trinken Sie einen Kaffee … Ich bin gleich zurück.«

»Wir warten gern!«

Timmy zappelte im Wagen aufgeregt hin und her.

»Du kommst nicht zu spät, keine Angst.« Hannah sah kurz in den Rückspiegel. »Viel Spaß beim Lernen.«

»Hab ich. Ganz bestimmt.« Kaum hielt der Wagen vor dem Schulgebäude, stürmte Timmy los.

Hannah sah ihm schmunzelnd nach. Schade, dass diese Lernbegeisterung wahrscheinlich nicht anhalten wird, dachte sie, dann fuhr sie rasch zurück zum Hotel.

Eine der Bedienungen kam in der Halle auf sie zu. »Die beiden Herren wollten nicht im Restaurant warten, sondern irgendwo, wo sie ungestört mit Ihnen reden können«, sagte sie. »Ich habe sie in die Weinstube geführt, da ist ja um diese Zeit niemand.«

»Danke. Haben Sie ihnen Kaffee serviert?«

»Ja, und Gebäck dazugelegt. War das in Ordnung?«

»Sehr gut, danke, Tanja.« Hannah nickte der jungen Frau zu, dann ging sie rasch hinüber zur Weinstube.

Die beiden Herren erhoben sich, als sie an ihren Tisch trat. »Es tut mir leid, dass Sie warten mussten, aber noch kann Timmy den Schulweg nicht allein gehen.« Sie machte eine einladende Handbewegung. »Bitte nehmen Sie wieder Platz.« Sie setzte sich ebenfalls.

»Ich darf gleich zur Sache kommen«, begann Herr Wegener.

»Natürlich. Gern.« Hannah sah ihn gespannt an. »Sie können etwas zu den Bildern sagen?«

»Das überlasse ich am besten Herrn Günzler. Er ist der Experte.«

»Leider bin ich es, der zur Eile drängen muss. Ich habe gegen Mittag noch einen Termin in Traunstein, deshalb sind wir auch so früh unterwegs.« Oliver Günzler griff nach den Papieren. »Ich habe die beiden Exponate genau untersucht«, begann er. »Die Skizze stammt tatsächlich von Gabriele Münter, da bin ich mir sicher.«

Hannah atmete tief durch. »Das wäre wunderbar!« Ihre Wangen röteten sich, und vor Aufregung begannen ihre Finger zu zittern.

Oliver Günzler griff über den Tisch zu ein paar Notizen. »Eine korrekte Expertise müsste ich noch in aller Ruhe ausfertigen, aber das ist kein Problem. Heribert, gib mal den Kandinsky rüber.«

Vorsichtig nahm der Galerist einen festen Karton aus der Tasche. »Sie glauben ja nicht, was wir festgestellt haben, Frau Scheifart. Dieses Bild, das Sie entdeckt haben … es ist zum Teil übermalt worden. Und hier …«, er wies auf einen ovalen Kreis, der besonders dicke Ränder besaß, »hier ist nachgearbeitet worden. Und zwar mit einer anderen Farbe. Darunter kam die Signatur Kandinskys zum Vorschein. Leider ist sie nicht vollständig lesbar, was es schwierig macht, das Bild dem Künstler zuzuordnen.«

»Aber … wer sollte das Bild verändert haben? Und warum?«

»Das lässt sich nur vermuten. Wenn Ihre Großmutter tatsächlich mit Gabriele Münter bekannt war, dann hat sie gewusst, wie sehr die Nazis das Werk aller Expressionisten gehasst haben. Die *entartete Kunst* wurde gnadenlos vernichtet. Vielleicht wollte Ihre Großmutter das Bild behalten, es retten. Ob aus Kunstverstand oder einfach als Erinnerung an eine gute Freundin – wer mag das wissen?«

Hannah schlang die zitternden Finger umeinander. »Und jetzt?«

»Jetzt sind Sie um einige Zigtausender reicher. Denn das Münter-Bild ist auf jeden Fall ein Original. Bei dem Kandinsky bin ich mir nicht sicher. Da müsste ich noch einen oder zwei Kollegen hinzuziehen.«

Hannah sah aufgeregt von einem zum anderen. »Ich weiß gar nicht, was ich sagen soll. Das ist einfach wundervoll!«

»Es ist eine Sensation!« Der Galerist lächelte Hannah an. »Wenn Sie mögen, kümmere ich mich um einen Käufer für die Bilder.«

Hannah zögerte. »Ich weiß, ehrlich gestanden, noch nicht, ob ich mich davon trennen möchte.«

»Überlegen Sie in Ruhe. Wir sollten ja auch erst mal die Meinung eines weiteren Kollegen abwarten.« Er erhob sich. »Sie entschuldigen uns, ja? Aber wir müssen weiter.« Er legte Hannah die Hand auf die Schulter. »Ich wollte Ihnen die gute Nachricht aber gern persönlich überbringen.«

»Das ist sehr, sehr nett von Ihnen. Ich danke Ihnen.«

Hannah sah den beiden nach, bis der Wagen aus ihrem Blickfeld verschwunden war.

»Diese Bilder«, murmelte sie. »Wenn sie wirklich beide echt wären … Meine Güte, ich fass es nicht! Dann wäre ich wirklich alle finanziellen Sorgen los.«

Langsam kroch die Dämmerung übers Land, ein letztes zartes Abendrot überzog die Wellen des Chiemsees mit goldenem Glanz. Nur noch wenige Segelboote durchschnitten das Wasser, von Herrenchiemsee herüber kam das letzte Ausflugsboot für diesen Tag und steuerte auf die Anlegestelle zu.

Hannah saß ein wenig abseits auf einer Bank und schaute aufs Wasser. Bis vor einer Stunde hatte sie im Restaurant gearbeitet, jetzt gönnte sie sich ein wenig Ruhe. Sie sah dem

Schwarm Möwen zu, der gerade übers Wasser flog, dann glitt ihr Blick hinüber zu einem Schwanenpaar, das dicht nebeneinander durchs Wasser glitt und näher kam. Seit etlichen Jahren brüteten diese Schwäne hier, hatte ihr Stefan erzählt.

Stefan … Wenn sie an ihn dachte, wurde ihr Herz groß und weit. Er war der Mann ihres Lebens, ein treuer, verlässlicher Partner. Bei ihm würde sie ein neues Zuhause finden, und hier im wundervollen Chiemgau eine neue Heimat.

Sie blinzelte ein wenig, als einer der letzten Sonnenstrahlen ihr Gesicht traf. Als sie die Augen wieder öffnete, war das Schwanenpaar ganz dicht vor ihr. Die beiden hatten die Köpfe dicht zusammengesteckt, es sah aus, als küssten sie sich. Die langen schlanken Hälse bildeten beinahe ein Herz.

»Hier bist du!« Unbemerkt war Stefan hinter sie getreten. Sacht legte er die Hände auf Hannahs Schultern. »Wunderschön ist es um diese Zeit hier am See, nicht wahr?«

»Ja. So ruhig und friedlich.« Sie drehte den Kopf nach ihm um. »Der ideale Platz zum Entspannen.«

»Deshalb hab ich die Bank hier auch aufstellen lassen.«

»Das warst du?«

»Ja.« Er setzte sich neben sie und legte den Arm um ihre Schultern. »Ich hab wohl geahnt, dass ich eines Tages mit meiner Traumfrau hier sitzen würde.«

Lächelnd sah sie ihm in die Augen. »Und das bin wirklich ich – deine Traumfrau?«

»Weißt du das immer noch nicht?«

Hannah lachte leise. Der Dialog war der Anfang eines zärtlichen Geplänkels, wie sie es beide liebten. »Beweis es mir.«

Stefan zog sie noch fester an sich und küsste sie. »Wenn du noch mehr Beweise brauchst, musst du dich gedulden«, sagte er dicht an ihrem Mund.

»Ungern.«

»Kann ich verstehen.« Jungenhaft grinsend sah er sie an. »Wollen wir ein Stück am See entlanggehen?«

»Sei nicht so pflichtvergessen! Du musst schließlich bald eine Familie ernähren!«

»Nichts, was ich lieber täte.«

Hannah schloss die Augen. Sie war glücklich. Sie war daheim.

ENDE